G.S.

La crêperie des petits miracles

EMILY BLAINE

LA CRÊPERIE DES PETITS MIRACLES

ROMAN

HARPERCOLLINS FRANCE
83-85, boulevard Vincent-Auriol, 75646 PARIS CEDEX 13.

www.harlequin.fr

ISBN 978-2-2804-1097-7 — ISSN 2271-0256

And so Sally can wait, she knows it's too late as
we're walking on by

Her soul slides away, but don't look back in anger
I heard you say

Don't Look Back in Anger, Oasis

Chapitre 1

J'ajustai la capuche de mon ciré, la maintenant de mes mains autour de ma tête. Depuis mon arrivée à Saint-Malo il y a trois ans, j'avais lutté contre ce cliché météorologique mais, après avoir subi la perte de quatre parapluies – le vent tourbillonnant faisait systématiquement plier les baleines –, je m'étais résolue à abandonner la lutte. Partiellement, du moins. Je n'avais pas succombé au jaune canari et j'avais choisi un imperméable bleu clair qui m'arrivait à mi-cuisse.

Ma sacoche calée sur l'épaule et les poings fichés dans mes poches, je traversai d'un pas rapide le parking du centre hospitalier. Levant les yeux vers le ciel, je grimaçai et ravalai un grognement désespéré. Des nuages gris anthracite s'amoncelaient derrière le bâtiment, signe que la pluie allait m'accompagner toute la journée. Les goélands manifestaient bruyamment leur désapprobation, volant dans un parfait désordre, en quête de nourriture.

Je poussai un soupir de soulagement en franchissant le sas d'entrée du hall. J'ouvris mon ciré, me débarrassai de mon encombrante et humide capuche, puis essuyai avec force mes chaussures mouillées sur le large paillasson de l'entrée. Au moins, ici, j'étais au sec.

Après avoir vérifié l'heure, je me dirigeai vers les ascenseurs. D'un œil distrait, je lus le plan de l'hôpital. Les étages s'égrenaient au rythme des services : orthopédie, cardiologie, pédiatrie, réanimation, néphrologie, soins palliatifs. À chaque arrêt, quelques personnes sortaient de l'ascenseur, avec cette expression caractéristique de l'anxiété, rehaussée parfois d'un timide sourire, comme s'ils voulaient se rassurer.

— Pardon, murmurai-je en me faufilant entre un couple aux yeux rougis.

Le service de néphrologie n'avait pas encore de visiteurs. Clara, l'une des aides-soignantes, débarrassait les plateaux-repas. Je plissai le nez, vaguement écœurée par l'odeur de poulet froid. Pour moi, la restauration hospitalière était la définition même de la double peine : vous étiez malade, et en plus on vous nourrissait d'aliments déshydratés et sans saveur.

À moins que ce ne soit une façon de faire fuir les malades et de les encourager ainsi à la guérison.

— C'est quoi le plat du jour ? lui demandai-je, tout en avançant vers le bureau des infirmières.

— Cuisse de poulet, brocolis. Compote en dessert. C'est quoi tes cheveux ?

— Brushing météorologique, souris-je en secouant ma lourde chevelure brune. C'est du néobreton !

Dans ce long couloir silencieux, le rire de Clara sembla résonner jusqu'à l'aile ouest. Elle reprit sa tâche, pendant que je rejoignais Christine, Isabelle et Sonia, les trois infirmières du service. Assises derrière le comptoir, la première rangeait des dossiers, pendant que les deux autres vérifiaient des prescriptions. En entendant mes chaussures crisser sur le lino impeccable, elles levèrent le nez, et un large sourire barra leurs visages.

— Il pleut, non ? demanda Sonia.

— Pourquoi, même dans cette question anodine, j'entends l'ombre d'un sarcasme ? répondis-je.

— À mon avis, parce que ta chevelure est suffisamment aérée pour te permettre une audition optimum, répliqua Christine en arquant un sourcil moqueur.

Je tendis le cou et tentai de capter mon reflet dans les portes laquées des armoires. L'humidité avait fait gonfler mes cheveux, et des boucles disgracieuses encadraient mon visage. Je passai l'index sous mon œil, effaçant un débordement de mascara noir. Je ressemblais à Morticia Addams, avec la coupe de cheveux de la Kylie Minogue des années 1980.

Les mains sur le comptoir, Isabelle, la cinquantaine rugissante, se redressa. Visage rond, yeux bleus pétillants, mine perpétuellement réjouie, elle portait sa bonne humeur comme la reine d'Angleterre portait sa couronne : avec fierté et dévouement.

— Tu as quoi pour nous aujourd'hui ? demanda-t-elle à voix basse.

— Far breton et jus de pomme.

— Adieu régime, soupira Christine, la plus jeune des trois.

De ma sacoche, je tirai une bouteille en verre et un gros morceau du far breton que Joséphine avait préparé puis emballé dans du film alimentaire. Isabelle le fixa avec gourmandise et tira la langue en direction de Christine avant de le prendre pour le cacher dans un grand tiroir étiqueté « archives ». Parfois, j'avais la sensation d'être la cheffe d'un cartel de contrebande de beurre et de sucre.

— Il est entre de bonnes mains, assura-t-elle.

— Avec une espérance de vie limitée, pondéra Sonia. Même si les sablés de la semaine dernière ont été finis par les collègues de nuit.

Trois fois par semaine, quel que soit le temps, je rapportais des douceurs à mes infirmières préférées. Par la force des choses et surtout par la fréquence de mes visites, nous avions créé des liens. Professionnels, au départ : je leur posais des questions sur l'évolution de la maladie, sur les impairs à ne pas faire, sur la complexité de leur travail. Au bout de quelques semaines, les sujets médicaux avaient laissé place à la météo – la pluie, le cycle des tempêtes, le parfum des embruns pendant l'orage –, puis nous avions abordé des sujets plus intimes. Isabelle m'avait confié qu'elle était veuve et cohabitait désormais avec un nerf sciatique irritable ; Christine cherchait l'amour sur Internet et collectionnait les plantes vertes ; Sonia était infirmière, mais rêvait de devenir styliste et avait rafistolé mon pull fétiche.

Nous partagions des rires la plupart du temps, des soupirs las parfois, des larmes quand, trop souvent, un patient grimpait d'un étage pour rejoindre les soins palliatifs. Malgré l'odeur tenace de désinfectant, malgré les plateaux-repas douteux, malgré le silence saturé de molécules chimiques, l'humanité, grâce à elles, demeurait dans cet étage aseptisé.

— Comment ça va aujourd'hui ?

Ma question était loin d'être anodine. Derrière ce « comment ça va ? » se cachaient toutes les autres questions que je n'osais plus poser.

A-t-elle réussi à se lever ?

Avons-nous des nouvelles pour une greffe ?

Souffre-t-elle ?

Combien de temps lui reste-t-il ici ? Combien de temps avant de grimper à l'étage des soins palliatifs ?

Isabelle grimaça. Pas bon signe. Si même elle finissait par baisser les bras, c'était que les nouvelles n'étaient pas bonnes. Instinctivement, je tournai la tête vers l'extrémité opposée du couloir, là où Elisa m'attendait. Je connaissais par cœur les détails de sa chambre : les murs vert d'eau, le grincement de la porte de la salle de bains, le lourd rideau gris foncé de la fenêtre, la petite fissure qui courait au-dessus de l'armoire.

Et son lit, et toutes ces machines qui la maintenaient parmi nous. J'aurais tout donné pour la sauver de cet endroit.

— Son état se dégrade, et elle est assez fatiguée. Je ne sais pas si tu auras de quoi faire une lettre aujourd'hui.

— Je ne viens pas forcément pour une lettre.

— Je sais.

À son tour, elle tourna la tête vers l'autre bout du couloir et laissa échapper un soupir, visiblement abattue. Nous échangeâmes un regard, entre détresse et pointe d'espérance. Lors de mes dernières visites, Elisa s'était montrée défaitiste, et j'avais à cœur de lui faire oublier ses idées noires. L'équilibre était ténu entre lui rendre le sourire et ne pas entretenir de faux espoirs.

— Le moral compte, m'avait dit Christine lors de mes premières sessions avec Elisa. Un patient qui sourit accepte mieux les traitements.

On ne traitait pas vraiment Elisa. On compensait ce que son corps ne parvenait plus à faire. Et on priait. On priait pour qu'une greffe arrive, comme par magie, pour qu'Elisa reprenne sa vie – l'escalade, la danse, nos soirées –, pour que je n'aie plus à prendre ce rond-point infernal qui mène à l'hôpital, pour qu'elle devienne institutrice, comme elle l'avait toujours souhaité.

Je chassai mes pensées sombres. En acceptant de venir ici trois fois par semaine, je m'étais promis d'agir envers Elisa avec normalité et humour. Devant elle, je n'hésitais pas à me plaindre de la météo, à maudire mon acné à retardement et à fantasmer sur son médecin... Le genre de conversation que nous aurions eue au café du coin, avant d'aller au cinéma ou en faisant du shopping. Quand j'étais avec elle, je faisais tout pour que la maladie n'existe pas.

— Des nouvelles de sa mère ? demandai-je.

— Elle a envoyé une carte, répondit Sonia.

— Et des chocolats industriels, grimaça Isabelle.

Je poussai un soupir triste. Plus jeune, j'avais toujours constaté que les liens familiaux se resserraient dans les moments difficiles, attirant les proches du malade comme le soleil fascine les tournesols. On se relayait, on se parlait, on entourait. Elisa n'avait pas même droit à ce traitement de faveur. Elle passait ses journées seule, s'abreuvant de films et de séries.

— Encore une belle journée, chantonnai-je, ironique.

Je réajustai ma sacoche et pris une profonde inspiration. Elisa méritait mieux que ces murs, mieux que sa mère, et mieux – tellement mieux – que sa vie actuelle. Trois fois par semaine, pendant une heure, je m'autorisais à croire que je pouvais lui apporter un peu de ce « mieux », que je pouvais la faire sourire et lui faire oublier le reste.

— Je suis certaine que tu vas réussir à lui tirer un rire. J'adore l'entendre rire, dit Isabelle avec un sourire tendre.

Je tapotai des doigts sur le comptoir, comme pour m'encourager. Je tenais à ces rendez-vous, je tenais à ces quelques moments d'oubli. J'aimais Elisa ; et j'appréciais Isabelle, Sonia et Christine. Mais, honnêtement, j'aurais tout donné pour ne plus venir ici.

— Est-ce que tu es libre après ? demanda soudainement Sonia.

Si Isabelle était du genre bavarde et avenante, Sonia était beaucoup plus réservée. Aussi, sa demande me désarçonna un court instant ; j'acquiesçai finalement d'un mouvement de tête.

— Je ne dis jamais non à un café infect de la cafétéria, plaisantai-je.

— Surtout quand on le lui offre, ironisa Christine.

— Mangez-lui sa part de far, répliquai-je en représailles auprès de ses deux collègues avant de me diriger vers la porte de la chambre d'Elisa.

Mes chaussures avaient un peu séché et ne couinaient plus à chaque pas. Sur le chemin, je croisai un médecin, en pleine conversation avec un couple de quinquagénaires. À leurs mines et à la façon dont leurs regards incrédules fixaient le médecin, je compris que les nouvelles étaient bonnes.

— Bonjour, beauté ténébreuse ! lançai-je avec joie.

Assise dans son lit, Elisa me jeta un coup d'œil, avant de rayer furieusement quelque chose qu'elle avait noté dans son carnet fétiche.

— C'est pas mal, ça ! se réjouit-elle.

Je posai ma sacoche au sol, retirai mon ciré parsemé d'ultimes gouttelettes de pluie et passai une main dans ma chevelure indomptable. Je tirai la seule chaise présente dans la chambre et m'assis près d'Elisa, tentant de lorgner ses notes.

— On écrit à qui aujourd'hui ? l'interrogeai-je, ravie de la voir déjà prête à s'atteler à l'ouvrage.

— Je prépare mon épitaphe.

Je marquai une seconde d'arrêt, me demandant si j'avais bien compris les mots qu'elle avait prononcés d'un ton léger. Elisa souriait, ses yeux brillaient, et elle semblait pleine d'énergie.

— Tu fais quoi ?

— Mon épitaphe. Tu sais, le truc qu'on grave sur les monuments funéraires. Je voudrais être certaine que…

— Je sais ce qu'est une épitaphe, la coupai-je, agacée. Tu n'as pas à faire ça.

— Parce que tu crois que ma mère le fera pour moi ?

J'ignorai le voile d'ironie que dissimulait mal sa remarque. Sa mère était une garce égoïste, je ne pouvais pas argumenter. Mais je refusais qu'elle me parle de son épitaphe de la même façon qu'elle aurait évoqué le dernier potin sur Jennifer Aniston.

— Parce que je crois que ta mère sera morte depuis un bail, quand tu quitteras ce monde à quatre-vingt-huit ans, entourée de toute ta famille et de ton médecin de mari ! expliquai-je en lui retirant le carnet des mains.

Je jetai un coup d'œil rapide sur la liste de potentielles épitaphes. Malgré mon début de colère, je ne pus m'empêcher de sourire. Les infirmières ne s'étaient pas montrées particulièrement positives sur le moral d'Elisa, cependant la présence de son sens de l'humour me rassurait plus que n'importe quelle analyse sanguine.

Elle allait bien.

— « Pénélope du rein » ? « Éternelle célibataire » ? Tu avais écrit quoi, là ? demandai-je en pointant de l'index un gribouillage indéchiffrable.

— « Enfin le premier rôle ». Mais je trouve que « beauté ténébreuse » me donne une aura mystérieuse et sexy !

Elle se redressa et, plaçant la main sous son menton, prit une pose théâtrale avec une moue irrésistible. Je n'aurais pas dû rire : préparer son épitaphe n'est pas un sujet de plaisanterie. J'aurais dû lui faire la leçon, lui redire qu'il était hors de question qu'elle quitte cette chambre autrement que debout sur ses deux pieds. J'aurais dû lui dire que notre table attitrée nous attendait chez Joséphine pour une crêpe et un verre de vin.

J'aurais dû. Mais un rire honteux s'échappa de ma gorge, et Elisa me rejoignit dans un fou rire. De l'index, j'effaçai une larme qui menaçait de rouler sur ma joue. Au bout de quelques secondes, nos rires s'estompèrent, et nous replongeâmes dans le silence. Je lui rendis son carnet, espérant que ce bon fou rire lui ait fait oublier son projet morbide.

— J'avais aussi « grande gagnante du bingo de la loose », murmura-t-elle.

Délicatement, je posai la main sur la sienne, veillant à éviter le cathéter. Cet endroit transpirait la morosité et l'antibiotique. La couleur des murs aurait rendu cadavérique une jeune héritière revenant de deux mois de vacances à Ibiza. Et ce silence… Comme si quelqu'un avait décidé que, dans cet hôpital, tout devait être éteint : pas de son, pas d'image.

Pas de vie.

Ce n'était pas étonnant qu'elle pense à ce genre de choses. Au fil des semaines et des espoirs envolés, les chances de guérison s'amenuisaient.

— Il faut que tu me laisses un peu de temps pour monter un plan d'évasion, dis-je avec un faible sourire.

— On n'est pas dans un film, Adèle.

— Et pourquoi ça ?

— Tu as vu tes cheveux ? Aucune actrice n'accepterait une telle coiffure !

L'ombre d'un sourire flotta sur son visage. Je détestais mes cheveux, trop longs, trop lourds, trop fourchus. Je n'avais jamais su comment m'en occuper. En Bretagne, avec l'humidité, ils me donnaient un faux air de la Méduse.

— Tu en es où avec ton médecin ? demandai-je pour changer de sujet, tout en me levant de ma chaise.

J'ouvris la fenêtre, laissant entrer les hurlements de goélands, les embruns, les gouttes de pluie et le vent frais ; un peu de vie dans cette chambre aseptisée. J'envisageai brièvement de nouer les draps pour tenter une descente en rappel ; je détestais tellement cet endroit.

— Eh bien, on part pour Cannes dans son jet ce soir.

— On n'est pas dans un film, lui répondis-je avec un sourire.

— Je sais. Dans un film, personne n'aurait eu l'esprit assez tordu pour créer ce genre de rôle.

— Quel genre de rôle ?

— Celui de la fille qui veut déplacer des bibelots, tombe de l'escabeau, va à l'hôpital pour une cheville foulée et finit... en attente d'une greffe de rein. Franchement, sur l'échelle de la crédibilité, on n'est même pas à zéro.

L'air vif la saisit, et Elisa se tassa un peu dans son lit. J'ouvris ma sacoche et sortis mon ordinateur portable.

Deux mois avant sa chute, Elisa et moi chantions à gorge déployée *Ain't No Mountain High Enough* dans le restaurant de Joséphine. Elle avait été la première à qui j'avais confié mon histoire branlante, persuadée, à l'époque, d'être la fille la plus minable du monde.

— Tu n'es pas minable, avait-elle tranché, le bras accroché au mien, pendant que nous rentrions chez elle, passablement ivres.

— Ah bon, alors je suis quoi ?

— Tu es Rose dans *Titanic*. Tu es la fille qui dit merde à la facilité !

— Ça finit moyen quand même pour elle : le bateau coule, elle perd l'homme de sa vie et elle n'a plus un sou.

Elisa et moi avions échangé un long regard, avant de rire aux éclats. C'était lors de cette première nuit que notre amitié était née. Nous avions discuté durant des heures, avant de nous effondrer de fatigue au petit matin.

— Je pense que tu tentes de changer de sujet, lui fis-je remarquer. On parlait du médecin...

— Il connaît mon taux de sucre à jeun et mon niveau de plaquettes, on peut donc dire qu'on est très intimes.

— Tu pourrais lui parler de tes passions. Ou de la météo ? Ça peut être un bon début de discuter du temps, proposai-je avec entrain.

— Il pleut en permanence, Adèle !

Je me réinstallai sur ma chaise et ouvris mon logiciel de traitement de texte. Elisa avait du répondant, mais ses cernes parlaient pour elle. Depuis son hospitalisation à durée indéterminée, ses joues s'étaient creusées et son teint, déjà très pâle, avait perdu sa lumière, laissant apparaître par transparence quelques vaisseaux sanguins. Elle flottait dans sa chemise de nuit, et l'arrondi du col laissait voir ses clavicules saillantes. Ses cheveux blond vénitien, si beaux et ondulés auparavant, étaient ternes et plats. À plusieurs occasions, Elisa m'avait confié en perdre beaucoup, les retrouvant au matin sur son oreiller.

La maladie était là, avançant à découvert, s'engouffrant dans chacune des failles du corps de ma meilleure amie.

— À qui écrit-on alors, aujourd'hui ?

Elisa tourna son visage osseux vers moi et afficha un maigre sourire. Les médicaments empêchaient la souffrance physique, mais lui laissaient toute latitude pour gamberger.

— Promets-moi que tu le feras, dit-elle finalement.

— Quoi donc ?

— L'épitaphe. Le « beauté ténébreuse ».

— Elisa…

— Je ne veux pas que ma mère balance un « à ma fille adorée » ou un « je t'aimerais toujours ». Ça sera ma tombe, alors je veux quelque chose qui m'appartienne. Et qui soit vrai, accessoirement.

Son sérieux et sa sincérité me clouèrent sur ma chaise. Sa voix n'avait pas vrillé. Ferme, confiante. Elle était sûre de son choix. De mon côté, j'étais loin d'avoir son assurance. Aussi, c'est ma voix étranglée de tristesse qui lui répondit :

— Je le ferai.

Un sourire illumina son regard, et les épaules de ma meilleure amie se détendirent. Je refoulai mon envie d'hurler à l'injustice et cachai mes larmes en clignant des paupières. Elisa m'avait toujours imaginée beaucoup plus courageuse qu'elle.

Elle avait tort. Mais jamais je ne lui avouerais que, à la fin de chacune de mes visites, je sortais de cet endroit en courant ; je courais pour rejoindre ma voiture et, planquée dans l'habitacle, laisser libre cours aux larmes.

— Tu sais, on n'a jamais fait cette lettre, finalement, reprit-elle, plus joyeuse.

Elle se redressa et lissa le drap couvrant ses jambes.

Je mis quelques secondes à reprendre mes esprits, encore secouée par ma promesse.

— Quelle lettre ?

Elisa et moi avions écrit des centaines de lettres. Au départ, c'était un jeu, presque une mauvaise blague. Et puis, c'était devenu une occupation, un passe-temps pour tuer l'ennui et aider Elisa à se changer les idées.

Sur la route de Madison avait été le déclencheur.

— On est d'accord que cette fin est horrible ? avait fait remarquer Elisa après avoir visionné le film un samedi soir de désert social.

— On est d'accord, avais-je approuvé en me tapotant les yeux avec un Kleenex trempé.

— On devrait faire une lettre de réclamation.

— C'est un film, Elisa, pas un extracteur à jus qui a un défaut de fabrication !

Elisa était le genre de fille qui allait au bout de ses idées, y mettant enthousiasme et conviction. Aussi, elle avait rempli nos verres de vin blanc, puis avait dégainé du papier à lettres datant des années 1960, blanc cassé avec de grosses roses rouges pour encadrement. D'un geste du bras, elle m'avait encouragée à m'installer autour de la table basse.

— Prends le stylo, on lui écrit.

Et nous l'avions fait. Nous avions écrit à Clint Eastwood pour lui dire combien nous étions révoltées de cette fin atroce, pour lui affirmer qu'il avait tort. Évidemment, nous n'avions jamais eu de réponse, mais nous avions été soulagées d'avoir fait part de nos griefs à ce sinistre individu.

C'était devenu notre rituel, une sorte de rendez-vous chronique qui nous donnait l'impression que nos vies n'avaient pas changé depuis. Une belle illusion, qui nous faisait rire, râler, gémir, taper du pied.

Un truc qui n'appartenait qu'à nous.

— Celle à James Cameron, sur la fin de Titanic. On s'est toujours dit que la fin était merdique.

— C'est vrai, approuvai-je. On part là-dessus ?

— Ouais. Il mérite de nous entendre !

Elle frappa dans ses mains, dissipant en une seconde l'ambiance pesante qui régnait dans sa chambre. Les mains sur le clavier, je tendis l'oreille, attendant que mon chef d'orchestre préféré batte la mesure. Nous avions toujours fonctionné ainsi ; Elisa, la meneuse, lançait le début de la lettre. Les premières phrases étaient à son image : vindicatives, râleuses, déterminées. De mon côté, j'apportais la touche de diplomatie et de rondeur. Même s'il y avait peu de chances que ces lettres parviennent à leurs destinataires, je ne voulais pas risquer de me fâcher avec Clint, James ou Leonardo.

— Cher James, lança Elisa avec un grand sourire.

Je m'arrêtai aussitôt. James Cameron méritait certainement qu'on s'adresse à lui avec un « monsieur ». Elisa fronça les sourcils et pointa un index autoritaire vers moi.

— On a dit qu'on les appelait toujours par leur prénom, me rappela-t-elle.

— Oui. Mais on parle de James Cameron.

Pendant une courte seconde de silence, je crus avoir réussi à la convaincre. Je tapotai sur mon clavier, effaçant les premières lettres. Elisa s'éclaircit la voix et anéantit mes maigres espoirs.

— Cher James, répéta-t-elle avec conviction.

Chapitre 2

Comme prévu, Alexis m'attendait dans le café en face de son cabinet. Il avait choisi une table excentrée, près de la vitrine qui longeait la rue Tronchet. À cette heure matinale, la circulation était déjà dense. Je n'avais quasiment pas dormi de la nuit, ressassant mes années de vie commune avec Sophie. Il y avait encore quelques mois, je n'aurais pensé qu'aux souvenirs heureux : notre rencontre, notre mariage, la naissance de notre fille et nos dîners hebdomadaires en tête à tête. Désormais, chacune de ces images semblait ternie par l'ombre de notre divorce imminent.

— Tu as l'air d'un mort-vivant qui aurait été écrasé par un camion poubelle !

— Bonjour à toi aussi, maugréai-je.

— Mal dormi ?

— Pas dormi. J'ai… Je déteste être à l'hôtel.

Alexis éclata de rire et leva la main pour interpeller le serveur. J'enfonçai mon visage entre mes mains et réprimai un nouveau bâillement. Malgré toute la fatigue qui m'étreignait, je ne parvenais pas à trouver le sommeil. Trois mois plus tôt, en une soirée et dix minutes de conversation, Sophie avait démoli une partie de ma vie, décidant que notre couple n'existait plus.

— Ma situation te fait rire ?

— Arnaud, tu as passé les dix dernières années à voyager un peu partout et à dormir dans des hôtels plus souvent que Madonna ! Et maintenant, tu trouves ça insupportable ?

Je relevai les yeux vers l'homme censé être mon meilleur ami. J'aurais aimé râler, mais, dans le fond, il avait raison. Reprendre l'entreprise de mon père n'avait pas été mon premier choix de carrière, mais j'avais fini par m'y résoudre, transformant l'entreprise familiale en société reconnue à travers le monde.

— Je ne sais pas où j'ai merdé, murmurai-je. À quel moment tout a dérapé.

— Des tas de gens divorcent, et leurs vies ne s'arrêtent pas pour autant, soupira Alexis.

— Tu ferais un très mauvais psy.

— Parce que je ne compatis pas avec toi ? Ce n'est pas vraiment mon genre !

Le serveur déposa deux cafés sur notre table. Je n'attendais pas vraiment de soutien de la part d'Alexis ; il avait traité mon divorce comme chacun des dossiers qui arrivaient dans son cabinet : avec rigueur et distance. Ce matin, je n'avais pas l'ami en face de moi, Alexis jouait à l'avocat rationnel, et je savais qu'il le faisait pour m'aider à affronter cette matinée difficile.

— Et c'est quoi, ton genre ? demandai-je, dans le vague espoir de me changer les idées.

— Je te paye un verre, tu t'apitoies sur ton sort quelques heures et tu reprends ta vie. N'attends pas de moi que je te tende une boîte de Kleenex, d'accord ?

Je jetai un coup d'œil de l'autre côté de la rue vers la grande porte cochère vert sapin qui débouchait sur le cabinet d'Alexis. Depuis mon départ de la maison, je n'avais pas revu Sophie. Nous nous étions appelés, nous avions échangé quelques messages, mais elle avait refusé toutes mes propositions de rencontre, scellant ainsi notre séparation.

— Ce n'est pas certain qu'elle vienne, dit Alexis. Son avocat peut la représenter.

— Je ne comprends pas, murmurai-je pour moi-même.

Je passai une main sur ma barbe naissante, cherchant une explication à la situation et aux efforts de Sophie pour m'éviter.

— Tu veux mon avis ?

Je relevai les yeux vers mon avocat. J'avais connu Alexis lors d'une soirée universitaire. Nous occupions tous les deux un côté du bar : il servait, et je buvais. En moins d'une semaine, je venais de louper mes examens de janvier et d'apprendre que mon père était gravement malade. De son côté, il m'avait confié avoir besoin d'argent et cumuler deux jobs pour payer ses études. Nous avions tout de suite sympathisé. Alexis se montrait toujours d'une franchise désarmante et n'utilisait la carte du politiquement correct que dans le cadre des négociations de contrat.

Parce qu'il était honnête et lucide, son avis sur mon mariage avec Sophie m'inquiétait.

— Tu me le donneras que je le veuille ou non, n'est-ce pas ?

— Il y a plusieurs options. La plus douloureuse, c'est qu'elle ait rencontré quelqu'un. Le genre de mec qui lui a juré de la faire passer avant son boulot.

Je grimaçai en entendant le sous-entendu d'Alexis. Mon

travail m'avait souvent accaparé, et je l'avais subi autant que Sophie. En m'installant dans le bureau de mon père, j'avais aussi hérité de son agenda. J'avais longtemps été persuadé que la situation était transitoire, que je parviendrais à élaguer les contraintes de rendez-vous et de déplacements. Au contraire, le rythme s'était accéléré. Sophie n'avait jamais bronché. Elle ne m'avait pas encouragé non plus. J'avais pris son silence pour un assentiment, et elle avait interprété le mien comme de l'implication professionnelle. Cela ressemblait à un affreux malentendu.

Malentendu qu'elle avait finalement dissipé, lors de mon retour d'Italie, au lendemain de la Saint-Valentin.

— Je ne veux plus me mentir, avait-elle lâché en débouchant une bouteille de vin. Je crois qu'il vaut mieux qu'on se sépare.

Passé l'effet de surprise, j'avais tenté de chercher ce qui différenciait la Sophie qui était devant moi de celle que j'avais épousée, dix ans plus tôt. Ses cheveux étaient plus longs, ses hanches plus rondes, ses yeux toujours aussi bleus et, à en croire le vin rouge dont j'avais bu une gorgée, ses connaissances œnologiques de plus en plus fines.

— Qu'on se sépare ? Mais... Enfin, tu veux aller quelques jours dans la maison de tes parents ? Avec Zoé ?

Un silence assourdissant avait répondu à ma proposition. Nous avions repris une gorgée de vin, Sophie avait fui mon regard, et j'avais compris. Pour clarifier la situation, elle avait lâché :

— Je veux divorcer.

— Est-ce que c'est à cause de la Saint-Valentin ?

Sophie m'avait regardé, estomaquée. Nous n'avions jamais vraiment fêté la Saint-Valentin, mais cette explication avait été la première qui m'était venue.

— Non, Arnaud, ce n'est pas à cause de la Saint-Valentin. En tout cas, ni de celle-ci ni de toutes les autres.

Elle avait esquissé un bref sourire, et, pendant une courte seconde, j'avais été prêt à présenter mes excuses et à tout mettre en œuvre pour la faire changer d'avis. Je n'avais rien compris. Douze semaines plus tard, j'étais au seuil de mon divorce, buvant un café avec mon avocat... avocat qui avait été mon témoin de mariage. La boucle était parfaitement bouclée.

Je secouai la tête, refusant l'hypothèse d'Alexis, et refoulai l'idée d'un adultère. Peut-être que ce n'était que de l'orgueil, mais je n'imaginais pas Sophie me tromper avec un autre homme. Alexis passa une main dans sa chevelure brune et planta son regard sombre dans le mien. Comme moi, il cherchait une explication à ce divorce inattendu.

— L'argent, sinon, reprit-il. Si elle ne t'a pas trompé, c'est qu'elle en veut à ton argent.

L'argent avait toujours fait partie de ma vie. Plus jeune, les filles me regardaient avec convoitise. J'avais longtemps cru que ça ne tenait qu'à mon physique – une barbe légère, des yeux clairs, le sourire facile et des années de sport –, à tort. Je m'étais trompé plusieurs fois, avant de me marier.

— Sophie n'est pas comme ça. Elle a toujours voulu garder son compte bancaire, elle refusait même l'idée que je lui offre un bijou, la défendis-je.

— Mais elle ne refuse pas la prestation compensatoire, visiblement.

— Elle la mérite. Elle a été avec moi pendant dix ans. Sans elle, je n'aurais jamais réussi.

Ma femme avait approuvé toutes mes décisions. Elle avait suivi ma trésorerie, avait négocié avec des fournisseurs et, à l'occasion, elle avait remplacé l'assistante commerciale. Son aide avait été précieuse et son soutien, bien que silencieux, avait été inébranlable.

J'avalai une gorgée de mon café et fis mon possible pour oublier ces souvenirs. Plus je m'y plongeais, plus la situation était incompréhensible. Je n'étais même pas amer, j'étais surtout triste et je me sentais impuissant.

— Heureusement que tu ne mènes pas toutes tes négociations ainsi ! Où est le mec qui gère des contrats à 10 millions d'euros ?

— Alexis…

— C'est vrai, tu es… inerte ! Comme si tu avais perdu tout ton esprit combatif !

— Écoute, Alexis, ma femme n'est pas vénale. Et elle ne m'a sûrement pas trompé. Dis-moi ce que j'ai pu louper. Tu nous connais, tu sais comment on a toujours fonctionné, Sophie et moi…

— Est-ce que tu l'aimes ? demanda-t-il soudainement.

— Quoi ?

— Est-ce que tu l'aimes ? Est-ce que tu es amoureux de ta femme ? Est-ce que la vie sans elle te semble inconcevable ? Est-ce que tu rêves d'elle la nuit ? Est-ce que tu ris de ses blagues ? Est-ce que tu es ébloui devant son intelligence ?

Je dévisageai mon meilleur ami, stupéfait. Sophie avait toujours fait partie de ma vie. Copine de collège, binôme au lycée, nous nous étions perdus de vue puis retrouvés à la fac. Notre relation était évidente et facile. Elle me comprenait au premier regard, je finissais ses phrases. Elle riait de mes blagues, je remontais la couette sur elle chaque matin avant de partir pour le bureau.

Je pensais naïvement que notre relation était équilibrée. Je réalisais maintenant que toute cette routine simple, tous ces silences avaient masqué les doutes de ma femme. Est-ce que je l'aimais ?

Bien sûr que je l'aimais. Une telle évidence ne se discutait pas.

— Est-ce que tu as son nom tatoué quelque part ?

Alexis avait partagé quelques soirées débridées avec moi… notamment une, où je m'étais fait tatouer une boussole sur l'épaule, uniquement pour faire taire mon père qui me disait que je ne savais pas où j'allais.

— Je n'ai que trois tatouages.

— Et aucun pour ta femme !

— Je l'ai épousée, fis-je remarquer à Alexis.

— Je n'ai jamais considéré le mariage comme un acte d'amour. C'est, au mieux, une façon de se rassurer, et, au pire, un choix fiscal avantageux.

— Ton cynisme est effrayant, souris-je.

— Mon cynisme me permet de payer le loyer et de gérer plus de cent divorces par an. Écoute, reprit-il d'une voix plus douce en approchant de moi, peut-être que Sophie a réalisé qu'elle ne t'aimait plus. Ça arrive. Les gens changent.

— C'est ta troisième option ?

Il hocha la tête, et je me contentai de soupirer. J'avais déjà largement exploré les raisons possibles de la fin de mon mariage. Cette option – celle des sentiments qui évoluent, des gens qui changent et de l'amour qui s'étiole – était la plus probable. Alexis avait raison sur ce point.

— D'ailleurs, continua-t-il, regarde votre divorce. Il est à l'image même de votre mariage : aucun cri, aucune amertume. Honnêtement, c'est l'un des divorces les plus pacifiques que j'ai eu à gérer.

— C'est la mère de ma fille, je ne veux pas me battre

avec elle. J'ai toujours trouvé ça ridicule, ces couples qui se déchirent.

— Ils appellent ça la passion. Ça te parle ?

— Alex…

— Je demande, c'est tout ! Je veux t'ouvrir les yeux. Oui, ton mariage est fini, mais tu vas continuer à voir ta fille et tu as une entreprise qui fonctionne. Le Arnaud que je connais se bat pour gratter le moindre bénéfice et gagner des appels d'offre !

— Je suis fatigué, soupirai-je.

— C'est bien ce que je dis. Je vois des hommes largués défiler dans mon cabinet assez régulièrement – désolé d'être aussi brutal, mais ton histoire avec Sophie est d'une banalité affligeante. Eh bien, ces hommes, qui subissent la même chose que toi, sont au trente-sixième dessous. Ils sont abattus. Est-ce que tu es abattu ?

— Évidemment, que je le suis ! rétorquai-je avec véhémence.

Après avoir mis en doute Sophie, Alexis s'attaquait à mes sentiments. Il n'avait jamais été un grand partisan du mariage et des relations longue durée. Son bureau était sa maîtresse préférée, et certains l'auraient catalogué comme insensible. En réalité, il s'agissait plus de lucidité glaciale et d'empathie minimale. Paradoxalement, même si Alexis tapait où cela faisait mal, je devais admettre qu'il n'avait pas tout à fait tort.

Sophie et moi n'avions pas vécu de grande passion amoureuse. Nous ne nous disputions pas, nous parlions peu. Sa décision avait été cruelle, mais la tristesse avait vite fait place au questionnement. Ce matin encore, alors que j'aurais dû être déprimé par l'idée de mon divorce, je m'étais levé une heure plus tôt pour répondre à mes mails professionnels.

Ma vie avait changé... Pas mon quotidien.

— Je sais ce que tu penses, reprit Alexis en commandant deux autres cafés.

— Éclaire-moi !

— Tu penses que je suis un être antipathique, froid et cynique.

— Ce n'est pas une nouveauté, m'esclaffai-je. Parfois, je me demande pourquoi nous sommes amis, en fait.

— Pour que je couvre tes arrières. Arnaud, ce que je veux dire, c'est que... Sophie t'a probablement rendu service, en prenant une décision que tu ne parvenais pas à prendre.

Je manquai m'étouffer avec mon café, et Alexis chassa une tache imaginaire de sa cravate de luxe. Après avoir repris mon souffle, je le fixai, incrédule, puis lâchai :

— Tu sais quoi ? En plus de ta carrière de psy, oublie aussi celle d'extralucide !

— Et l'incident de l'an dernier ?

— Quel incident ?

— Cette fille, dans ce bar. Grande, brune et que...

— ... j'ai embrassée. Ça ne voulait rien dire ! Ça ne veut rien dire. C'était un moment d'oubli et, de toute façon, je n'aurais jamais été plus loin.

Je terminai mon café d'un trait, embarrassé par cette vieille histoire. Là encore, Alexis touchait sa cible. Cette fille m'avait séduit et, après quelques verres, je l'avais embrassée. Puis je l'avais repoussée, assailli par un mélange de culpabilité et de désir. Cet écart aurait dû me mettre la puce à l'oreille : entre Sophie et moi, quelque chose était brisé depuis longtemps.

— Tu vois, c'est pour cette raison que je suis ton avocat : tu ne sais absolument pas te défendre !

— Je n'ai pas à me défendre ! Ce n'était qu'un baiser.

— C'était un signe. Ou un symptôme, comme tu préfères.

Alexis avait toujours eu un sens très fin de l'analyse. Il trouvait les arguments pertinents, les mots justes, et avait ce ton assuré qui ne supportait aucune contradiction. On aurait pu croire qu'il s'agissait d'une déformation professionnelle... Je pensais plutôt qu'il était devenu avocat parce qu'il avait ce bagout naturel.

Je passai une main sur mon visage, chassant une nouvelle vague de fatigue. Ma nuit blanche me pesait déjà, et la journée venait à peine de commencer. Ou peut-être était-ce le décorticage chirurgical de mon mariage qui m'usait. Parmi toutes les remarques d'Alexis, une seule me hantait : est-ce que j'aimais Sophie ? Est-ce que je l'avais aimée ou est-ce que je l'avais juste épousée parce que c'était dans l'ordre des choses ?

— Tu crois vraiment que je ne l'aime pas ? demandai-je, déboussolé.

— Ce n'est pas ce que j'ai dit. Disons que tu l'aimes... Tu l'aimes comme tu aimes Judith.

— Ta sœur ?

— Oui, tu l'aimes comme on aime une sœur. Bon, tu es fils unique, mais tu te comportes avec Judith exactement comme un grand frère. Tu lui as déniché un job, tu t'assures qu'elle va bien et, à l'occasion, tu lui passes un coup de fil.

J'avais effectivement aidé Judith. Lui trouver un job de secrétaire, chez l'un de nos fournisseurs, n'avait pas été très compliqué. Elle avait su rapidement faire ses preuves. Pour autant, je n'aurais pas été si définitif qu'Alexis sur mon rôle de grand frère fictif. Mon meilleur ami n'était pas forcément au courant de mon passé furtif avec sa sœur.

— J'ai embrassé Judith, tu sais, lançai-je alors qu'il ouvrait le dossier de mon divorce. Et pas vraiment comme on embrasserait une sœur.

Je me souvenais parfaitement de ce baiser, échangé lors d'une soirée de fin d'année dans l'appartement huppé de mon père. Judith allait partir pour l'étranger, Alexis avait validé ses partiels, Sophie dansait, ivre, au milieu du salon, et je tentais de savoir ce que j'allais faire de ma vie. Avec la sœur de mon meilleur ami, nous nous étions retrouvés enfermés dans la salle de bains familiale. Judith n'avait rien de commun avec son frère : une belle chevelure rousse, une peau diaphane, une timidité marquée, des yeux verts pétillants... loin de la détermination de son cynique de frère, aux yeux noirs et à la chevelure brune.

— Juin 2008, soupira Alexis.

— Tu le savais ?

— Tu as cru que la porte de la salle de bains s'était débloquée toute seule ?

— Je sortais avec Sophie à l'époque, lui rappelai-je.

— Bon sang, deux pauvres bisous avec deux filles qui ne sont pas Sophie. Tu n'as pas à culpabiliser pour ça. Au contraire, tu aurais dû comprendre que c'étaient des signes. Apprends à gérer ta culpabilité, Arnaud. C'est ce que font la plupart des récidivistes !

— J'avais vraiment culpabilisé, m'écriai-je, vexé.

Le lendemain, j'avais fait changer la serrure de la salle de bains, m'assurant que le pêne s'enclenche parfaitement. Judith et moi avions fait le choix tacite de taire cette histoire. Au petit déjeuner, nous nous étions souri, et je lui avais servi un thé à la bergamote pendant que Sophie soignait sa gueule de bois à l'aspirine. Comme si rien ne s'était passé.

— Judith s'en est parfaitement remise ! ricana mon avocat.

Il leva les yeux au ciel et secoua la tête. Jetant un coup d'œil à sa montre, il feuilleta rapidement mon dossier, s'arrêtant sur la convention de divorce que Sophie et moi avions rédigée, lors de ce qui fut notre dernier dîner hebdomadaire en tête à tête.

— Elle est avec quelqu'un ?

— Tu le demandes comme un frère ou comme un mec célibataire d'ici deux heures ?

Il me tendit la convention, épaisse de plusieurs feuilles, puis pointa l'index sur la page 4, sur le paragraphe concernant la garde de Zoé.

— Comme un frère, répondis-je. Ma vie amoureuse est un tas de cendres encore fumantes !

— Elle a rencontré un type qui l'a demandée en mariage.

Au ton acerbe d'Alexis, je compris que la nouvelle ne le réjouissait pas. Imaginer Alexis en train de malmener le promis de sa sœur me tira un sourire. Le pauvre allait se faire cuisiner par un homme qui avait pour métier de déceler les moindres failles de ses adversaires et de les exploiter autant que possible.

— Elle a dit oui. Du coup, je dois le rencontrer demain.

— À Paris ?

— Ils prennent le train demain matin. Si on en revenait plutôt à la fin de ton mariage ? Et après ça, je veux que tu redeviennes le type qui gère une multinationale bientôt cotée en Bourse, qui fait tourner la tête des filles en pleine rue même en tenue de sport et qui trouve que Dark Vador est un mec plutôt sympa !

Nous rîmes en chœur et, pendant quelques minutes, j'oubliai pourquoi nous étions réunis ici. Je reléguai ma fatigue aussi loin que possible, me souvenant de cet exercice qu'Alexis avait dû mener lors de sa dernière année d'études : choisir un « méchant » parmi une liste imposée, le défendre et faire en sorte qu'il soit acquitté de toutes charges. Alexis avait passé deux nuits entières à rédiger sa plaidoirie, répétant devant moi et me forçant à admettre que Dark Vador était finalement assez sympathique.

— Pourquoi avais-tu choisi Dark Vador, au fait ?

— S'appuyer sur l'histoire familiale et apitoyer le jury fonctionne assez bien. Revenons-en à cet accord. J'aimerais qu'on revoie le droit de visite pour Zoé.

Zoé était au cœur de notre accord de divorce. Sur le montant de la prestation compensatoire, je n'avais pas négocié un euro. Comme je l'avais dit à Alexis, Sophie méritait cet argent. Si, au travail, je pouvais paraître insensible et déterminé, négociant durement avec mes fournisseurs, dans ma vie privée, j'étais moins sévère.

En revanche, le sujet de la garde de notre fille était un véritable point d'achoppement.

— Je veux que tu entres dans ce cabinet en pensant à ta fille. Il faut obtenir une garde alternée, sinon, d'ici deux ans ta fille décidera de rester chez sa mère, et tu ne la verras plus !

— Une garde alternée signifie que je dois habiter dans le même quartier.

— Je ne vois pas en quoi c'est un obstacle. Il faut que tu envisages cette convention de divorce comme une négociation de contrat.

Je poussai un nouveau soupir. La perspective de me battre contre Sophie ne me réjouissait pas. Pour le moment, malgré son silence et malgré mes questions, nous avions géré cette séparation en adultes responsables.

— Tu veux voir ta fille, n'est-ce pas ?

Cette nouvelle remarque d'Alexis fit mouche. Si j'avais tiré un trait sur Sophie, Zoé demeurait un sujet de préoccupation. Fillette brillante, studieuse et réservée, ma fille, Zoé, avait grandi… sans moi. Ce n'était que tout récemment que j'avais constaté l'ampleur du fossé entre elle et moi. Je ne connaissais même pas le prénom de ses amis les plus proches. Pris par mon travail, j'avais raté les premières années de sa vie, je refusais maintenant de louper les prochaines. Pour autant, je ne me sentais pas en droit de revendiquer sa garde.

— À mon avis, tu trouveras un appartement dans le quartier sans difficulté. Pourquoi Sophie refuserait une garde alternée ?

— Peut-être parce que je n'ai pas été un père exemplaire avec Zoé ?

— Et tu penses le devenir en la voyant juste pour les vacances d'été ?

— Tu as vu mon agenda dernièrement ? Je passe mon temps dans des aéroports ou dans des gares. Tu me dis comment je fais ?

Rendre mon agenda compatible avec l'éducation de Zoé me paraissait insurmontable. Depuis presque dix ans, le travail avait pris le pas sur le reste de ma vie. La réussite avait récompensé mes efforts, m'encourageant à poursuivre. Ma famille et ma vie de couple étaient devenues des aspects secondaires de ma vie.

— Tu es un homme plein de ressources, tu trouveras, non ?

— Tu n'aimes vraiment pas Sophie, hein ?

— Arnaud, tu as été marié dix ans. Si je devais faire une comparaison, je dirais que ce mariage ressemble à un vieux chausson rapiécé mais confortable, qu'on n'ose pas jeter parce qu'il a le mérite de nous réchauffer les pieds. Tu n'as pas besoin d'une femme qui te réchauffe les pieds. Tu as besoin d'une femme qui te botte les fesses !

— Et je suis sûr que tu as tout un calepin de volontaires à ma disposition ?

— Deux ou trois, même.

— Tu sais quoi ? Je vais te rajouter à cette liste des méchants. Tu ferais un excellent sujet d'analyse.

— Je cherche juste à t'ouvrir les yeux. Derrière toi, la serveuse te dévore du regard, tu es plutôt beau mec, tu as de l'argent, des chemises sur mesure, et tu es capable de faire de la trottinette dans Paris sans perdre ta dignité. Réveille-toi, Arnaud, tu divorces, c'est un non-événement.

Alexis, prévoyant, avait rédigé deux protocoles d'accord pour le divorce. D'après lui, je devais me battre pour ma fille. Rater son mariage était excusable, devenir un père absent finirait par me ronger.

— Il faut que tu tentes, m'avait encouragé Alexis pendant que nous grimpions dans l'ascenseur en direction de son cabinet.

— Je ne ressemble pas vraiment au père idéal, lui fis-je remarquer.

— C'est vrai. Tu ressembles à un biker déguisé en banquier de province. Fais-le pour ta fille !

J'avais simplement hoché la tête, repensant à tout ce qu'il m'avait dit au café. Mon mariage, ma vie, ma fille, ma façon même de vivre actuellement les événements. Rien de tout cela ne me ressemblait. J'aimais me battre.

Plus que tout, j'aimais gagner.

— Ça va aller ? demanda Alexis alors que je suivais Sophie dans une salle de réunion.

Je risquai un sourire et décidai de le rassurer.

— Tu embrasseras ta sœur pour moi !

Chapitre 3

Elisa mit toute son énergie dans la dictée de sa lettre. Comme elle le faisait toujours ; c'était d'ailleurs pour cette raison que je jouais le jeu. Chaque fois, j'avais l'impression de voler du temps, de retenir un peu de la vitalité et de l'enthousiasme d'Elisa. Elle me souriait, je finissais ses phrases, nous riions en chœur.

Nous nous mentions.

J'en étais consciente. Car, sans greffe, Elisa ne survivrait pas. Et moi, je n'étais pas certaine d'avoir la force de tenir ma promesse. En fermant la porte de la chambre derrière moi, je m'en voulais déjà. Je jouais la fille forte, mais j'étais aussi solide qu'un mur lézardé. Au moindre coup de vent, je m'effondrerais à nouveau.

La majorité de mes proches trouvait héroïque que je rende visite à Elisa, que je tienne à nos rituels stupides et stériles – soyons honnêtes, Clint n'allait sûrement pas lire notre lettre –, que je garde espoir. Ce n'était pas héroïque, c'était un besoin. Elisa m'aidait à garder la tête hors de l'eau. Elle l'avait fait dès le premier soir, m'empêchant de pleurer sur mon sort.

C'était elle qui me sauvait de mes pensées sombres et de mes doutes. Elle qui me rendait le sourire. Elle qui m'avait sortie du lit quand je souhaitais m'y enterrer. Elle qui m'avait assuré que tout irait bien, un jour.

En sortant de l'ascenseur de l'hôpital, j'étais exténuée. Débattre avec Elisa du pedigree de James Cameron et de l'intensité dramatique du film m'avait laminée. Je passai une main sur mon visage, tout en remontant le couloir vers la cafétéria. Des yeux, je parcourus les quelques tables ; Sonia n'était pas encore arrivée, ce qui me soulagea. J'avais besoin d'un moment de vide et de solitude. Je commandai un café et visai une table éloignée de l'animation du couloir.

Les mains autour de mon gobelet chaud, les yeux clos, je détendis ma nuque en effectuant de petits cercles de la tête.

— Vous devriez vous faire examiner, lança une voix masculine.

Je réprimai un soupir. Mon répit n'avait duré que quelques secondes : j'avais eu à peine le temps de boire une gorgée de mon café. Je m'enfonçai dans la banquette et fusillai du regard le médecin en face de moi.

— Vous n'avez pas des vies à sauver, docteur ? cinglai-je.

Un bref sourire éclaira ses traits fatigués. Une barbe de quelques jours couvrait le bas de son visage. Ses yeux noisette étaient cernés, mais j'y décelai une pointe de malice. Elisa avait tout de suite trouvé son médecin séduisant. Des mâchoires parfaitement ciselées, une attitude assurée et un professionnalisme à toute épreuve : je comprenais pourquoi ma meilleure amie s'était entichée de cet homme d'une trentaine d'années.

D'un geste de la main, il désigna la chaise en face de moi et attendit poliment que je hoche la tête pour s'y asseoir – et en plus, poli.

— Je connais un très bon kiné, si vous voulez, proposa-t-il en rivant les yeux aux miens.

Je passai une main sur ma nuque et ravalai une grimace de douleur. Ces douleurs étaient habituelles, elles m'avaient accompagnée fidèlement quand j'avais quitté Paris.

— Les hôpitaux ont tendance à m'angoisser, expliquai-je. Vous n'avez pas votre blouse ?

— Un patient m'a vomi dessus aux urgences. Comment va Mlle Lecorre ?

Je remarquai une légère inflexion dans sa voix. Je soutins son regard, arquant un sourcil d'étonnement. La carapace de professionnalisme montrait une première faille. J'avais passé des heures à me moquer du béguin d'Elisa, je réalisais maintenant qu'il n'était peut-être pas à sens unique.

— C'est vous le médecin, vous devez le savoir, non ?

— Je connais ses analyses et son état de santé.

Nouvelle inflexion de voix. Il baissa les yeux sur son café, et je fis comme si l'éléphant de trois tonnes entre nous était invisible. Je m'en voulais d'avoir plombé la conversation. Mais j'agissais avec lui comme j'agissais avec la maladie : j'étais en colère et prête à me battre avec force. Je libérai mon gobelet de café et le repoussai au centre de la table.

— Elle était fatiguée quand j'ai quitté sa chambre, soufflai-je.

— Vos visites lui font beaucoup de bien.

Je me mordis les lèvres, me retenant de parler de ma promesse et de la morosité d'Elisa. Mes visites ne suffisaient pas. Aurais-je été avec elle en permanence qu'elle aurait encore trouvé le moyen de gamberger dans l'intimité de sa microscopique salle de bains.

— Vous savez si d'autres personnes viennent la voir ?

— Quelques amis, je crois. À l'occasion. Disons que cet

endroit n'est pas des plus accueillants, plaisantai-je. Les murs verts, la nourriture infâme. Vous faites tout pour ne pas retenir vos patients !

— Je ne peux pas vous contredire pour la nourriture. Je crois que c'est un sujet que vous maîtrisez, non ?

— Vous avez pris vos renseignements, on dirait !

— J'avais déjà quelques informations. Internet a rempli les blancs.

Il m'adressa un sourire chaleureux et compatissant, pendant que tous les muscles de mon corps se tendaient brutalement. J'avais tout fait pour oublier ma vie parisienne, qu'elle réapparaisse ainsi me faisait l'effet d'une gifle.

— Je ne cuisine plus vraiment, maintenant, avouai-je.

Je marquai une courte pause et refoulai une vague de mauvais souvenirs. Mon sort avait déjà été débattu et tranché par de nombreuses personnes ; la grande majorité, d'ailleurs, ne m'ayant jamais adressé la parole. Aujourd'hui, j'avais changé de ville, changé de vie et tiré un trait sur mon passé.

Je décidai de revenir sur le seul sujet que j'avais en commun avec le Dr Nédellec : Elisa. Après tout, son temps était compté, et je devais lui voler de précieuses minutes. Tendre une perche subtile suffirait peut-être.

— De toute façon, j'ai toujours trouvé très triste de déguster un bon repas seul, ajoutai-je.

Les doigts du médecin se crispèrent autour de son café. Touché. Je me surpris à sourire. Au milieu de cet endroit terne et sans âme, un médecin et une patiente pouvaient vivre dans une petite bulle d'humanité.

Pas très déontologique, mais hyper romantique. J'ajoutai « touchant » à la liste des qualités du Dr Nédellec. En temps normal – sans la maladie – j'aurais cuisiné cet homme pour débusquer ses honteux secrets.

— Je suis d'accord, approuva-t-il. Je n'ai pas partagé un bon dîner depuis des mois.

— Faute de temps ?

— Faute de candidate capable d'accepter un dîner à 23 heures. Je vous ai entendue rire avec Mlle Lecorre, la semaine dernière. Vous étiez hors des créneaux de visite, me fit-il remarquer.

— Il était presque minuit, et vous rôdiez dans les couloirs du service de néphrologie ?

— Je travaille ici, me rappela-t-il avec un sourire complice. C'est mon métier de veiller sur mes patients.

Je ne savais pas dire s'il était sérieux ou s'il entrait dans mon jeu de dupes. À la façon dont son regard pétillait, j'optai pour la seconde option. Je lui adressai un sourire entendu. Lors des premiers entretiens avec Elisa, il s'était montré distant et avait utilisé un jargon médical étouffant. Sous mes yeux, maintenant, il vacillait entre déontologie médicale et attachement sincère pour Elisa.

Quand j'allais lui raconter ça, elle allait jubiler.

— Son cas est vraiment préoccupant, murmura-t-il.

Ce n'était pas de la pitié, juste un constat tranchant et glacial. S'il avait parlé plus fort, sa voix aurait à nouveau flanché. Il serra son gobelet entre ses mains, et je sus que ma douleur était partagée. Nous le savions. Mais l'entendre revenait à replonger le couteau dans une plaie béante.

— Je me sens démuni, en fait, avoua-t-il. Elle est jeune et… Disons que je trouve ça très injuste.

— Sûrement parce que ça l'est.

— Alors ? De quoi riiez-vous, l'autre soir ? demanda-t-il soudainement, tout en se redressant.

En une seconde, toute trace de mélancolie avait déserté son visage. Je fis comme si le changement de sujet ne m'avait pas surprise. J'imaginais que c'était normal : quand on apprécie quelqu'un, on veut savoir ce qui le fait rire ou pleurer.

— De Tom Hanks. Enfin de la lettre que nous lui avons envoyée.

— Eli... Mlle Lecorre, se corrigea-t-il aussitôt, est... quoi... une fan ?

— En quelque sorte. Nous... Nous écrivons aux acteurs ou aux réalisateurs pour leur demander de changer la fin de certains films.

Le Dr Nédellec me fixa comme si j'étais un être débarqué d'une autre planète lui annonçant que je venais m'installer à Saint-Malo pour faire le plein de vitamine D. Notre projet était peu orthodoxe, et nous l'avions dévoilé à un nombre restreint de personnes, justement pour éviter ces réactions ahuries. Je réalisais maintenant qu'en parler à un médecin n'était pas l'idée du siècle : il devait connaître du monde en psychiatrie.

— Tom Hanks a la fâcheuse habitude de mourir dans ses films. *Philadelphia*, *Seul au monde*... On lui a donc fait part de notre agacement.

— Il ne meurt pas dans *Forrest Gump*, rétorqua le médecin.

— *Forrest Gump* a déjà fait l'objet d'une lettre à part entière. Vous ne trouvez pas que la fin est cruelle ? Franchement ?

— En effet, admit-il dans un demi-sourire. Je crois que c'est la première fois que j'entends parler de... C'est un peu dingue, non ?

Il fut secoué d'un rire, et je ne pus m'empêcher de

l'accompagner. C'était effectivement dingue et irréaliste, mais cela nous permettait de garder la tête hors de l'eau, de regarder ailleurs, en faisant comme si la promesse d'une épitaphe ne rôdait pas dans l'ombre.

— C'est une manière comme une autre de passer le temps et d'oublier cet endroit. Et ça la fait rire, lui rappelai-je.

— Ce qui suffit à légitimer cette activité. Qui était votre victime du jour ?

— James Cameron. Pour la fin de *Titanic*. Elisa dicte, et je tape les lettres : c'est un vrai travail d'équipe.

Il hocha la tête et termina son café d'un trait. Se levant de table, il riva les yeux aux miens. Il y eut un court silence, comme s'il hésitait à me confier une nouvelle partie de son secret : il appréciait Elisa, plus qu'un médecin ne le devrait, et ça le tourmentait.

— J'aime bien l'entendre rire, alors continuez à venir.

— Même en dehors des heures de visite ?

Ses yeux se remirent à pétiller, et je décelai le charme discret dont m'avait parlé Elisa. Ce que j'avais pris pour de la froideur relevait plutôt du dilemme : Hippocrate n'avait pas prévu ce genre de cas.

— Je vais faire comme si je n'avais rien entendu, répondit-il dans un sourire. Est-ce que je pourrais contribuer ?

— Aux lettres ?

Il hocha la tête.

— *Grey's Anatomy*, murmura-t-il, comme s'il s'agissait d'un secret d'État. C'est tout, sauf crédible. Leurs blouses restent toujours propres !

J'acquiesçai et promis de l'ajouter à la liste des réclamations à instruire. Je coincerais cette idée entre la fin de *Thelma et Louise*, et celle, dramatique de *Roméo et Juliette*.

Il s'éclipsa l'instant suivant, rejoignant un collègue médecin dans le couloir. Je jetai un coup d'œil à ma montre et tendis le cou vers l'ascenseur, espérant y apercevoir Sonia. Je prenais mon service dans une heure et j'avais promis à Joséphine que je serais en salle pour la soirée. Quand l'infirmière du service de néphrologie arriva finalement, je terminais mon deuxième café.

— Désolée pour l'attente. La sonde d'une patiente était récalcitrante, expliqua-t-elle, contrariée.

Je grimaçai et l'invitai à s'asseoir en face de moi. Elle déposa un épais dossier sur la petite table, puis passa une main sur son visage. Apparemment, c'était le jour où toute la ville avait décidé de se confier.

— De quoi voulais-tu me parler ? l'encourageai-je.

Les yeux de Sonia furetaient partout. Elle semblait paniquée, les mains posées à plat sur son épais dossier, comme si elle craignait qu'il s'envole. J'allais devoir lui arracher ses confidences.

— Je… Par où commencer ? Tu sais que je dessine et que… enfin… que je crée des robes. Et…

— Sonia, respire, dis-je avec un sourire. Est-ce que je peux regarder ?

Elle écarquilla les yeux d'effroi. Puisqu'elle me parlait de sa passion pour le stylisme, je supposai qu'elle avait apporté avec elle quelques modèles. Je n'avais jamais eu l'occasion de consulter son travail et, à sa mine défaite, je compris qu'elle n'avait pas franchement l'intention de partager ses dessins.

— Ce sont… Ce sont des brouillons, se justifia-t-elle alors que je découvrais les premières esquisses.

D'une main tremblante, elle repoussa une mèche de cheveux bruns derrière l'oreille.

— C'est très joli, la complimentai-je.

Pour chaque modèle, elle avait épinglé le type de tissu à privilégier. Je passai les doigts sur les morceaux de tulle, d'organza ou de dentelle fine qu'elle avait sélectionnés. Ces choix reflétaient sa délicatesse et son élégance. Avec mon ciré et mes cheveux impétueux, j'avais la sensation d'être une paysanne déboulant dans un salon de thé feutré. J'étais épatée par son sens créatif.

— Merci, murmura-t-elle en rougissant. Oh ! celle-ci n'est pas finie, expliqua-t-elle en pointant un modèle.

— Tu voulais mon avis sur tes créations ?

— Oui. Mais, euh, je... je dois faire une présentation, un book précisément, et j'aimerais que tu m'aides pour le préparer.

— Je ne sais même pas coudre un bouton, m'esclaffai-je.

— Oh ! non... C'est... Il faudrait trouver des noms aux modèles et ajouter les descriptions. Il faut aussi que je fasse un dossier qui me présente et qui explique mon style.

— Un argumentaire ?

Elle opina avec vigueur, presque soulagée que je comprenne ses balbutiements. Je continuai à faire défiler les modèles, éblouie par sa créativité. Sonia avait visiblement un penchant pour les robes de mariée, optant pour des coupes simples et des matières nobles.

Ça ressemblait presque à ma cuisine.

— Je me suis dit que tu pourrais m'aider. J'ai déjà pris des dispositions pour les photos des robes et j'ai une amie graphiste... Mais, dès qu'il s'agit de parler de moi ou de mon inspiration, je suis incapable de... bref, je ne sais pas faire.

Je n'étais pas certaine de savoir le faire non plus. Mais, entre l'écriture des lettres d'Elisa, les discours d'Armel et les recettes de Joséphine, j'avais développé un penchant pour les mots. Joséphine, ma grand-mère de cœur et mon employeur, m'encourageait d'ailleurs à devenir écrivain public. Je refusais systématiquement ; c'était un passe-temps, et je ne me voyais pas facturer Elisa ou Armel pour avoir écrit trois lignes qu'ils auraient fini par débiter par eux-mêmes.

— Je participe à un concours. À Paris, précisa-t-elle.

Je risquai un sourire. Sonia avait les yeux brillants, me parlant de Paris comme du Far West qu'il fallait conquérir. C'était ce que j'aimais le plus dans cette activité : partager les espérances des autres.

Armel voulait devenir président. Président du comité des fêtes.

Joséphine souhaitait transmettre ses recettes, par crainte qu'on l'oublie.

Elisa espérait changer les fins cruelles.

Sonia s'accrochait à son rêve.

J'étais leur voix, celle qui mettait des mots sur les convictions politiques, celle qui ordonnançait des recettes de cuisine, celle qui râlait contre Hollywood. C'était une véritable chance de participer à leur vie et de contribuer à toutes leurs ambitions, des plus grandioses aux plus touchantes. Cette activité m'avait sauvée de la dépression, elle m'avait fait me sentir utile et rencontrer des gens que je n'aurais jamais croisés autrement.

— Est-ce que tu pourrais me laisser ces dessins quelques jours ? Parce que je pense qu'il faut commencer par faire le tri et travailler sur l'ordre de présentation des modèles, non ?

Sonia me fixa, interdite. Ma suggestion l'avait figée sur

place. À nouveau, sa mèche de cheveux barra sa joue, et elle la repoussa du bout de l'index.

— Tu crois ? fit-elle, incertaine.

Je relevai les yeux vers elle. Ma carrière précédente m'avait apporté une certaine notoriété. J'avais encore du mal à savoir si elle était toujours présente et dans quelle mesure les gens à qui je parlais en étaient avisés. Par conséquent, j'avançais toujours à couvert et tentais de déceler, dans les réactions de mes vis-à-vis, s'ils connaissaient mon passé.

— Eh bien... J'imagine que c'est comme pour un restaurant. Il faut... donner envie, en commençant par une bouchée, puis une autre, puis un plat. Tu comprends ce que je veux dire ?

— Je sais que tu es serveuse, mais...

Sonia ne savait donc rien de moi. J'esquissai un bref sourire, refoulant les sentiments mitigés que sa remarque provoquait. Ici, j'étais serveuse dans une crêperie. À Paris, j'avais été cheffe de cuisine, à la tête d'une brigade de vingt-cinq personnes, au sein d'un restaurant doublement étoilé. J'avais quitté la capitale et cette carrière, j'avais choisi de tirer un trait sur la cuisine. D'habitude, je disais que je n'avais aucun regret mais, aujourd'hui, face à Sonia, mon mensonge me sautait aux yeux.

— C'était juste une suggestion, pondérai-je en refermant le dossier.

Sonia agita les mains devant moi et repoussa ses dessins dans ma direction. Mon ton avait été plus tranchant que je ne l'avais souhaité et, je devais l'admettre, une pointe de vexation me piquait l'estomac. Mon orgueil, si longtemps emprisonné, resurgissait au mauvais moment.

— J'aime beaucoup l'idée. Comme un défilé, en fait.

Les yeux de l'infirmière-styliste étaient implorants. Je posai la main sur la sienne pour la rassurer.

— Comme un défilé, approuvai-je. De la cohérence et de la progression. Disons qu'il faut donner envie de découvrir tous tes pla… modèles.

— J'ai deux mois, expliqua Sonia, sans relever mon lapsus.

Je comprenais mieux son accès de panique. Deux mois, c'était court pour mener à bien tout son projet. Devant moi, Sonia se décomposait déjà, listant probablement tout ce qui lui restait à faire. J'avais l'habitude de travailler sous pression. Curieusement, c'était même dans ces moments-là que je donnais le meilleur de moi-même.

— On y arrivera, lançai-je avec toute ma conviction.

— Tu crois ? Est-ce que tu penses qu'on peut s'en parler ce week-end et peut-être travailler sur des listes de nom ? Dimanche, par exemple ?

— On y arrivera, répétai-je.

Sonia échangea un regard avec moi, et j'espérai que ma conviction serait suffisante pour l'apaiser. Je rapprochai son dossier de dessins de moi, attendant qu'elle hoche silencieusement la tête pour le glisser dans mon sac. Sonia fixa mon sac avec intensité, me donnant la sensation d'avoir mené une transaction illicite.

— On se voit dimanche, dis-je en me levant.

Elle se leva à son tour et ne put m'offrir qu'un sourire tremblant. Au-delà de son projet et de l'aide technique dont elle avait besoin, j'allais aussi devoir la rassurer et l'inciter à prendre confiance en elle.

J'agrippai le haut de son bras et le pressai.

— Et je repasse vendredi pour voir Elisa, d'accord ?

— Très bien. Je… Je remonte. Merci beaucoup pour ton aide.

— Avec plaisir.

Je n'attendis pas de la voir remonter le couloir et fonçai jusqu'à ma voiture, m'abritant du fin crachin persistant. Je posai ma sacoche sur le siège passager et agrippai le volant des deux mains, avant de m'affaler dessus.

Je pris une profonde inspiration et laissai mes émotions contradictoires – une tristesse persistante mêlée de regrets lancinants – me submerger. Ce hobby devait me permettre d'oublier ma vie d'avant mais, depuis quelque temps, j'avais la sensation qu'il le faisait resurgir. Après plusieurs minutes, bercée par le bruit cadencé de l'essuie-glace et de la ventilation tiède de la voiture, j'effaçai les larmes de mes yeux.

Cette fois-ci, je ne pleurais pas pour Elisa, ni pour son épitaphe ou son histoire chaste avec le Dr Nédellec. Cette fois-ci, je pleurais pour moi et le beau gâchis qu'était ma vie.

Chapitre 4

— Louise, s'il vous plaît, apportez-nous cinq cafés.

Mon assistante par intérim hocha la tête et se dirigea vers la machine à expresso. Je refermai la porte de mon bureau et poussai un soupir exaspéré : cette réunion durait déjà depuis deux heures, et je n'avais pas la sensation que nous avions beaucoup avancé. Par la fenêtre, le soleil ardent m'invitait plus à sortir m'aérer qu'à rester enfermé.

— Messieurs, Louise va nous apporter des cafés.

Des sourires ravis accueillirent mon annonce. Je remontai les manches de ma chemise jusqu'aux coudes, desserrai ma cravate et, plutôt que de retourner m'asseoir derrière mon bureau, je restai debout, face aux représentants du personnel, qui bloquaient le processus de négociation.

— Les cafés seront là dans cinq minutes, ce qui nous laisse quatre minutes environ pour réussir cette négociation.

Je m'appuyai contre le rebord de mon bureau en verre, laissant le silence planer. C'était une stratégie comme une autre. Le silence ne m'avait jamais gêné, je l'appréciais même, mais je savais que la plupart des gens se sentaient mal à l'aise quand personne ne pipait mot. Cela faisait des semaines que ce protocole faisait des allers-retours entre mon bureau et ceux des quatre représentants de l'usine de Rennes. J'espérais qu'en traitant directement avec eux le sujet finisse par aboutir.

— Je ne crois pas que votre père aurait apprécié vos méthodes, râla le plus vieux d'entre eux.

— Mon père est mort, et j'ai un rendez-vous dans trente minutes.

— On ne peut pas accepter cet accord, grogna le deuxième.

— Pourquoi au juste ? demandai-je, sans masquer mon agacement.

— Parce que c'est… Nous sommes là pour défendre tous ceux qui bossent dans cette usine. Et là, vous voulez instaurer des horaires décalés ?

— J'ouvre trois nouveaux ateliers et, oui, je propose une nouvelle organisation du travail avec des horaires décalés et mieux payés. Et sur la base du volontariat.

— Et ceux qui ne sont pas volontaires ? Vous faites quoi ? Vous les virez ?

— Bien sûr que non ! Écoutez, je veux signer cet accord, parce que la société se développe et que nous devons nous organiser en conséquence. Maintenant, si vous ne voulez pas de cet accord, je passerai en force et, très honnêtement, vous aurez du mal à sauver vos sièges aux prochaines élections.

Je contournai le bureau et me réinstallai dans mon fauteuil. Du coin de l'œil, je vérifiai l'heure. Il me restait deux minutes avant que l'arrivée des cafés signe la fin de la récréation. Je devais en finir. Je pris mon stylo, fis glisser l'accord vers moi et le signai.

— À vous de jouer, les encourageai-je en leur tendant le protocole de deux pages.

— Si votre père…

— Laissez mon père là où il est, assénai-je, poing serré. Mon père a créé cette entreprise et, quoi que vous en pensiez, je fais de mon mieux pour la faire prospérer et garantir des emplois.

— À quel prix ? me défia-t-il. Vous allez perturber la vie de centaines de gens. Est-ce que vous pensez aux familles ? Aux enfants qui ne verront pas leurs parents le soir ?

Je pris une profonde inspiration. Me mettre en colère ne ferait que les braquer. L'argument sur la vie familiale était habituel et avait déjà été seriné par les représentants du personnel. Aujourd'hui, pourtant, avec mon changement de situation familiale, il prenait une nouvelle résonance : j'allais devoir apprendre à vivre avec ma fille.

Les mains jointes sur mon épais sous-main, je repoussai une désagréable sensation d'étouffement. À la mort de mon père, je m'étais naturellement installé ici. La pièce ne ressemblait pas vraiment à un bureau de directeur général ; je n'avais aucune baie vitrée, aucune table de réunion, ni même une plante verte. À défaut d'impressionner mes clients, cette pièce les intriguait. Elle était petite, aux murs blancs, avec un parquet d'origine qui grinçait, et la plupart de mes visiteurs devaient considérer que je me contentais d'un placard quand j'aurais pu avoir tout un étage.

Près d'un an après la mort de mon père, j'avais envisagé de faire des travaux d'agrandissement. D'après Alexis, je devais avoir un bureau à la hauteur de mes responsabilités. J'avais fait faire des devis et reçu des architectes. À la veille du début des travaux, j'avais tout annulé. D'une part, j'étais plus souvent sur la route que dans ce bureau ;

d'autre part, faire ajouter une salle de bains revenait à considérer ce bureau comme ma maison.

À l'époque, ce n'était pas un cap que j'étais prêt à passer. Aujourd'hui, évidemment, je voyais les choses différemment.

Finalement, j'avais simplement changé le bureau, optant pour une table en verre, et ajouté une lampe moderne. La pièce n'était pas agencée pour accueillir des réunions et, par conséquent, je limitais les rencontres dans ce bureau. Mais, pour obtenir gain de cause sur cet accord, j'avais décidé d'une stratégie de proximité.

De toute évidence, cette stratégie était loin de porter ses fruits et allait me mettre en retard.

— Écoutez, monsieur Le Bihan, je propose des contreparties plus que raisonnables. Et je fais les choses dans les règles, en vous consultant et…

— Sinon quoi ? me coupa-t-il. Vous fermerez l'usine ? C'est comme ça que vous comptez diriger ? Avec des menaces culpabilisantes ?

— J'ai fait en sorte que cet accord soit équitable pour tout le monde.

La porte de mon bureau s'ouvrit, laissant échapper la tension électrique qui saturait l'air, et mon assistante apparut avec les cafés demandés. Devant moi, les délégués syndicaux se consultaient du regard. Eux, comme moi, savaient que l'arrivée de mon assistante marquait la fin de la conversation.

— Merci, Louise. S'il vous plaît, j'ai un rendez-vous dans dix minutes, vous la faites patienter dans votre bureau.

— Sans problème.

Elle m'adressa un sourire chaleureux et s'assura que nous n'avions besoin de rien avant de s'éclipser. Quand elle eut refermé la porte derrière elle, je repris mon argumentation.

— Bien, messieurs. Voilà ce qu'il risque de se passer : j'ai signé l'accord, pendant que vous cherchez toujours une bonne raison de ne pas le faire. On communiquera sur le fait que l'entreprise a proposé un accord financier à ses collaborateurs, en échange d'une nouvelle organisation de travail. Je crois pouvoir affirmer que nous parviendrons à rédiger un communiqué de presse sans mentionner votre présence ou votre rôle.

Du coin de l'œil, je vis Le Bihan ouvrir la bouche, prêt à aboyer à nouveau. Je levai la main vers lui, le faisant taire avant même qu'il prononce un mot.

— Ce qui fait de vous, au mieux des incompétents, au pire, des personnes parfaitement inutiles, continuai-je.

— Nous pourrions aller au conflit, suggéra le troisième délégué, qui n'avait pas encore prononcé un mot.

— Vous pourriez. Cela me pousserait à produire ailleurs, et je n'y tiens pas.

Je bus mon café d'un trait, me levai de mon fauteuil de bureau et me dirigeai vers la porte. D'un même mouvement, les délégués du personnel se levèrent. Je leur offris un sourire forcé ; même si je leur tenais la dragée haute, je savais que personne ne sortait vraiment gagnant de cet affrontement.

J'aimais gagner.

Mais gagner par défaut me donnait un goût amer d'inachevé et me laissait insatisfait.

J'ouvris la porte et leur tendis la main pour les saluer.

— Messieurs. Je vous ferai envoyer une copie de l'accord.

Le Bihan me salua en dernier, le visage en berne. Au moment du lancement de l'entreprise, quand mon père avait pris la suite du sien, Le Bihan était déjà là, défendant la cause des salariés de l'usine de Rennes. Mon père l'invitait à dîner, ma mère l'embrassait sur les deux joues. J'étais à peu près certain qu'il avait aidé mon père à peindre ma chambre d'enfant.

À l'enterrement de ce dernier, il lui avait rendu un hommage vibrant, parlant de lui comme un ami… et non comme un salarié. Dix ans plus tard, il était toujours présent, et le monde avait évolué. J'avais investi le bureau de mon père, je ne portais pas de cravate, je remontais mes manches de chemise jusqu'aux coudes, je préférais le jean brut au costume et je garais ma moto là où mon père garait la berline familiale.

Pour Le Bihan, comme pour de nombreux collaborateurs historiques de mon père, le choc avait été très brutal. J'étais aux antipodes de mon père.

Affronter Le Bihan me pesait, mais je n'avais pas le choix. Par habitude et pour éviter qu'on nous pose trop de questions, nous avions mis en place pour nos échanges professionnels une forme de distance et le vouvoiement de rigueur.

— Vous saluerez votre mère pour moi, dit-il en serrant ma main dans la sienne.

Le Bihan s'autorisait deux écarts par an à notre routine glaciale : le premier, quand il me demandait de souhaiter, de sa part, un bon anniversaire à ma mère ; le second, quand il m'appelait pour me présenter ses vœux d'heureuse année.

— Sans faute.

— Elle s'est remise de son opération ?

— Parfaitement. Elle gambade à nouveau en pleine

forêt de Rambouillet. Vous devriez passer la voir, je pense que ça lui ferait plaisir.

Il hocha la tête, et nos deux mains se déverrouillèrent. Après deux heures de réunion épuisante, je remarquai les traces de fatigue sur son visage. D'après mes calculs, il ne devait plus être très loin de la retraite. Il passa une main sur sa nuque, masquant mal son embarras.

— Pour l'accord, que diriez-vous d'une signature à l'usine ?

— Je l'ai déjà signé.

Je regrettai aussitôt mon ton acerbe. Cette journée était interminable, et mon humeur s'en ressentait. Même si Le Bihan agissait tardivement, il avait au moins le mérite de faire un pas en avant.

— Je veux que l'accord soit mis en place dès octobre, soulignai-je.

— Organisons quelque chose d'ici un mois. Nous signerons l'accord, assura-t-il. Ce n'est pas à nous d'expliquer ce changement d'organisation, mais bien à vous de l'assumer.

— Je l'assume pleinement. Et je répondrai à toutes les questions que les salariés se posent, ça vous va ?

Il tendit à nouveau sa main vers moi, m'invitant ainsi à sceller notre accord. J'acceptai sa poignée de main, et nous échangeâmes un sourire. En quelques secondes, l'ambiance tendue s'était allégée. Mes épaules endolories s'affaissèrent, et Le Bihan quitta mon bureau.

— Bon courage pour votre prochain rendez-vous, lança-t-il en remontant l'étroit couloir en direction de l'ascenseur.

— Merci, soufflai-je.

Si cette dernière réunion m'avait poussé dans mes

retranchements, je redoutais encore plus l'ultime invitée de ma journée.

Je dénouai complètement ma cravate et la roulai en boule dans la poche de mon pantalon, puis retournai dans mon bureau pour rassembler mes dossiers et prendre mon ordinateur portable. Je glissai le tout dans ma sacoche et vérifiai l'état de la batterie de mon téléphone.

Lisa m'avait donné rendez-vous dans vingt minutes, ce qui me laissait assez de temps pour la rejoindre à pied. Mon sac en bandoulière et ma veste sur le bras, je fermai mon bureau et rejoignis celui de mon assistante.

— On devrait mettre du jaune et faire un soleil, tu ne crois pas ?

J'entrai dans la petite pièce attenante au bureau de Louise, qui servait aussi de salle d'attente, et découvris mon assistante intérimaire assise sur les genoux devant la table basse entourée de deux fauteuils en cuir. Au sol s'étalait une multitude de coloriages imprimés, pendant que Louise tenait une poignée de feutres dans les mains.

Face à elle, Zoé dessinait, tortillant le bout de sa langue de concentration, tête penchée.

— Et des nuages ? proposa ma fille avec enthousiasme.

— Si tu veux. Est-ce qu'il y a une cheminée dans ta maison ?

Zoé hocha la tête et entreprit de tracer un zigzag au feutre noir pour simuler une fumée s'échappant du toit. J'avançai à pas feutrés et m'installai sur un des fauteuils.

— C'est ce que tu veux ? Une maison ?

— Papa !

Ma fille bondit dans mes bras avec enthousiasme. Je respirai son parfum, mélange de lait de toilette et de fragrance de pamplemousse. Elle portait une robe à bretelles bleu ciel, et sa mère lui avait attaché les cheveux avec un élastique à fleurs. La seule perspective de devoir reproduire la même coiffure me tira un frisson d'effroi.

— Tu piques ! ronchonna-t-elle en éloignant son visage du mien.

— Je sais. Prête pour aller visiter des appartements ?

— Prête ! Et je veux un lit en hauteur !

— Un lit mezzanine ?

Zoé hocha frénétiquement la tête, ses yeux bleus pétillants de malice. Je secouai la tête, me souvenant des mots de ma mère sur l'hérédité du gène de la détermination. D'après elle, les racines bretonnes de Zoé étaient évidentes.

— Pour jouer avec mes copines en dessous, expliqua-t-elle, pleine de bon sens.

— Bien. On verra ce qu'on peut faire. Maman a laissé un sac pour ce week-end ?

— Il est sous mon bureau, intervint Louise en se redressant.

Lors du rendez-vous au cabinet d'Alexis, Sophie avait finalement accepté la proposition de garde alternée. En échange, j'avais dû m'engager par écrit à dégager du temps pour Zoé et à proposer un calendrier de vacances avec trois mois d'avance. C'était de bonne guerre : combien de fois avais-je annulé des week-ends à la dernière minute parce qu'un dossier urgent me retenait sur Paris ? Sophie avait raison d'être aussi exigeante avec moi. Elle le faisait pour Zoé.

— Je vais mettre ce dessin dans votre bureau ?

Elle me montra le dessin de Zoé. Mon bureau était aussi impersonnel que petit. Hormis les rares photos liées à la vie de l'entreprise et à la transmission familiale, il n'y avait rien. Je n'avais même pas une photo de Sophie et de ma fille.

Je me contentai de hocher la tête, observant Louise poser le dessin de ma fille sur une de mes piles de dossiers.

— On y va ? m'interrogea ma fille en levant les yeux vers moi.

— On y va ! Louise, on se voit lundi ?

— Ça sera mon dernier mois, chantonna-t-elle.

— Évitez de me rappeler ce genre de mauvaise nouvelle, râlai-je avec un sourire. Je sais que je ne parviendrai pas à vous retenir avec moi.

En intégrant l'entreprise, Louise avait toujours été très claire sur ses objectifs : elle faisait ce métier pour mettre de l'argent de côté et voulait ensuite s'envoler pour le Canada afin d'ouvrir un restaurant avec son futur mari. Dès la semaine prochaine, il me faudrait donc faire passer des entretiens pour la remplacer.

— Je vous délaisse pour un autre homme, me nargua-t-elle.

— Quel veinard ! dis-je avec un clin d'œil. Allez, Zoé, on y va ! On va tenter de trouver la maison de papa et ta future chambre, d'accord ?

Elle leva son petit poing vers le ciel, comme si elle était investie d'une mission suprême que seule une super-héroïne pouvait accomplir. J'étais ravi de la voir si enthousiaste et si volontaire. Le divorce avait été soudain et résolu rapidement, nous avions parlé avec Zoé, expliqué la situation, et nous lui avions assuré que cela ne changeait rien à l'amour que nous avions pour elle. Alexis s'était ensuite chargé de marketer notre séparation : deux chambres différentes, deux fois plus de cadeaux et deux maisons à décorer de coloriages. Pour le moment, ma fille vivait bien cette évolution majeure.

— Ce soir, on va visiter trois appartements avec une dame qui s'appelle Lisa, lui expliquai-je dès que nous fûmes à l'extérieur.

— C'est qui Lisa ?

— Elle est agent immobilier. Elle s'occupe de trouver des maisons pour papa et toi.

Elle sembla digérer l'information. Après quelques minutes de marche, elle enchaîna sur une nouvelle question.

— Et on dormira où ce soir ?

— Alors, pour ce soir et le week-end, on ira à l'hôtel. Mais je vais faire mon possible pour qu'on trouve vite une nouvelle maison et qu'on puisse acheter un lit mezzanine, d'accord ?

— Sinon on peut aller à la maison. Avec maman, ajouta-t-elle un ton plus bas.

Je m'arrêtai et m'agenouillai pour être à sa hauteur. Je savais qu'il ne s'agissait que de la première difficulté sur la longue liste qui m'attendait. Créer du lien et de la proximité avec ma fille allait prendre du temps. Elle devait apprendre à cohabiter avec moi... alors que, pendant des années, sa mère avait pris soin d'elle, palliant mes absences récurrentes.

— Chérie, papa et maman ne vivent plus dans la même maison maintenant. Mais on va vivre à côté, et tu pourras nous voir quand tu veux.

— Tu viendras me chercher à l'école ?

Sa voix se fêla, et j'eus la sensation qu'on m'enfonçait un poignard au fond du cœur pour en prélever un morceau en guise de trophée. Arnaud Langlois avait un cœur et, en face de sa fille, il risquait de s'effondrer en petits morceaux.

— Parfois, oui. J'essayerai, ajoutai-je en renonçant à l'idée de promettre quoi que ce soit. Mais tu sais, j'ai prévu un super week-end pour nous deux. Je me suis dit qu'on jouerait au bowling, et peut-être qu'on ira manger une glace au parc.

Ses yeux s'illuminèrent, et les larmes qui menaçaient de couler sur ses joues se dissipèrent. Je respirai de nouveau, soulagé d'avoir désamorcé une éventuelle crise. Je tendis les bras pour accueillir ma fille contre moi.

— On pourra mettre une photo de maman dans ma chambre ? demanda-t-elle dans un chuchotis.

— Bien sûr, chérie. C'est toi qui décores ta chambre, tu sais !

Elle retrouva le sourire, et nous reprîmes notre marche en direction du premier appartement. Lisa nous attendait devant le premier immeuble, impeccable dans un tailleur gris clair. En me voyant avec Zoé, elle m'adressa un sourire amical. Lisa et moi avions étudié dans la même école et sympathisé en cours de droit. Sa capacité à prendre des notes alors que le prof débitait son cours sans pause pour respirer m'avait ébloui. À vingt-quatre ans, elle avait décidé de monter sa propre agence immobilière. Dix ans et quinze agences prestigieuses éparpillées dans le monde plus tard, elle m'éblouissait encore.

— Tu es superbe, la complimentai-je en l'embrassant sur la joue.

— Tu mens, je suis claquée, rit-elle. Tu dois être Zoé, dit-elle en se penchant vers ma fille.

Zoé se cramponna à ma main et ne répondit pas à Lisa. Cette dernière ne se démonta pas et sortit de sa poche un ballon gonflable, puis demanda :

— Tu aimes le jaune ?

Ma fille hocha timidement la tête, avant de se saisir du ballon. Elle murmura un « merci » à peine audible. Lisa se tourna vers moi.

— C'est parti pour le marathon ? J'ai trouvé trois appartements, mais vraiment, celui-ci est superbe.

— Est-ce que tu peux me dire s'il y a une chambre assez grande pour un lit mezzanine ? m'enquis-je avec un clin d'œil.

Le regard de Lisa passa de ma fille à moi. Son sourire s'élargit, et je sentis la petite main de Zoé se détendre dans la mienne. Je devais faire l'impossible pour recréer – ou créer – notre complicité.

— Et est-ce qu'il y a une cuisine ? demanda subitement ma fille.

— Techniquement, oui. Elle est un peu vieillotte, il te faudra prévoir un budget travaux.

— Tu aimes cuisiner ? interrogeai-je ma fille.

— J'ai un tablier chez maman. On suit les recettes dans le livre pour faire des gâteaux. Et je monte sur une chaise pour mélanger. Mais maman m'a interdit de toucher au four !

Je me promis d'appeler Sophie pour la remercier et lui demander une liste exhaustive de tout ce que j'avais loupé avec Zoé. Visiblement, son attrait pour la cuisine m'avait échappé. Même si j'étais un cuisinier médiocre, nous imaginer tous les deux en pleine préparation de pâtisserie me remonta un peu le moral.

— On y va ? C'est au dernier étage !

Lisa poussa la lourde porte de l'immeuble, nous fit traverser une petite cour intérieure, avant de franchir une nouvelle porte. Un large escalier en marbre blanc nous accueillit. Lisa bifurqua immédiatement sur la droite, nous entraînant vers un ascenseur juste assez grand pour nous trois. Au dernier étage, Lisa désigna l'appartement à droite et en ouvrit la porte. Cette dernière protesta dans un grincement lugubre, pendant qu'une odeur de renfermé, âpre et persistante, assaillait mes narines.

— Ça sent mauvais, papa, protesta ma fille en plissant le nez.

— L'appartement est inoccupé depuis des mois. La famille a seulement décidé cette semaine de le mettre en vente, m'expliqua Lisa en ouvrant la fenêtre du salon pour aérer l'endroit.

— C'est un peu... vieillot.

Les murs étaient couverts d'un papier peint jauni à fleurs, le parquet semblait ne pas avoir été nettoyé depuis un bon siècle. Au fond de la pièce trônait une armoire bretonne imposante, lourdement décorée... et totalement hors du temps. Je jetai un coup d'œil à ma fille, qui observait les lieux avec effroi.

— Même ma mère a abandonné ce style, plaisantai-je.

— Ils vont la retirer demain. Officiellement, les visites ne commencent pas avant la semaine prochaine. Le prix est très négociable, même si je sais que pour toi le budget n'est pas un véritable sujet.

— Je suis pressé et je suis prêt à payer mon impatience. Donc, c'est une exclusivité ?

— J'ai attendu des années que tu me passes un coup de fil pour me proposer un rendez-vous. Tu comprends que je m'applique.

Le sourire qui suivit ne laissait pas de place au doute : Lisa me draguait ouvertement. Je m'étais évidemment ouvert de ma nouvelle situation auprès d'elle, mais je n'avais pas envisagé une minute qu'elle soit si directe et entreprenante. Je me contentai de me frotter l'arrière de la tête, embarrassé.

Qu'on veuille me séduire, qu'on me drague, qu'on me lance des coups d'œil aguichants, cela m'arrivait et relevait plus souvent du jeu que d'un véritable désir. Mon récent divorce avait changé les règles de ce jeu. Et, de la part de Lisa, j'étais encore plus surpris. Je l'avais toujours considérée comme une amie, rien de plus.

— On peut voir les chambres ? éludai-je.

Lisa m'adressa un nouveau sourire séducteur, et je me fustigeai pour ma question maladroite. Sans attendre, je pénétrai dans le couloir et me dirigeai vers les autres pièces.

— Alors, ma chérie, on la trouve cette chambre pour mettre ton lit mezzanine ?

Chapitre 5

À mon arrivée à la crêperie dont Joséphine était propriétaire et qui portait fièrement son nom, les cuisines étaient encore vides. Les tables étaient dressées et le bar parfaitement rangé. J'avançai près de l'îlot central et vérifiai les réfrigérateurs. Le restaurant était organisé autour de cette zone de cuisson, au centre de la salle principale.

— Je n'ai jamais compris pourquoi on cachait la cuisine et les cuisiniers, alors que les magiciens s'exhibent sur scène. Pourquoi retient-on les parfums ? Pourquoi est-ce qu'on fait comme si toute cette histoire était un secret absolu ? m'avait demandé Joséphine, le lendemain de mon arrivée dans son restaurant.

Je m'étais contentée de hausser les épaules. Je ne m'étais jamais interrogée sur le sujet, j'étais bien trop épuisée pour le faire, avec la sensation désagréable que mon cerveau n'était qu'une éponge usée et déformée. Je peinais encore à aligner deux phrases, et me lever de mon lit était une épreuve.

— Tu es bien en cuisine, hein ?

Joséphine m'avait toisée, dubitative. C'était une amie de longue date de ma grand-mère, laquelle m'avait recommandé de venir la voir, histoire de reprendre pied. Me reposer, dormir, me faire oublier, réapprendre à respirer normalement, vivre une vie sans coup de feu, sans pression, sans cris.

Une vie où je ne voulais plus cuisiner.

— J'étais en cuisine, avais-je répondu, poings serrés.

— Cachée, donc. N'est-ce-pas ?

Depuis mes seize ans, j'avais toujours travaillé en cuisine, loin de la salle. Cela me convenait. Être dans la lumière ne m'avait jamais vraiment réussi.

J'avais risqué un nouveau haussement d'épaules. L'enthousiasme apparent de Joséphine m'avait rappelé à quel point j'étais, à ce moment-là, dans un sale état.

— Et tu cuisinais ?

Une fois de plus, j'avais haussé les épaules. Est-ce que je cuisinais ? Je n'en étais pas certaine. Je participais à une grande chaîne, j'exécutais des ordres, je répétais des recettes qui n'étaient pas les miennes. Je ne savais pas à quel moment les choses avaient changé. À quel moment étais-je passé de la femme qui adorait cuisiner à celle qui découpait une carotte mécaniquement ?

— Eh bien ! Bon, tu m'aideras, en salle, d'accord ? Viens, je te fais visiter !

Joséphine avait essuyé ses mains couvertes de farine sur son tablier et m'avait montré son restaurant. Si la grande salle était conviviale et chaleureuse, la petite, à l'arrière du restaurant, était beaucoup plus intime avec ses trois petites tables. Avec grâce, mon hôtesse avait circulé dans sa crêperie, évoquant quelques souvenirs de clients célèbres. Son énergie semblait inépuisable, elle parlait avec emphase, riait à gorge déployée, tout en réajustant une chaise ou un photophore. Je m'étais sentie tellement minable.

— Et voici la cuisine ! s'était-elle exclamée en désignant le centre de la grande salle.

— Un îlot ?

— Un îlot. La cuisine, ça se partage, Adèle ! m'avait tancé Joséphine. N'oublie jamais ça !

Deux galettières, une zone de préparation avec les ingrédients découpés et trois ustensiles. C'était la cuisine la plus petite et la plus efficace que j'avais jamais vue. Joséphine était derrière cet îlot six soirs par semaine, cuisinant avec amour, riant dès qu'elle le pouvait, fusillant du regard les pauvres âmes qui ne terminaient pas leurs assiettes.

Ce n'était pas une cuisine, administrée par une vieille dame aux formes généreuses ; c'était un fort imprenable, protégé par un John Wayne au regard terrifiant.

— Il y a une tenue précise pour ce soir ? avais-je finalement lâché.

Dans sa robe à fleurs, Joséphine m'avait dévisagée comme si je lui avais demandé si elle utilisait du fromage allégé ou du jambon surgelé. Sa stupeur avait vite été remplacée par de la compassion. Avec le temps, j'avais découvert que le fonctionnement de Joséphine variait peu : sa colère ne durait jamais, et elle culpabilisait presque d'avoir des sautes d'humeur.

— C'est pas la grande forme, on dirait ! avait-elle lancé. Et il faut te remplumer, tu ressembles à un sac d'os.

Je m'étais surprise à sourire. Pour la première fois depuis des semaines. En un mois, j'avais perdu presque dix kilos. Ma grand-mère m'avait déjà fait la leçon et, rien qu'à l'expression « sac d'os », j'avais compris qu'elle avait prévenu Joséphine.

Pendant presque un an, Joséphine m'avait nourrie chaque

soir, et j'avais assuré chaque service à la suite. Elle m'avait bien plus que remplumée. Elle m'avait ramenée à la vie.

— Joséphine ? l'appelai-je en retirant mon ciré.

Je tentai ma chance en haut des marches qui menaient à la cave. Je n'eus que le silence pour réponse. Je retournai dans la grande salle, avisant le journal local. J'avais pris pour habitude de le feuilleter, me réjouissant que des informations sans importance – les fêtes locales et les inaugurations de salons de coiffure – côtoient les horreurs habituelles.

Il n'y avait pas si longtemps, j'avais fait partie des informations sans importance. Ma mère avait fait encadrer l'article et l'avait montré à toutes ses connaissances. Quand j'avais tout planté du jour au lendemain, elle s'était bien gardée de s'en vanter autant.

La porte d'entrée grinça, laissant apparaître Joséphine, trempée jusqu'aux os. Je me précipitai vers elle, récupérant une serviette de table au passage pour qu'elle se sèche. Ses cheveux gouttaient sur le tapis de l'entrée, ses chaussures étaient couvertes de sable, et sa robe collait contre elle comme une seconde peau.

— Mais qu'est-ce que…

— J'avais besoin de marcher, me coupa-t-elle en frictionnant ses cheveux.

— Sous cette pluie ?

— Il ne pleuvait pas quand je me suis décidée. Tu connais la météo de cette région.

Nous échangeâmes un bref sourire. Lors de mes premiers jours à Saint-Malo, j'avais pesté contre cette météo instable et ce vent perpétuel. En trente minutes, un soleil radieux pouvait laisser place à un crachin glacial.

De toute évidence, Joséphine avait essuyé une copieuse averse. Devant moi, elle frissonnait même.

— Il faut que tu ailles enfiler des vêtements secs, tu risques d'attraper une pneumonie comme l'hiver dernier.

— Je sais, je sais, râla-t-elle.

Si Joséphine était une excellente cuisinière, elle était une très mauvaise malade. L'an passé, elle avait dû rester dix jours au lit. Dix jours de gémissements, de râleries et de bouderies. En lui demandant d'aller se changer, c'était surtout ma propre santé que je souhaitais préserver.

— Et l'envie de marcher sur la plage t'a prise comme ça ?

— J'ai passé l'âge de rendre des comptes !

Son ton sec me surprit. Elle se débarrassa de ses chaussures et fonça vers la réserve. J'hésitai une seconde entre la suivre et attendre qu'elle veuille bien me parler. Tout comme la météo, l'humeur de Joséphine finirait par virer rapidement. Elle ressortirait de la réserve avec le sourire, faisant comme si rien ne s'était passé.

Mais ce ne fut pas le cas. Quand Joséphine réapparut, elle demeura mutique et fonça derrière son îlot, pour y tenir un véritable camp retranché. Je patientai de longues secondes, me dandinant, mal à l'aise, d'un pied sur l'autre. La salle était déjà prête, je me sentais… inutile.

— Il y a des saint-jacques fraîches dans le réfrigérateur, tu peux t'en occuper ? demanda-t-elle, sans lever le nez des champignons qu'elle émincait.

— Euh, oui.

— Et tu les proposes en plat. Armel m'en a apporté presque six kilos, et elles ne seront plus aussi bonnes demain.

— D'accord. Quel est le nom du plat ? l'interrogeai-je, prête à l'écrire sur l'ardoise dédiée.

Joséphine se figea et releva les yeux vers moi. La lueur de la colère était toujours présente dans ses yeux. Elle posa son couteau, et je compris que j'allais en prendre pour mon grade. Joséphine avait rarement été en colère contre moi. Mais, à chaque fois, j'avais eu droit à une leçon de cuisine. Nous ne parlions pas technique, ni présentation, encore moins saveurs.

Nous parlions cuisine, celle en laquelle Joséphine croyait et qu'elle craignait que j'aie perdue.

— Tu crois vraiment que c'est le nom du plat qui fait le plat ?

— Ce...

— Ce sont des saint-jacques fraîches. Je pourrais les servir crues, ensablées et dans leur coquille que les clients prendraient du plaisir à les manger. Est-ce que tu crois qu'elles seront meilleures si j'appelle ça « Noix rustiques et craquantes, sur lit de nacre » ?

— En carpaccio alors ? tentai-je, espérant couper court à cette conversation.

— Tu mets juste « noix de Saint-Jacques ». On se fiche bien de comment elles seront préparées. C'est ça que tu dois retenir, ce qui compte, c'est le produit, c'est ce que tu vas proposer aux clients. La cuisine, c'est...

— ... le partage, je sais. J'ai compris, Joséphine, soupirai-je.

— Si tu le sais, tu t'y remets quand ? m'interrogea-t-elle.

Cette conversation avait dévié sans même que je m'en rende compte. Pendant des mois, Joséphine avait pris des précautions. Nous ne parlions pas de mon passé, ni des raisons de mon isolement volontaire à Saint-Malo. C'était un accord tacite qui m'arrangeait. Mais, depuis quelques semaines, Joséphine avait commencé à évoquer le sujet de mon retour en cuisine.

— Quand j'en aurai envie, soufflai-je, le cœur battant d'affolement.

La perspective de me retrouver derrière l'îlot me tétanisait. Ma dernière année en cuisine avait été une épreuve. Chacune de mes assiettes était examinée à la loupe, mes créations étaient rejetées sans même avoir été goûtées, mon chef me rendait la vie impossible, me rappelant – comme si je pouvais l'oublier – que je n'étais qu'une femme dans un milieu d'hommes.

— Tu en as envie, contra Joséphine avec hargne.

— Mais enfin, qu'est-ce qui t'arrive ce soir ? Pourquoi es-tu de si mauvais poil ?

— Tu es en train de gâcher ta vie.

Sa réponse me fit l'effet d'un uppercut. J'avais rapidement compris que ma période malouine était plus qu'une parenthèse, que ce repos forcé et temporaire se transformait peu à peu en isolement durable. J'étais devenue une professionnelle dès qu'il s'agissait d'éluder le sujet de ma prometteuse, et désormais avortée, carrière.

— Pas ma vie, juste ma carrière, corrigeai-je.

— Et ça ne te fait rien ? s'étonna Joséphine.

Mon aveu la stupéfiait. J'étais consciente que ma vie n'était pas celle dont tout le monde avait rêvé pour moi. Je savais que devenir serveuse dans une crêperie, écrire des lettres à des célébrités ou rédiger des discours politiques n'étaient que des moyens d'éviter de réfléchir. J'avais fait mes adieux à mon ancienne vie, et c'était l'esprit apaisé que je m'endormais chaque soir.

— Je n'ai aucun regret.

— Ça viendra. Ça vient toujours, grommela-t-elle.

Elle soupira et me lança un dernier regard avant de reporter son attention sur les champignons. Je restai immobile, me demandant si je devais poursuivre cette conversation.

— Va aux saint-jacques, m'ordonna Joséphine.

Je filai en réserve, trouvant les caissettes remplies des coquilles rapportées par Armel. Je lui avais pourtant déjà dit que cette technique de séduction ne fonctionnait pas, mais il persistait, abreuvant Joséphine de poissons, de fruits de mer et parfois d'œufs de poules de son jardin. Joséphine restait hermétique à cette drague alimentaire ; elle le remerciait chaleureusement, lui offrait le dîner à l'occasion et se contentait de dire qu'elle était bien trop vieille pour flirter.

Je décortiquai consciencieusement les saint-jacques, me souvenant avec humour de l'une des recommandations d'un de mes professeurs d'apprentissage : « Aucune saint-jacques ne mérite qu'on finisse à l'hôpital, la main lacérée. » Je les apportai à Joséphine, toujours d'humeur boudeuse, qui mélangeait une jatte de pâte à crêpes.

— Il faut que tu fasses l'inventaire, aussi, lâcha-t-elle finalement.

— L'inventaire ? Mais c'est toujours toi qui...

— Fais-le, s'il te plaît. Je passerai une commande demain à la première heure. J'aimerais aussi que tu fasses la fermeture.

Un instant secouée par ces demandes inhabituelles, je finis par acquiescer. Parlementer avec Joséphine était peine perdue. Je retournai donc à la réserve et fis l'état des stocks. La saison débutait à peine, mais nous pouvions faire en un week-end printanier autant de couverts qu'en un mois d'hiver.

À l'ouverture du restaurant, Joséphine était toujours très tendue, et je décidai de limiter nos échanges aux commandes des clients. La soirée fut assez calme, mais je parvins tout de même à placer le fameux plat de saint-jacques à une majorité de clients. Pour éviter les mauvaises surprises, je n'avais placé personne près de l'îlot, laissant Joséphine bougonner en toute quiétude.

— C'était la dernière assiette, m'annonça-t-elle alors que je m'emparais d'une crêpe flambée.

— Tu pars maintenant ?

— J'ai des choses à faire.

Machinalement, je jetai un coup d'œil à l'horloge ; il était près de 23 heures. Que pouvait bien faire une dame de soixante-dix ans à 23 heures un jeudi soir ? Joséphine se rinça les mains et retira son tablier. J'observai son visage fatigué. Certes, il y avait eu le service de ce soir, mais je décelai surtout les marques du tourment dans son regard et de l'inquiétude dans ses lèvres pincées.

— D'accord. On se voit demain, alors ! lançai-je joyeusement.

— À demain.

Elle quitta le restaurant aussitôt, laissant une bourrasque de vent frais prendre sa place. Je fixai la porte pendant de longues secondes. Peut-être que j'aurais dû la rattraper et la forcer à me parler. Cette colère froide ne lui ressemblait pas.

Je nettoyai l'îlot et débarrassai les dernières tables, puis je dressai pour le prochain service du lendemain soir. Je changeai les bougies et vérifiai l'état des trois bouquets de fleurs dispersés dans la grande salle. La sonnette de la porte retentit et, sourire aux lèvres, je m'apprêtais déjà à accueillir Joséphine et ses excuses.

— T'as fermé ?

Judith, une habituée du restaurant, qui travaillait à Rennes mais vivait ici, apparut. Saisie par le froid, elle tremblait comme une feuille. D'un geste du menton, je l'invitai à entrer. Le restaurant était vide, et elle s'installa à l'une des tables, repoussant ma mise en place. Elle passa une main sur son visage, entre fatigue et désespoir.

— Un problème ? l'interrogeai-je en m'asseyant face à elle.

— Est-ce qu'il y a une bonne réponse à « Veux-tu m'épouser » ? soupira-t-elle.

Devant mon silence, Judith continua :

— J'ai dit oui. Je ne sais pas pourquoi. Je voulais dire non. Mais il y avait la bague, son regard suppliant, le menton tremblant. Et toute cette foule qui nous regardait… Alors… J'ai craqué et j'ai dit oui.

Je la fixai, éberluée. J'avais rencontré Judith ici, à cette même table ; elle venait de trouver un appartement à deux rues et n'avait pas eu le temps d'acheter de quoi manger. Nous avions sympathisé assez vite et, depuis peu, elle sortait avec Bastien.

— Je croyais que ce n'était pas sérieux entre vous, dis-je, incrédule.

— Ça fait plus d'un an qu'on est ensemble.

Sa remarque me cloua sur place. Un an. Une éternité que je n'avais pas vue défiler. Je comprenais maintenant un peu mieux la remarque de Joséphine. D'après elle, j'avais sûrement déjà passé trop de temps ici, et il était temps de reprendre ma vie.

— Je n'avais pas réalisé…

— Je l'aime, assura-t-elle.

Judith tira sa chevelure rousse en arrière, avant de se

lever pour se diriger vers la réserve. Elle revint quelques secondes plus tard, avec une bouteille de vieux cognac et deux verres. Elle nous versa deux rasades et, avant d'en prendre une gorgée, vérifia le chiffre au fond du verre.

— J'aimerais bien avoir huit ans.

— Et moi, quatre, répondis-je. Si tu l'aimes, je ne vois pas où est le problème. Se marier, ça reste un acte d'amour, non ?

Judith releva ses grands yeux verts dans ma direction. Apparemment, je venais de balancer une énormité.

— Il a rencontré mon frère, Alexis. Tu sais, celui qui est avocat.

Je hochai la tête, rassemblant mes souvenirs confus. Judith m'avait déjà parlé de son frère. Avocat. Parisien. Cynique. Trois bonnes raisons de ne pas vouloir le rencontrer. Je me doutais que la rencontre entre le fiancé et son futur beau-frère avait dû provoquer quelques étincelles.

— Il lui a parlé contrat de mariage, clauses résolutoires et pension alimentaire. Son meilleur ami vient de divorcer. Pour lui, le mariage est un acte préliminaire au divorce, résuma-t-elle avant de boire une nouvelle gorgée.

Je posai la main sur la sienne, réalisant qu'elle paniquait. Elle m'avait parlé de Bastien dès leur rencontre. J'avais suivi avec envie l'évolution de leur relation. Judith était d'une nature hésitante et craignait de s'engager ; elle m'avait toujours assuré que cette histoire était temporaire. Visiblement, elle n'avait pas du tout vu venir la demande en mariage.

— Judith, c'est une très bonne nouvelle de se marier. C'est normal dans une relation de vouloir… s'engager. Bastien est un mec bien, tu n'as aucune raison de douter.

— Tu as raison, admit-elle.

— Comme souvent, dis-je en souriant. J'ai toujours trouvé ça très émouvant les mariages. Cette façon dont les mariés se regardent, l'ambiance, l'échange des alliances.

À vrai dire, je n'avais jamais été convaincue par les mariages, mais Judith avait besoin d'être rassurée, et j'étais prête à lui parler robe et chaussures s'il le fallait.

— Et les vœux ! ajouta-t-elle, rassérénée.

— Oui, les vœux. Quand tu promets ton âme, ton cœur et le reste à ton futur mari. Judith, c'est vraiment une merveilleuse nouvelle, je t'assure.

Elle risqua un sourire, et son visage se détendit. Ses yeux trouvèrent les miens, et les quelques restes d'angoisse disparurent. Judith termina son verre et se leva de sa chaise. De toute évidence, notre discussion et quelques gouttes de cognac avaient suffi à lui rendre le moral.

— Les vœux, répéta-t-elle. Il faut que je travaille sur les vœux.

Je me levai à mon tour et ouvris la porte du restaurant pour la laisser sortir. Cette histoire de vœux l'avait distraite du mariage à venir. À moins que ce ne soit l'alcool, qui la grisait et l'empêchait de réfléchir convenablement.

— Viens me voir demain, on ira boire un café sur la plage.

— D'accord. Mais d'abord, je vais travailler mes vœux.

Sa nouvelle obsession me tira un sourire. L'alcool était le responsable, définitivement. Elle quitta le restaurant à l'instant où Joséphine réapparaissait. Judith la salua rapidement, et Joséphine resta dans l'entrebâillement de la porte, presque surprise de ne pas être seule. Elle jeta un coup d'œil rapide à la salle, s'assurant que j'avais tout fait pour assurer la fermeture.

— Tu veux que je te raccompagne chez toi ? demandai-je en vérifiant les messages sur mon téléphone.

Je m'attendais à un refus net et marmonné, à l'image de son humeur de la soirée, mais Joséphine me fixa longuement et, à ma grande surprise, acquiesça.

— Toujours pas de veste ? l'interrogeai-je en avisant son gilet humide.

— Ce n'est pas de la pluie qui mouille, répondit-elle en levant les yeux au ciel.

Et je sus que Joséphine avait retrouvé son habituelle joie de vivre. En vivant avec elle, j'avais découvert un nouveau principe météo : la pluie n'est pas toujours humide.

— Ce n'est que du crachin, râla-t-elle, devant ma moue dubitative. Ça ne mouille pas. Pas comme l'averse de tout à l'heure.

L'échelle de la pluie selon Joséphine allait de la vulgaire brume à l'averse tropicale, en passant par le crachin et la giboulée de juin.

— Le temps changera demain, la mer se retire.

Je levai à mon tour les yeux au ciel. La marée était prétexte à tout : changement de temps, variation d'humeur, date de récolte des tomates et jusqu'à la manière dont la mayonnaise montait. J'enroulai le bras autour de celui de Joséphine et nous fis sortir. Puis je verrouillai la porte du restaurant et me dirigeai sur la droite, pour descendre la rue pavée jusque chez elle.

— Je sais bien que tu n'y crois pas, mais la marée a son importance, tu sais.

— Je sais, Joséphine. Mais je reste persuadée que la pluie mouille.

— Et tu penses aussi que tu n'as aucun regret.

Notre conversation légère s'était terminée aussi vite

qu'elle avait commencé. J'aurais préféré qu'elle dure, histoire de parler des années à treize lunes ou des saints de glace. Joséphine pouvait se montrer intarissable sur les coutumes ancestrales.

— Je n'ai pas de regret. J'aime être ici et j'aime faire ce que je fais.

— Le service ? Bon sang, Adèle, tu n'es pas faite pour ça ! Tu es faite pour cuisinier. Je l'ai vu.

— Tu l'as vu ?

— J'ai vu les émissions. Tu es douée. Et tout le monde le reconnaissait.

— Tu as raison de parler au passé.

Je réprimai un frisson et chassai une mèche de cheveux déjà humide de mon visage. J'allongeai le pas, pressée de rentrer chez moi pour ne plus subir les assauts de questions de Joséphine. Je chassai les souvenirs de mon début de notoriété. Participer à ce concours de cuisine m'avait ouvert les portes des plus grands restaurants. Il m'avait aussi fait prendre conscience que j'étais attendue au tournant chaque soir, comme si je devais prouver, plus que n'importe qui, que je méritais ma place en cuisine.

— Est-ce que tu te sens mieux ? demandai-je à Joséphine.

— Oui. J'étais de mauvais poil. J'ai appris la mort d'une amie, expliqua-t-elle d'une voix étranglée.

— Désolée, soufflai-je en posant ma main libre sur la sienne. Je la connais ?

— Non. Et je ne l'avais pas vue depuis des années.

Joséphine replongea dans le silence pendant quelques minutes. Dans la rue étroite, seuls résonnaient le bruit de nos pas et le ruissellement de l'eau entre les pavés. Apparemment, la nouvelle de ce décès avait propulsé Joséphine dans de vieux souvenirs.

— Il faut que tu reprennes la cuisine, Adèle. Parce qu'un jour ou l'autre tu vas le regretter, et je ne veux pas participer à ça.

— Écoute...

— J'ai déjà loupé ma vie, tu sais. Je sais ce que ça fait. Je sais ce que ça fait d'essayer de se persuader qu'on a fait le bon choix. Ça ne marche pas, en fait.

— Tu n'as pas loupé ta vie. Tu as la crêperie !

— Et je n'ai rien d'autre. Pas d'enfants, pas de mari. Des amis qui font aussi office de clients.

— Et tu m'as, moi, dis-je dans un rire. Ça compte aussi !

Son humeur morose commençait à m'inquiéter. Je n'avais jamais vu ma patronne dans cet état. Même sa marche était plus lente, comme si elle portait un poids considérable. Le souffle court, Joséphine s'arrêta à quelques pas de sa petite maison avec vue sur mer. Visiblement abattue, elle trouva mon regard. Après mon après-midi à l'hôpital, j'étais déjà à fleur de peau, et Joséphine me dévisageait de ses yeux implorants comme si elle était sur le point de me confier un secret honteux.

— La solitude n'est pas une question d'entourage, Adèle. D'ailleurs, généralement, cette foule autour de moi ne fait que me rappeler à quel point je suis seule.

— Je crois que tu es un peu secouée par le décès de ton amie.

— C'était plus qu'une amie. Elle était témoin à mon mariage, ajouta-t-elle dans un soupir de soulagement.

— Tu as été mariée ?

— J'ai failli. Pierre était un homme bien. Mais nos deux familles ne venaient pas vraiment du même milieu. Mon père refusait que j'épouse le fils d'un fermier.

Un bref sourire éclaira son visage, vite éclipsé par le

poids des souvenirs. La pluie avait cessé, laissant place à une brise marine chargée d'iode et de fraîcheur. Je frissonnai, mais refusai de me plaindre. Si Joséphine me parlait maintenant, c'était pour une bonne raison.

— Et j'ai écouté mon père, continua-t-elle. Le jour du mariage, papa m'a expédiée en Normandie, chez une tante. Je suis partie en larmes, avec une petite valise, en le suppliant de changer d'avis. Mais, évidemment, à l'époque, on ne se rebellait pas vraiment contre l'autorité paternelle.

— Et tu n'as jamais revu Pierre ?

— Quelques mois plus tard, j'ai vu sa tête dans les journaux. Il lançait une usine de moteurs de voiture dans la région. J'ai tourné la page et je suis venue m'installer ici, pour apprendre un métier que je ne connaissais pas.

— Et tes parents ?

— J'ai coupé les ponts. Ils m'avaient exilée et, comme je vivais seule, je n'étais pour eux que de la mauvaise graine qui portait des jupes trop courtes.

À son tour, son corps fut secoué de tremblements. Je frictionnai ses bras pour la réchauffer et, sans attendre son avis, piochai ses clés dans le fond de son sac. Il fallait qu'on rentre avant de tomber malades. Ma grippe de l'hiver dernier était une expérience redoutable que je refusais de revivre.

Dans un dernier élan, pourtant, Joséphine récupéra ses clés. Elle m'offrit un sourire triste et tourna les yeux vers l'océan noir d'encre.

— Je vais me débrouiller, lança-t-elle. Je veux que tu comprennes que fuir ne rend pas les choses plus faciles. Fuir, c'est la pire des solutions. Il faut que tu cuisines, Adèle. Il le faut, répéta-t-elle en appuyant chacune des syllabes.

Elle déverrouilla sa porte, me laissant perdue dans

mes pensées. Je m'étais souvent interrogée sur le passé de Joséphine, sur sa personnalité hors norme, pleine d'énergie et de franchise. Elle venait de lever un voile – minuscule – sur une de ses erreurs passées, me forçant à gamberger sur mes choix actuels.

J'avais fui la cuisine et les critiques assassines. J'avais trouvé un nouvel équilibre ici, entre le restaurant et les lettres à rédiger. Mais, comme Joséphine, je me sentais seule. J'aurais pu rentrer à Paris. Reprendre la cuisine. Redevenir anonyme. Dormir entre deux services. Imaginer une assiette à base de poulpe. Répondre « oui, chef », quand les commandes tombaient.

J'aurais pu. Mais je m'en sentais incapable.

Ce ne fut qu'après de longues minutes de cogitation immobile que je me surpris à éclater de rire, tournant les paumes vers le ciel. La pluie avait repris, et je n'avais rien senti.

— De la pluie qui ne mouille pas, murmurai-je.

Chapitre 6

— Quand j'ai dit « tu devrais t'occuper et voir du monde », je ne pensais pas du tout à ça ! râla Alexis près de moi.

— Ça te fait du bien. Autant qu'à moi, répondis-je.

— Du bien ? Tu rigoles ? Je suis à peu près certain d'avoir craché mon poumon droit dans les premiers quatre cents mètres.

Je me tournai vers Alexis, ruisselant de sueur et le visage si rouge qu'il tirait sur le violet. Il courait avec moi depuis presque trente minutes et ronchonnait depuis... vingt-neuf. Quand mon meilleur ami m'avait proposé son soutien et sa présence, il n'avait sûrement pas imaginé que je lui ferais ressortir sa vieille paire de baskets.

— J'ai... J'ai besoin... Il me faut... une... une pause, haleta-t-il en trottinant lourdement.

— Faisons un dernier tour, proposai-je.

— Je suis en train de crever !

— Tais-toi et calque ta respiration sur le bruit de tes pas. Tu verras, c'est simple !

Je l'encourageai en accentuant ma respiration, enchaînant en rythme les inspirations et les expirations. Pour certains, courir permettait de tout oublier. Me concernant, c'était l'inverse : en courant chaque dimanche, je faisais défiler les événements de la semaine passée et j'anticipais ceux de la semaine à venir. Zoé avait passé sa première semaine chez moi. Semaine où j'avais été exemplaire sur les horaires, rentrant à la maison avant l'heure du dîner. Devoirs, douche, dîner : j'avais été un père modèle dans un appartement trop petit, loué à la va-vite pour éviter de dormir à l'hôtel et pour offrir à Zoé un semblant de normalité.

— Tu es vraiment rentré chaque soir à 18 heures ? avait demandé Sophie en récupérant notre fille le vendredi soir.

— Un véritable moine !

— Le divorce te réussit plus que le mariage, on dirait !

Sophie m'avait adressé un sourire lumineux. Pendant une minute, nous étions redevenus ce couple complice. J'avais jeté un coup d'œil à ma montre, envisageant sérieusement d'inviter mon ex-femme à boire un verre. Mais l'idée m'avait à peine effleuré que j'avais été douché.

— Je te laisse, on m'attend.

Un baiser sur la joue de sa part et un câlin de ma fille plus tard, Sophie s'était éclipsée, et je m'étais retrouvé seul, au milieu du trottoir, empêchant la foule parisienne de circuler librement. Ma conversation avec Alexis m'avait forcé à repenser à mon mariage. J'avais été un mari absent et un père invisible. Sophie m'avait laissé faire, et je m'étais satisfait de la situation. Depuis que Sophie m'avait informé de sa volonté de divorcer, j'avais gardé l'espoir d'une éventuelle réconciliation. Autour d'un dîner, nous aurions fait table rase du passé, j'aurais présenté des excuses grandioses, et nous aurions repris notre petite routine.

« On m'attend. »

Cette seule phrase courte avait anéanti mes maigres espoirs. J'avais tenté de deviner qui était derrière ce « on ». Un homme ? Sa sœur ? Une amie ? Un collègue ? J'avais fini par secouer la tête : me retourner le cerveau ne changerait rien. Sophie avait déjà tourné la page, quand, moi, je peinais à trouver de nouveaux repères. Le plus dur, ce n'était pas de réaliser que mon mariage était bel et bien terminé. Le plus dur, c'était de constater que j'étais plus déçu que triste.

J'aurais aimé dire que Sophie m'avait brisé le cœur, qu'elle m'avait fait pleurer une bonne partie de la soirée. Ce n'était pas le cas. J'étais rentré dans mon appartement, j'avais rangé les jouets de Zoé et je m'étais plongé dans le travail, commandant des sushis en fin de soirée. Pas une bribe de tristesse ne m'avait effleuré, et mon cœur était toujours en un seul morceau, solidement ancré à ma poitrine.

— Bon, ça suffit ! J'abandonne !

La protestation d'Alexis me tira de mes pensées. Les mains sur les genoux, le corps penché, il cherchait son souffle. Des gouttes de sueur s'écrasèrent au sol, et je m'approchai de lui, renonçant à mon dernier tour.

— Ça va ? l'interrogeai-je.

— Aussi bien qu'un agneau à l'abattoir. Tu ne peux pas faire comme les gens normaux ?

Près de nous passèrent deux joggeuses athlétiques. Elles esquissèrent un sourire en voyant Alexis sur le point de rendre son dernier souffle. Il s'assit par terre et les regarda s'éloigner en ronchonnant. L'une d'elles se retourna et me dévisagea quelques secondes avant de m'adresser un petit signe de la main.

— Tu n'as même pas à faire d'effort, grommela Alexis.

— Je sens le bouc.

— Un bouc musclé et tatoué. Je suis certain qu'on aurait pu voir ces filles dans un bar, hier soir ! dit-il en passant une main sur son front. C'est ça qu'il te faut : rencontrer d'autres gens !

— J'ai divorcé depuis deux semaines.

— D'un mariage catatonique depuis des mois ! lança-t-il en tendant la main vers moi.

Je l'aidai à se redresser, et notre course à pied se transforma en marche de récupération. Alexis avait toujours la respiration sifflante, pendant que je tentais de canaliser l'énergie que j'avais encore à tuer. Mon T-shirt me collait désagréablement dans le dos. J'étais partagé entre l'envie de reprendre ma course et le besoin de me ruer sous la douche.

Ou peut-être que je voulais juste être seul. C'était ma façon d'appréhender les choses : que ce soit pour un appel d'offres, un contrat ou un entretien avec un salarié, j'avais besoin de solitude pour me préparer.

Peut-être était-ce parce que j'avais grandi seul, entouré d'adultes occupés à faire fructifier l'entreprise familiale. Je me souvenais avoir passé de nombreuses heures dans les locaux de l'entreprise, dessinant pour mon père, comme Zoé désormais. Durant ma scolarité, j'avais fréquenté les meilleures écoles, suivi des cours de musique, intégré des clubs de sport. Mais mes silences et mon tempérament solitaire avaient limité mes relations avec les autres. Aujourd'hui encore, mon moment préféré de la journée était celui où j'arrivais aux aurores dans l'immeuble, parce que je n'y croisais personne et que le silence me réconfortait.

M'isoler du monde avait été un besoin et devenait maintenant un réflexe.

— Je crois que tu as raison au sujet de mon mariage, avouai-je à contrecœur.

Les poings sur les hanches, Alexis tourna son visage vers moi, un peu surpris. Je n'admettais pas souvent mes erreurs ou mes torts pourtant, pour ce qui était de ma relation avec Sophie, Alexis avait raison sur un point : nous nous étions mis ensemble par facilité.

Alexis eut la politesse de ne pas fanfaronner. Il prit même soin de changer rapidement de sujet.

— Comment va Zoé ?

— Bien. Elle a dormi comme un loir pendant que je me battais avec le canapé.

— Tu as ton nouvel appartement dans combien de temps ?

— D'ici quatre mois. Je signe dans deux semaines et ensuite je lance les travaux de rénovation. Je regarde pour trouver un autre appartement dans le coin. Mon dos ne survivra pas à ce canapé-lit.

Mon meilleur ami esquissa un sourire… bien vite effacé par le regard gourmand qu'il afficha en découvrant un groupe de femmes en pleine séance de yoga.

— On devrait plutôt faire ça, la prochaine fois, dit-il en les désignant du menton. Je vais demander à Lydie pour les appartements ; elle connaît les dossiers des clients par cœur, elle est sûrement capable de me dire si l'un d'eux a un pied-à-terre dans le coin.

— Merci, c'est sympa. Comment va ta sœur ?

— Bien. Pourtant, son mec est un con.

— Elle va l'épouser, non ?

— En théorie. Elle finira par se rendre compte que se marier avec un homme dont le projet de vie est d'animer des soirées karaoké dans des bars de seconde zone est loin d'être une bonne idée.

— Tu sais, je commence à me demander si tu n'as pas quelque chose contre le mariage.

Alexis collectionnait les aventures sans lendemain. Il aimait les femmes, et la perspective d'être attaché à l'une d'elles déclenchait chez lui une réaction allergique. Il appréciait bien trop sa liberté pour devoir rendre des comptes à quelqu'un. S'occuper de divorces et d'accords de séparation avait renforcé cette conviction : pourquoi se marier si c'est pour ensuite divorcer ?

— Je n'ai rien contre le mariage. Mais, honnêtement, je n'ai rien pour non plus, répondit-il avec un large sourire.

— Tu n'es qu'une saloperie d'avocat ! Je suis sûr que tu as effrayé ce pauvre type !

— Aux mots « accord prénuptial », de la fumée lui sortait des oreilles. Je crois qu'il ne m'aime pas.

— Personne ne t'aime, Alexis, me moquai-je. Toi et ton cynisme finirez seuls, à manger des bobuns avec vue sur le Champ-de-Mars.

— Puisses-tu avoir raison ! répondit-il en riant.

Nous sortîmes du jardin des Tuileries, débouchant sur la place de la Concorde. La foule était encore rare, probablement toujours endormie. L'air était frais, et je frissonnai presque en traversant la rue de Rivoli. Alexis me suivait, mais il avait déjà dégainé son téléphone et consultait ses messages. Il revint à ma hauteur et proposa :

— Tu veux qu'on sorte ce soir ? Je peux demander à Céline de ramener une copine, continua-t-il en me voyant faire la moue.

— Je t'ai dit que je ne cherchais personne ! rappelai-je, agacé.

— Je te propose juste de passer un bon moment. On va dîner dans ce restau qui a été élu restaurant de l'année.

— J'ai prévu d'aller chez Vikram et de me faire un tikka massala.

Je risquai un sourire. Sous ses apparences snobs, Alexis adorait manger des hot-dogs débordant de moutarde et tremper des naans dans du poulet au curry. Il refusait rarement ce type de soirée et, à son regard perplexe, je compris qu'il hésitait.

— Et je vais sûrement me mater un de ces films avec Bruce Willis, tu sais ceux qui reposent les neurones, continuai-je, prenant plaisir à le torturer.

Il poussa un soupir, visiblement tiraillé entre le dîner avec cette fille et une soirée testostérone avec moi. J'eus finalement pitié de lui et claquai une main virile sur son épaule.

— Va à ton dîner ! J'ai des tas de dossiers à regarder. Je dois revoir cet accord sur l'usine de Rennes. Le Bihan ne me lâche pas.

— Le truc que tu vas signer là-bas ? m'interrogea Alexis, soulagé.

Je hochai la tête. Je n'aimais pas la mise en scène autour de cette signature, mais j'en avais besoin. C'était la première usine familiale, un symbole des débuts de mon grand-père et de la réussite de mon père. Je devais la pérenniser.

— C'est dans un mois. Et je veux en profiter pour discuter d'un agrandissement. Je dois aussi regarder les plans de l'architecte pour les travaux de l'appartement, trouver une assistante et dénicher un logement avec deux chambres, récitai-je d'une voix lasse.

— Donc, c'est un « non » pour ce soir ?

— Tu me raconteras, éludai-je.

Nous nous séparâmes en haut de la rue Royale, où une vague de touristes japonais patientait devant Ladurée. J'envisageai brièvement d'acheter une boîte de macarons, avant de me souvenir que je ne verrais pas Zoé avant vendredi prochain. Si j'étais en train de digérer ma séparation, ne plus voir Zoé quand je le désirais était plus dur à encaisser. Ma fille me manquait.

Je passai le reste de la journée sur mes dossiers de travail. J'envoyai une photo de mon poulet tikka à Alexis, récoltant une flopée d'injures. En deux échanges de messages je compris que, si son dîner était délicieux, la compagnie semblait l'être beaucoup moins.

Je retrouvai le chemin de mon bureau aux aurores, m'arrêtant au café au coin de la rue pour prendre mon petit déjeuner. Au saut du lit, j'avais envoyé deux demandes de visite pour de nouveaux appartements provisoires et répondu à l'architecte, lui faisant part des modifications à mener. Je m'installai derrière mon bureau et, après un dernier coup d'œil au dessin de Zoé, fièrement punaisé au mur, j'enfouis mes pensées déprimantes dans le travail.

J'appliquai ce schéma à toute ma semaine, arrivant tôt pour travailler au calme. Ma mère m'appela le jeudi, prenant de mes nouvelles et me faisant promettre de venir déjeuner chez elle avec Zoé dès que possible. Comme convenu, Louise avait parsemé mon agenda d'entretiens avec de potentielles nouvelles assistantes.

Pour l'instant, je n'avais pas trouvé la perle rare, les candidates oscillant entre manque de compétences et inexpérience manifeste.

— Parlez-moi de votre dernière expérience, demandai-je à la jeune femme brune devant moi.

— J'ai travaillé pendant deux ans pour une entreprise de travaux publics.

Elle ramena ses longs cheveux noirs en arrière et se redressa. Je fronçai les sourcils en voyant son sourire s'élargir ; apparemment, cette candidate avait opté pour une stratégie de séduction.

— Et vous y faisiez quoi au juste ?

— Répondre au téléphone, gestion d'agenda. Quelques dossiers.

— Comptes-rendus ? Organisation d'événements spéciaux ?

— Comptes-rendus, évidemment.

Nouveau sourire séducteur. Je ne pouvais pas nier qu'elle était jolie mais, comme le soulignait trop souvent Alexis, j'étais trop réfléchi et trop cérébral pour être attiré par ce genre de fille. La facilité – avec les femmes ou dans le domaine du travail – ne me convenait pas. J'avais besoin de résistance et d'affrontement.

J'avais besoin de vaincre.

— Qu'entendez-vous par « événements spéciaux » ? m'interrogea-t-elle en pinçant les lèvres.

— Événements d'entreprise, dîners, cocktails, séminaires. Bref, tout ce qui peut sortir du champ traditionnel de vos missions premières.

— Je pense pouvoir le faire.

— J'ai besoin de quelqu'un qui sait le faire, contrai-je immédiatement. Je n'ai pas le temps de vous former.

Elle se raidit sur sa chaise et oublia son sourire pour reprendre une attitude plus professionnelle. Je relus son CV pour la quinzième fois, tentant de trouver une explication au fait que cette femme m'était antipathique.

Peut-être était-ce son attitude trop charmeuse. Ou le nombre d'expériences de moins de trois mois sur son CV.

Je poussai un soupir et me pinçai l'arête du nez. Même si Louise avait espacé les entretiens, j'avais la sensation de revivre encore et encore les mêmes rendez-vous. Hormis l'expérience et les qualités humaines, j'avais une courte liste de questions qui me permettaient de finaliser mon choix ; je décidai d'enchaîner :

— Bien. Reprenons.

La brune esquissa un sourire soulagé. Elle avait dû craindre que je mette un terme au rendez-vous.

— D'après vous, quel est votre plus grand défaut ?

C'était une question bateau… mais déterminante. Je l'avais posée à tous mes collaborateurs. Je me fichais de la réponse, c'était la sincérité de mon interlocuteur qui m'intéressait. Si cette fille répondait : rigoureuse, perfectionniste, déterminée ou maniaque, je la raccompagnerais immédiatement.

Elle me fixa une longue seconde et prit une profonde inspiration avant de me répondre. Je ne fus pas surpris de ce qu'elle m'annonça.

J'esquissai un sourire et me levai de mon fauteuil, lui indiquant, d'un geste de la main, la porte de mon bureau.

— Je vous remercie d'être venue. Mon assistante vous tiendra au courant des prochaines étapes.

Elle coinça la bandoulière de son sac à main sur l'épaule et hocha la tête. J'ouvris ma porte, croisant le regard amusé de Louise. Je secouai la tête, lui faisant comprendre que je venais d'essuyer un nouvel échec.

— Au bout du couloir, vous trouverez l'ascenseur. N'oubliez pas de récupérer votre pièce d'identité à l'accueil.

— Merci de m'avoir reçue, murmura la jeune brune, déconcertée par la fin brutale de notre discussion.

Je suivis sa silhouette jusqu'à l'ascenseur, m'assurant qu'elle était suffisamment loin pour ne pas m'entendre. Louise sortit une feuille de sous son clavier, puis me fixa de longues secondes. Son sourire mutin dissimulait mal son excitation.

— J'hésite entre perfectionniste et maniaque, dit-elle en se tapotant la lèvre supérieure de l'index.

— Perfectionniste, soupirai-je. Et prévisible.

— Je vais republier l'annonce. Vous finirez bien par trouver quelqu'un.

J'échangeai un regard avec ma future ex-assistante. Je doutais de plus en plus de trouver quelqu'un pour la remplacer. Honnêtement, j'avais plus important à faire et je voulais me débarrasser de cette histoire au plus vite.

— Il me reste l'option de vous proposer de doubler votre salaire pour que vous restiez, lançai-je.

— Vous savez, je crois que c'est ça votre pire défaut : vous êtes... sacrément têtu !

— Je préfère opiniâtre.

— Je voulais dire « bouché ». Et têtu. Et trop exigeant, de toute évidence.

— Je pourrais vous virer.

— Ce n'est pas votre genre d'être sympa avec les gens, monsieur Langlois.

— Qui dit ça ? l'interrogeai-je, curieux.

Notre conversation légère avait basculé vers des confidences plus sérieuses. C'était l'inconvénient du métier de dirigeant : on était souvent jugé trop rapidement et sévèrement. J'admettais mon tempérament exigeant, j'avais conscience de mes accès d'autorité et j'étais parfois véhément, souvent glacial, quelquefois intransigeant, mais je le faisais pour assurer la pérennité de l'entreprise. Je me devais d'être dur, d'être concentré sur les priorités économiques.

— Tout le monde. En fait, non, reprit-elle. Ils disent que vous êtes chiant et autoritaire.

— Ils ont raison. Quand vous gérez le destin de plus de mille personnes dans quatre pays différents, vous devez forcément être chiant et autoritaire, Louise.

— À titre personnel, je dirais plutôt que vous êtes exigeant et professionnel.

— C'est quoi ce politiquement correct ? Vous ne partez plus au Canada et vous voulez garder votre place ?

— Et séduisant, ajouta-t-elle avec culot. Franchement, il y a pire comme spectacle que de bosser avec vous. Toutes mes copines le disent.

— Toutes vos copines ?

— L'article de l'an dernier dans *GQ*. J'espère que vous avez gardé la chemise bleue et ce T-shirt gris un peu élimé ?

— Je le mettrai pour votre dernier jour !

Elle prit une feuille de papier et fit semblant de s'éventer. J'éclatai de rire, ravi d'avoir évacué ma mauvaise humeur.

— Allez, préparez mes dossiers pour demain et calez-moi une téléconférence avec tous les chefs de pôle pour la semaine prochaine.

— Le sujet ?

— Négociations pour Rennes.

Ce soir-là, je quittai le bureau à 23 heures passées, après avoir vérifié notre accostage budgétaire. Sur le chemin du retour, je reçus un message de Sophie qui souhaitait savoir à quelle heure je pourrais accueillir Zoé le vendredi suivant. Alexis prit de mes nouvelles, et je promis de le rappeler.

La vue du réfrigérateur vide me tira une grimace. Mon retour au célibat impliquait aussi un retour aux réalités logistiques. J'avais assuré ma première semaine avec ma fille, je devais maintenant assurer toutes les autres.

Le vendredi après-midi, j'expédiai ma dernière réunion et terminai ma journée à 17 heures. Je fonçai jusqu'à mon appartement afin d'être impérativement à l'heure pour l'arrivée de Zoé. Elle allait retrouver sa chambre, pendant que j'allais encore devoir me contorsionner sur le canapé.

À l'heure du dîner, Sophie sonna, et je descendis les quatre étages de l'immeuble à toute vitesse. Ma fille me sauta dans les bras, pendant que sa mère sortait son cartable et son sac pour la semaine du coffre de la voiture.

— N'oublie pas ton livre ! lança Sophie à destination de notre fille.

Elle lui tendit un livre lourd et épais, que Zoé saisit avant de le serrer contre elle. Je fronçai les sourcils et fixai mon ex-femme, espérant comprendre.

— Nouvelle lubie : elle veut apprendre la cuisine ! soupira Sophie en levant les yeux au ciel. J'espère que ta cuisine est équipée.

— C'est mamie qui m'a offert le livre.

J'y jetai un coup d'œil rapide. À ses couleurs acidulées, je déduisis que le livre était destiné à de jeunes lecteurs. Zoé m'adressa un sourire lumineux et édenté. À nouveau, je me tournai vers Sophie.

— La petite souris m'a chuchoté que Zoé voulait cuisiner avec toi !

La touche d'ironie dans sa voix ne m'échappa pas. Elle pinça les lèvres, retenant un sourire moqueur. J'étais incapable de cuisiner : je loupais les pâtes, massacrais les œufs au plat, et mon seul talent résidait dans l'élaboration de sandwichs.

— Je n'ai pas cuisiné depuis...

— Tu n'as jamais cuisiné, rit Sophie.

— Tu cuisineras avec moi, papa ?

— Bien sûr, chérie !

Zoé ne saisit pas mon mensonge éhonté, mais le regard de Sophie trahissait son envie de rire. Mon ex-femme embrassa notre fille, puis me fit une bise rapide sur la joue et s'éclipsa en agitant la main par la fenêtre de la voiture.

Après avoir rangé les affaires de Zoé, nous nous décidâmes à préparer une expédition pour un grand remplissage du réfrigérateur. Consciencieusement, ma fille avait noté tous les ingrédients dont elle avait besoin afin de réaliser une tarte aussi ambitieuse qu'effrayante. À notre retour du magasin, j'avais la sensation qu'un bulldozer m'avait roulé dessus, plusieurs fois, et pour le plaisir. Zoé, pleine d'énergie, sautillait autour de moi avec enthousiasme.

— On fera ton gâteau demain, chérie, d'accord ? tentai-je en réprimant un bâillement.

Je mourais d'envie de m'effondrer sur ce canapé inconfortable. Apparemment, Zoé avait assez d'énergie pour nous deux, car elle s'installa sur l'une des chaises de la petite cuisine et ouvrit son livre de pâtisserie. Dans le même temps, je fis mes adieux à la perspective de me la couler douce dans le salon.

Dans un soupir, je m'attelai à la tâche, déchiffrant la recette de cuisine comme s'il s'agissait de hiéroglyphes encore inconnus. Ma fille me dévisagea plusieurs fois, me renvoyant à mes propres lacunes culinaires, tant en théorie qu'en pratique. Je découvris ainsi ce que signifiait « blanchir des œufs » et « abaisser une pâte brisée ».

— Ils disent quoi pour la cuisson ?

— Thermostat 7, pendant trente minutes, débita ma fille.

Dompter le four fut une nouvelle épreuve. L'appareil transpirait la modernité et multipliait les modes complexes de cuisson. Après une recherche sur Internet, je parvins à lancer le four à la bonne température, sous les hourras de ma fille.

Une acquisition en Asie ne m'aurait pas rendu aussi fier.

Après notre dîner rapide et une dégustation triomphante de la tarte – je méritais certainement le prix de « père de l'année » pour avoir réussi à ne pas la faire carboniser –, Zoé finit par s'effondrer de fatigue. Je rassemblai ses quelques jouets éparpillés, nettoyai la cuisine et rangeai son livre préféré de recettes. En le feuilletant, je constatai que je n'étais pas au bout de mes peines.

— Macaronner ? marmonnai-je, sourcils froncés. Émonder ? Plus de 120 recettes faciles ?

Je secouai la tête, espérant que cette nouvelle passion de ma fille ne soit que passagère. Manipuler des chiffres, interpréter des graphiques ne me posait aucun problème. En revanche, séparer des œufs pouvait me tétaniser. Imaginer mes prochains vendredis avec Zoé m'inquiétait déjà.

Je tournai le livre et retrouvai la photo du chef responsable de toutes mes migraines à venir. De longs cheveux bruns encadrant un visage avenant, des yeux noisette pétillants, une fossette sur la joue droite, un sourire qui semblait se foutre ouvertement de moi.

— Gagnante du concours « chef de demain », Adèle Duval est actuellement second de cuisine au restaurant du Bristol, à Paris. Formidable, râlai-je.

De toute évidence, Adèle Duval avait décidé de transformer ma nouvelle vie de père célibataire en un cauchemar.

Chapitre 7

— Armel, on devrait peut-être faire une pause.

Je faisais face à Armel et à ses soixante-douze printemps depuis presque deux heures. En me levant de ma chaise, je me demandais ce qui le définissait le mieux. Le seul mot qui me vint fut… « breton ».

Armel n'était pas têtu, il était breton.

Armel n'était pas bon vivant, il était breton.

De toute façon, Armel n'était pas breton. Il était malouin. Ce qui en disait beaucoup sur son caractère tempétueux et indépendant. Armel demandait des conseils, mais n'en faisait qu'à sa tête. Il sollicitait mon aide, mais agissait la plupart du temps en dépit du bon sens. Avec son manque de diplomatie et son attitude bougonne, Armel se révélait vite épuisant.

— Est-ce que vous voulez un café ? l'interrogeai-je en contournant le bar du restaurant pour m'en préparer un.

J'en profitai pour reprendre mon souffle et tenter de réprimer mes envies de meurtre. Malgré son caractère de cochon, Armel était un homme gentil et prévenant. Il ouvrait les portes aux dames – parce que sa mère l'avait élevé ainsi —, il dépannait ses voisins et il s'assurait que Joséphine aille à ses rendez-vous médicaux.

Oui, en temps normal, Armel était civilisé, poli et à l'écoute.

Mais, dès qu'il s'agissait du comité des fêtes de la ville, Armel se révélait difficile, grognon et d'une mauvaise foi redoutable. Malgré les protestations de Joséphine, j'avais accepté d'aider Armel à rédiger des discours électoraux. L'enjeu, pour lui, était de taille : il voulait briguer la présidence du comité et, surtout, humilier son plus grand ennemi, Gildas.

Cet après-midi, Armel se montrait particulièrement revêche, et son animosité contre le président actuel avait atteint son point culminant.

— Vous savez, Armel, je crois qu'il ne faut pas en faire une affaire personnelle. Vous devez penser avant tout à ce que vous souhaitez apporter à ce comité.

— Je veux juste virer ce crétin de Gildas.

— Mais enfin, qu'est-ce qu'il a bien pu vous faire pour que vous le détestiez à ce point ?

— Je ne le sens pas, c'est tout, grommela-t-il. Il est comme le coucou, il s'installe dans le nid des autres.

— Vous étiez candidat à la dernière élection ?

— Non. Mais j'y pensais, continua-t-il pour se justifier. Déjà à l'école, il trichait sur moi, ce vaurien !

J'esquissai un bref sourire. Armel, comme Joséphine, avait la dent dure. Vous pouviez gagner leur confiance rapidement et, en retour, ils étaient toujours disponibles pour vous rendre service. Mais, si vous les déceviez une fois, vous perdiez tout en un instant, sans espoir de le retrouver. Intransigeants, exigeants et rancuniers, ils ne pliaient jamais.

— Bien, reprenons alors. C'est demain soir, c'est ça ? l'interrogeai-je en revenant à notre table.

Armel acquiesça, le front plissé par la détermination. Il aurait sûrement été capable de mener un putsch, si les élections n'étaient pas prévues dans un mois. La soirée de demain marquait le début officiel de la campagne présidentielle. Si le sujet m'avait fait longtemps sourire, Armel, lui, le prenait aussi au sérieux qu'une élection républicaine.

— Je veux dégager ce parasite, avait-il résumé quand nous avions évoqué ses motivations.

Je repris mon carnet de notes et listai les motivations possibles à développer dans le discours. Je devinais le regard dubitatif d'Armel au-dessus de moi. Il avait espéré un discours brutal et à charge quand je lui avais recommandé de parler d'avenir et de propositions concrètes.

— Donc, nous avons évoqué l'intégration des nouveaux arrivants, les festivités historiques, les événements artistiques. Pourquoi pas une épreuve sportive comme une course contre la marée ?

— Personne ne gagne jamais contre la mer, trancha-t-il immédiatement.

— C'est une image, Armel. Gildas a déjà lancé et pérennisé beaucoup d'événements, il faut être inventif.

— Bien, bougonna-t-il.

— Et il faut mettre en avant vos qualités humaines, votre sens du service, votre écoute, par exemple.

Il fit une moue dubitative, pas franchement convaincu par mon idée. À la réflexion, il avait sûrement raison. Tous les votants avaient connaissance du type de relation qu'entretenaient Gildas et Armel. Mettre en valeur son sens de l'écoute aurait été un doux mensonge.

— Alors, travaillons à l'inverse : qu'a fait Gildas de si terrible pendant son mandat ?

— Il a crâné ! Ah, et il a organisé un loto où le plus gros lot était un week-end à Deauville.

Je le fixai pendant une courte seconde, sans comprendre.

— En Normandie ! s'énerva-t-il en tapant du poing sur la table. Qui fait ça ? On est malouin et breton. On n'envoie personne en Normandie !

Un soupir m'échappa. Ce projet de discours me semblait de plus en plus inatteignable. En tout cas, je n'aboutirais à rien avec Armel à mes côtés. Son animosité envers Gildas plombait son bon sens.

— Armel, vous prenez les choses trop à cœur. Il faut vraiment vous concentrer sur ce que vous pourriez proposer. En tout cas, il faut axer votre discours sur ce que vous feriez mieux que Gildas, d'accord ?

— Est-ce qu'on peut parler de ses chemises ?

— Non, objectai-je avec un petit sourire.

— Et de son parfum ?

— Non plus. Rien de personnel, Armel. Il faut l'attaquer sur ses idées ou sur ses actions passées. Par exemple, cette histoire de loto, pourquoi ne pas mettre en avant qu'il aurait peut-être dû l'axer sur notre région ? Ou en faire un événement caritatif ?

Il sembla réfléchir à cette proposition et, miracle, il hocha la tête. Je notai cette idée sur la feuille, réfléchissant déjà à la façon de la tourner comme une revendication politique forte et argumentée.

— Et pourquoi pas un bal ? proposa Armel, brusquement inspiré.

— Oui, pourquoi pas. Pour quelle occasion ? Je crois que la mairie prend déjà en charge celui du 14 juillet, non ? Il faut trouver un événement fort pour...

— La Saint-Valentin !

Devant mon silence stupéfait, il se ravisa et baissa les yeux sur la table. Armel, pris d'un élan romantique... Était-il, comme les nuages, sous l'influence d'une grande marée ?

— Oublions. C'est sûrement une mauvaise idée. Plus personne ne vient au bal de toute façon !

— Non, au contraire. Je trouve que c'est une belle idée. Je ferai en sorte de me trouver un cavalier, assurai-je, pour le convaincre totalement.

— Tu ne seras plus là. Joséphine dit que tu vas reprendre la cuisine.

— Joséphine dit aussi que la pluie ne mouille pas tout le temps et que les nuages partent à marée descendante... Je ne vais pas reprendre la cuisine. De toute façon, j'ai ta campagne à finir, les lettres d'Elisa et le concours de Sonia. J'ai bien trop de projets pour reprendre la cuisine.

Armel haussa les épaules. Il n'avait pas l'air franchement convaincu. Peut-être parce que je ne l'étais pas moi-même. Les mots de Joséphine avaient fait leur effet. Je devais admettre que cuisiner me manquait. Créer des recettes, les ajuster, chercher le meilleur équilibre entre les saveurs et les ingrédients était ce qui me manquait le plus.

— Si tu le dis, marmonna Armel.

Nous échangeâmes encore longuement sur son projet, retenant deux arguments forts alors que j'en refusais le triple, notamment ceux concernant le passé amoureux tumultueux de Gildas. Peu avant 18 heures, Joséphine entra dans le restaurant et leva les yeux au ciel en me découvrant attablée avec Armel. En la voyant, ce dernier se leva, retira sa casquette à motifs écossais et la salua timidement.

— On travaille sur le discours d'Armel, expliquai-je.

— Dieu du ciel ! C'est ta dernière trouvaille ? demanda Joséphine à Armel.

— Tu sais bien que Gildas n'est qu'un crétin ! J'aurais dû être élu la dernière fois.

— La dernière fois ? Tu n'étais pas candidat, je te rappelle, tout ce que tu as fait c'est débouler dans la salle des fêtes la veille de l'élection en accusant Gildas de corruption parce qu'il nous avait offert une bolée de cidre !

Je me levai à mon tour, prête à calmer les esprits qui s'échauffaient. Joséphine et Armel passaient la majorité de leur temps à se chamailler, comme deux gamins. De toute évidence, l'âge n'apaisait en rien leurs querelles. Tout était prétexte à une dispute : de la météo au prix des légumes, en passant par leurs visions opposées des événements passés.

— Il avait fait ça pour vous amadouer ! s'écria-t-il, fulminant de rage.

— Une bolée de cidre ? répéta-t-elle.

— De toute façon, tu passes ton temps à le défendre, tempêta Armel.

— Et tu passes ton temps à vouloir te venger de lui ! Tu es ridicule ! cria-t-elle.

En quelques secondes, l'ambiance avait viré. L'humeur travailleuse d'Armel avait cédé aux sirènes d'une dispute homérique avec Joséphine. J'avais fini par en déduire que ces disputes incessantes et brutales n'étaient qu'une manière détournée de s'assurer mutuellement de leur bonne santé.

Tant qu'ils se criaient dessus, ils étaient en forme.

— Me venger ? Mais de quoi, Bon Dieu ?

— Mais de tout ! De la maison qu'il a achetée alors que tu la voulais ! Tu as toujours passé ton temps à te comparer à lui. Il a acheté une camionnette un jour, tu as acheté la même le lendemain en hurlant sur tous les toits qu'il t'avait piqué ton idée ! Il se présenterait à la mairie que tu trouverais le moyen de faire campagne contre lui !

Je retins un rire. Regarder Joséphine et Armel se disputer était du grand spectacle. Des cris, des reproches, des gestes de la main, des regards furieux. Je me demandais parfois s'ils ne puisaient pas leur énergie dans ce type d'échange.

— Parce qu'en plus il se va se présenter à la mairie ? éructa Armel.

Cette fois, le rire m'échappa. Joséphine fixait Armel, éberluée. Elle leva la main pour le désigner et me regarda, entre agacement et consternation.

— Tu sais, tu l'encourages en rédigeant ses discours.

— Son discours, corrigeai-je.

— Tu apportes de l'eau à son moulin, répéta-t-elle. Tu cautionnes son délire de pouvoir et sa petite vengeance personnelle.

Je détestais jouer l'arbitre, en particulier quand je n'étais pas au courant de toute l'histoire. Dans son coin, Armel ruminait dans sa barbe. Sans cacher son énervement, il revissa sa casquette sur sa tête et se dirigea vers la porte du restaurant. Joséphine, soudainement plus calme, s'installa à son îlot et ouvrit le journal. C'était sa façon à elle de congédier les importuns. Elle se taisait et laissait le malaise s'installer jusqu'à ce qu'il devienne insupportable.

— Je vous prépare quelque chose pour demain, lançai-je à Armel en le rejoignant à la porte.

Il bougonna à nouveau, leva la main comme pour me dire de laisser tomber et, à la façon dont je le vis remonter la rue, j'étais certaine qu'il devait maudire Joséphine. En retournant dans le restaurant, je retrouvai cette dernière, lisant avec application les avis d'obsèques.

— Qu'est-ce que j'ai manqué ? demandai-je. Entre Armel et toi ? C'est quoi cette histoire de vengeance ?

— Armel est un vieux bougon aigri, revanchard et rancunier. Il passe son temps à radoter et à grommeler. Il est têtu comme un âne, buté comme un breton et a un caractère de cochon.

— Et il est désormais rhabillé pour les dix hivers à venir.

— Je suis sortie avec lui, un jour. Enfin, pas vraiment. Il m'a accompagnée à un déjeuner.

J'éclatai de rire. J'en avais appris plus sur la vie privée de Joséphine en quelques jours que depuis mon arrivée ici. Après son grand amour, Pierre, Armel faisait une apparition dans la vie amoureuse – et agitée – de Joséphine.

— Peu de temps après, j'ai osé parler à Gildas.

— Parler ?

— Parler. Apparemment, c'était l'équivalent d'une déclaration de guerre pour Armel. Depuis, il boude et fait son possible pour pourrir la vie de son ennemi. Il sera capable de faire un scandale si Gildas meurt avant lui et lui grille la priorité au purgatoire.

Je me mordis les lèvres pour me retenir de rire : imaginer Armel épinglant une poupée vaudoue et maudissant son adversaire était irrésistible. Joséphine releva ses yeux amusés vers moi, avant de secouer la tête.

— Un jour ou l'autre, il finira par le provoquer en duel sur la plage, à marée basse, se lamenta-t-elle.

— Tu es un bourreau des cœurs, Joséphine.

— J'ai moi-même eu le cœur brisé une fois… et je n'ai rien fait pour le réparer.

Sa confidence me peina. En deux minutes, nous avions changé d'ambiance, remisant nos rires pour des aveux plus intimes. J'avais toujours vu la Joséphine forte et déterminée, la femme qui tenait une crêperie d'une main de fer et qui me faisait la leçon comme l'aurait fait une institutrice revêche. Découvrir qu'elle cachait ses failles sous cette armure de femme tenace me touchait.

Je décidai de changer de sujet et visai le journal régional devant elle.

— Du neuf ? demandai-je en rangeant mes notes du discours d'Armel.

— Je ne suis toujours pas dedans, soupira-t-elle.

— Je dirais que c'est plutôt une bonne nouvelle, dans la mesure où on a un service dans une heure.

— Tu as pensé à ce que je t'ai dit l'autre jour ?

J'ignorai sa question et me concentrai sur le rangement des bouteilles déjà impeccablement alignées. Cuisiner avait été ma vie pendant presque quinze ans, et tirer un trait dessus n'était pas si simple. Depuis notre conversation, j'y pensais chaque jour, j'hésitais. J'étais effrayée surtout.

— C'est comme faire du vélo, continua-t-elle.

Je me surpris à lui sourire. L'acharnement breton avait trouvé son incarnation en Joséphine.

— Ou du cheval. Tu sais, il faut toujours remonter en…

— … selle quand on tombe, oui, je sais, Joséphine.

La récente obsession de Joséphine pour mon ancien métier me déroutait. Éviter le sujet semblait compliqué, mais en parler m'était presque impossible. Je terminai mon faux rangement et enchaînai avec l'alignement des bolées sur leurs rails. Comme je l'avais fait avec les bouteilles, je m'assurai qu'elles étaient propres et mis de côté celles qui présentaient une fêlure ou un ébrèchement.

— La cuisine me manque, avouai-je finalement pour combler le silence désagréable installé par Joséphine.

Il demeura néanmoins, seulement interrompu par le

bruissement des pages du journal. J'attendis, avec une patience toute relative, que Joséphine réagisse. En vain. Je finis par la rejoindre et tentai de capter son attention en faisant volontairement du bruit. À nouveau, ce fut un échec. Joséphine était concentrée sur les pages locales du journal, hermétique à son environnement.

Puis elle me regarda et esquissa un bref sourire.

— Il va falloir faire mieux que ça.

— Mieux que quoi ?

— Mieux que « la cuisine me manque ».

Je levai les yeux au ciel. Joséphine était une éternelle insatisfaite. Vous lui auriez offert le cadeau de ses rêves qu'elle aurait encore trouvé à redire sur l'emballage ou le ruban.

— Je ne crois pas pouvoir faire mieux pour le moment, avouai-je.

— Quand on veut, on peut.

— C'est exactement ce que ma grand-mère me disait quand je voulais apprendre mes leçons ou savoir faire mes lacets. Je crois que la situation est un tout petit peu plus compliquée et que…

— Compliquée ? s'esclaffa Joséphine.

Son hilarité me vexa. Savoir faire mes lacets m'avait pris une bonne heure. Reprendre la cuisine avec plaisir me prendrait sûrement une bonne partie de ma vie. Je contournai l'îlot et m'éloignai de Joséphine. Son comportement était de plus en plus inexplicable. Je la trouvais presque belliqueuse.

— J'ai tiré un trait sur la cuisine, continuai-je, les poings serrés d'énervement.

Un nouveau rire la secoua. Je passai une main sur mon visage, sentant un début de migraine m'envahir.

— Donc, tu as tiré un trait sur la cuisine, c'est ça ?

— Oui, soupirai-je.

— Tu as lâché ta carrière flamboyante, ta place dans un palace de premier plan, les feux de la rampe, les émissions télé et les livres de recettes pour venir te terrer ici ?

— Oui. Écoute...

— Tu as lâché tout ça, parce que tu n'en pouvais plus de la cuisine ? Parce que tu voulais quitter ce monde ?

— Joséphine...

— Et, dans cet élan d'abandon, dans cette volonté d'oubli de la « cuisine » – elle mima férocement les guillemets –, tu t'es dit que devenir serveuse dans un restaurant était une bonne idée ?

Je restai muette, sciée par la pertinence de sa démonstration. En trois années de collaboration, c'était la première fois qu'elle se montrait si véhémente. Et elle avait raison sur tous les points.

— Je ne me sens pas encore vraiment prête à recommencer, murmurai-je, au bord des larmes.

— On n'est jamais prêt. Mais tu ne peux pas dire que la cuisine te manque en travaillant ici. Ce n'est pas vrai, Adèle. Je te vois me regarder faire, je te vois loucher sur les ustensiles. Tu n'as jamais vraiment quitté la cuisine.

— Joséphine, j'ai quitté la cuisine et je...

— Un marin ne quitte pas la mer pour ouvrir une poissonnerie. À moins de se torturer, ronchonna-t-elle.

— Je ne me torture pas.

— C'est vrai. Tu te punis, rectifia-t-elle. Tu t'enterres ici et tu te meurs à petit feu. La cuisine, ce n'est pas... fade. C'est de la passion, du cœur, de l'envie. La cuisine, c'est de l'amour, Adèle. On tombe en cuisine, comme on tombe amoureux. Et, quand on est amoureux, ça ne s'arrête pas.

La déflagration Joséphine me fit reculer, et je m'éloignai de l'îlot, soudainement consciente d'être trop proche de ma plus grande frayeur. À bout de souffle, elle me dévisagea de longues secondes. Les larmes roulaient sur mes joues, et je me sentais vidée.

Joséphine leva les mains devant elle, signe qu'elle abdiquait. Je fronçai les sourcils ; elle n'était pas le genre de femme prête à lâcher le morceau facilement. Si, depuis quelques jours, je trouvais son attitude déroutante, ce soir, Joséphine était particulièrement énigmatique.

— Tu as pris la fuite, résuma-t-elle. J'ai assez attendu.

J'essuyai nerveusement les larmes de mes joues, tentant d'analyser la situation. Joséphine ferma son journal et croisa les mains devant elle.

— Il n'y aura pas de service ce soir, lâcha-t-elle finalement.

J'eus la sensation de prendre un coup de poing dans le creux de l'estomac. J'étais sonnée et à bout de forces, mais je me redressai et repris mon souffle. Joséphine me fixait toujours, mais je ne trouvai aucune jubilation dans son regard. Au contraire, elle semblait attristée par sa décision.

— Je suis fatiguée, Adèle. Vraiment. Je me sens vieille, et… Bon sang, j'ai trois tonnes de courbatures. Il est temps.

— Temps pour quoi ? chevrotai-je, incertaine.

— Temps de passer la main. Depuis que tu es arrivée ici, j'ai attendu. J'ai espéré que tu reprennes la cuisine. Je n'ai pas d'enfants, mais j'avais imaginé… je ne sais pas… que tu finirais, progressivement, par reprendre les rênes.

— Joséphine, je ne peux pas faire ça !

Ma voix n'était qu'un souffle. Mes poumons étaient comprimés dans ma poitrine, et j'avais terriblement envie d'ouvrir la porte pour prendre la fuite. De l'air. Maintenant.

La dernière fois que cette sensation d'oppression m'avait saisie, j'avais quitté Paris par le dernier train pour Saint-Malo.

— Bien sûr que tu peux ! rouspéta-t-elle. Bon sang, Adèle, tu as de l'or dans les mains !

— J'avais.

— Tu as, insista-t-elle. Tu l'auras toujours. Tu ne cuisines plus, d'accord. Mais tu continues à faire plaisir aux autres. À Elisa, à Armel, à Sonia. La cuisine, ce n'est que ça.

— Tu ne peux pas t'arrêter, murmurai-je.

— Je peux. Je le dois. Je t'aiderai, bien sûr. J'ai mis des années avant de connaître les parfaits dosages de la pâte au sarrasin, je ne vais pas t'infliger cette recherche en plus !

Je ne pus m'empêcher d'éclater de rire. C'était la plus grande force de Joséphine : vous faire passer des rires aux larmes en quelques minutes. Comme si, au milieu des drames, elle trouvait toujours une façon de vous remonter le moral. Malgré ma peur, malgré les émotions mitigées que m'inspirait la gastronomie, j'étais lucide. Je savais que Joséphine avait raison de me forcer la main, elle avait raison de me rappeler pourquoi j'aimais cuisiner, elle avait raison de réanimer l'origine de ma vocation.

— J'ai besoin… Faut que j'y réfléchisse, éludai-je.

Joséphine fit la moue.

— C'est pas un truc qui te réussit de réfléchir ! Toi, ton truc, c'est la cuisine.

— J'ai compris, oui, grommelai-je.

— Il te faudra un associé, et ça va être l'occasion pour moi de réparer mes erreurs. Que dirais-tu d'un verre ?

— Je dirais qu'il me faut plutôt toute une bouteille. De quoi parles-tu, Joséphine ?

Elle sortit deux verres et déboucha une bouteille de cidre.

Je la rejoignis autour de l'îlot, toujours sous le choc de sa proposition. Je fixai les deux galettières d'un œil distrait, m'interrogeant sur mes capacités à tenir la pression. Je cachai mes mains tremblantes en serrant la bolée devant moi. Joséphine me servit, captant immédiatement mon regard paniqué.

— Il n'y a rien de plus facile que de faire des crêpes.

— Je… Pas tout de suite, d'accord ?

— D'accord, sourit-elle. Je vais te laisser dix jours.

— Dix jours ? Mais c'est…

— … amplement suffisant, finit-elle pour moi. Tu as eu trois ans, Adèle. Dix jours, ça me semble raisonnable, non ?

Trois ans. Trois ans d'éloignement et d'oubli. Trois ans d'un job provisoire qui était devenu durable.

Question purement rhétorique. Joséphine n'aurait pas accepté que j'exprime de nouveaux doutes. Elle but une gorgée de son cidre, puis prit son journal qu'elle ouvrit à la page 5, celle des informations locales d'importance. La bouche sèche, je lus par-dessus son épaule, tentant de trouver un lien avec ma propre histoire.

— Si d'ici dix jours tu ne veux pas reprendre la cuisine de ce restaurant, je fermerai, annonça-t-elle sans ambages.

— D'accord, soufflai-je, le cœur battant de panique.

— Mais, si tu acceptes, je pense qu'il te faut de l'aide pour la gestion. Qu'Adèle Duval reprenne un restaurant sera un événement. Tu ne peux pas gérer ça seule.

Elle pointa une photo dans le journal et esquissa un bref sourire.

— Il ressemble beaucoup à son grand-père, murmura-t-elle.

— Qui est-ce ?

— Arnaud Langlois, le petit-fils de Pierre.

Sa voix était pleine de tendresse. Je me tordis le cou pour lire le titre de l'article. Perdue, je me tournai vers Joséphine ; quand elle m'avait parlé d'un associé, j'avais naïvement pensé à un confrère dans le métier, à un ami à elle ou une vieille connaissance. Mais Joséphine n'avait jamais rien fait comme les autres, et il n'y avait pas de raison qu'elle change de fonctionnement.

— Il a brillamment réussi, il saura t'aider.

— Il a brillamment réussi, oui. Dans l'industrie high-tech ! Il fournit des drones pour quatre pays différents. Ça n'a rien de commun avec un restaurant !

— Je l'ai choisi pour ses compétences de gestionnaire. Gérer une usine, un restaurant, une boutique ou une laiterie, c'est du pareil au même, esquiva Joséphine, confiante.

Je tirai le journal vers moi, me penchant sur la photo floue et en noir et blanc qui ornait l'article. Ce type devait avoir à peu près mon âge, mais avait cette attitude sérieuse et présomptueuse caractéristique des hommes de pouvoir. La seule façon dont il regardait l'objectif – avec fierté et une lueur de domination – ne m'inspirait pas confiance.

— Mais il n'y connaît rien ! protestai-je. Il est au courant de ton histoire avec son grand-père ?

— Aucune idée, répondit-elle en haussant les épaules.

— Et comment a-t-il réagi quand tu lui as proposé notre éventuelle collaboration ?

— Il n'est pas au courant.

— Je te demande pardon ?

— Il ne sait pas. Je te laisse le prévenir. Vous vous partagerez le restaurant. 50/50.

Elle termina sa bolée de cidre et se leva de sa chaise.

Elle déposa une bise sur ma joue, puis, sans attendre que je réagisse, se dirigea vers la sortie.

— Je te laisse afficher tes quelques jours de congés ? me rappela-t-elle.

La porte se referma dans un léger tintement. Je restai interdite, pétrifiée sur ma chaise, les mains sur le journal local, avec cet homme, que je ne connaissais pas, mais qui me narguait déjà. En silence, je contemplai le restaurant, les murs en pierre, les tables, l'îlot. Et Joséphine qui me mettait au pied du mur. Si elle avait pu, elle m'aurait flanqué son pied aux fesses. Malgré mes dénégations, je ne pouvais pas faire comme si elle avait tort. La cuisine me manquait. Cuisiner et préparer une assiette me manquait. J'étais devenue serveuse par hasard, je l'étais restée par choix, appréciant les soirées agitées et les sons rythmés de la cuisine.

Et maintenant, ce restaurant allait devenir le mien. C'était comme si ces trois dernières années n'avaient été qu'une parenthèse, avant que je revienne sur le droit chemin. Elle avait compris avant moi ce que signifiait la cuisine dans ma vie, que ce que j'avais sciemment évité pendant des mois était ma raison d'exister.

J'esquissai un sourire, émue par sa proposition. Elle m'avait eue. Et ce pauvre Arnaud Langlois ne se doutait pas du sort qui l'attendait.

J'avais dix jours pour lui faire avaler le plan tordu de Joséphine : s'associer dans une crêperie, avec, en cuisine, une ancienne espoir de la gastronomie française, qui n'avait rien en commun avec lui. Je me repenchai sur le journal, mesurant mes chances de parvenir à le convaincre.

Physique avantageux, épaules carrées enfermées dans une chemise sombre au col déboutonné, jean sombre et

Converse aux pieds, Arnaud Langlois n'avait pas du tout le style habituel d'un homme d'affaires. Il ressemblait plus à un mannequin, un peu dépenaillé, contraint de vivre une vie loin des projecteurs.

— Arnaud Langlois est le directeur général de Langlois Moteurs et Aviations, multinationale innovante et reconnue pour exporter l'industrie française à travers le monde, lus-je à voix haute. Arnaud, mon destin est entre vos mains.

Chapitre 8

— On vend, assénai-je en refermant violemment le dossier devant moi.

— Arnaud, elle peut devenir rentable, contra mon directeur financier.

— Réfléchis-y calmement, est-ce que tu veux vraiment gérer un éventuel conflit social maintenant ? Cela aboutirait de toute façon sur un plan social, intervint la directrice des ressources humaines.

— Nous avons acheté cette usine il y a plus de cinq ans. En cinq ans, nous y avons investi beaucoup de temps, d'énergie et d'argent. Avons-nous un retour sur investissement ?

Mon équipe proche, installée autour de la table de réunion, resta muette. Je songeai brièvement à mon échange avec mon assistante. Exigeant et pénible s'ajoutaient à autoritaire et chiant dans la liste de mes qualificatifs. Je croisai le regard de la directrice des ressources humaines et poursuivis :

— Nous sommes ici pour gagner de l'argent. Je ne vais pas garder une usine qui nous en fait perdre uniquement pour préserver notre image de marque.

— Nous n'avons jamais rien fermé, me rappela-t-elle.

— Les choses changent. Je ne veux pas que cette usine plombe les comptes de l'entreprise. Donc, on vend. Travaillez rapidement sur ce sujet. Autre chose ?

— Tu es pressé ?

— Tout dépend. Tu as des urgences ?

Thomas, mon directeur financier échangea un regard avec le reste de l'équipe. Il ouvrit un de ses dossiers et consulta ses notes. Je reconnus immédiatement les chiffres et les projections financières de l'usine de Rennes.

— Tu as signé l'accord ? me demanda Thomas en me faisant passer le graphique de rentabilité.

— J'organise une signature officielle dans dix jours, sur place. Le Bihan y tenait.

— Bien. Je voulais juste que tu me confirmes l'estimation financière. Puisqu'on ferme à Rouen, nous allons devoir reporter une partie de nos commandes sur Rennes.

— Ça ne sera pas un problème, assurai-je en suivant du doigt la courbe ascendante du graphique. On avait de toute façon prévu d'assurer la production pendant les week-ends. L'agrandissement nous facilitera la tâche. Tu peux reporter et aviser nos fournisseurs.

— Et pour les clients ? demanda mon directeur commercial.

— Prévenons-les. On reste prudents. Prévoyons un léger retard dans les livraisons, le temps que tout s'organise, d'accord ?

Mon comité de direction hocha la tête à l'unisson.

— Tu veux faire un communiqué pour Rennes ? demanda Thomas.

— Non. Les représentants du personnel feront le nécessaire. On a fini ?

— Mais tu es vraiment pressé ! ricana Thomas.

— Je récupère ma fille ce soir. Je m'autorise parfois une vie de famille, répondis-je en jetant un coup d'œil à ma montre. Et j'ai encore quelques entretiens pour remplacer Louise. Thomas, Jeanne, présentez-moi rapidement un plan d'action pour Rouen.

Ils acquiescèrent, et je quittai la salle de réunion. Je pris l'ascenseur pour rejoindre l'étage de mon bureau, vérifiant mes messages sur mon téléphone. Sophie m'avait prévenu qu'elle me déposerait Zoé un peu plus tôt qu'habituellement.

— Je pars en week-end, m'avait-elle expliqué.

Ce qui devait être la suite logique de « on m'attend ». Au téléphone, je m'étais contenté de sourire. Une fois de plus, je ne ressentais aucune lame glacée de douleur, aucun goût amer de déception, aucune tristesse ravageuse. Je m'en voulais presque. Au gré des semaines qui passaient, je réalisais à quel point Sophie avait eu raison de demander le divorce. Hormis Zoé, plus rien ne nous liait. Elle refaisait sa vie et, parce que nous avions été amis avant d'être amants, j'étais heureux pour elle.

— Tu devrais en faire autant, avait-elle poursuivi.

— Alexis et toi avez monté un comité de persuasion ? Je n'ai pas le droit de me morfondre un peu ?

— Pour se morfondre, il faut être triste. Tu l'es ?

— Non, avais-je admis dans un soupir. Je suis content pour toi.

C'était la première fois que nous parlions aussi ouvertement de notre séparation. Ma mère aurait dit que le temps faisait son œuvre et pansait les blessures. Sophie avait définitivement tourné la page et, de mon côté, j'apprenais à vivre maintenant avec ma fille une semaine sur deux. Je n'étais pas prêt à me lancer dans une nouvelle relation.

— Et la cuisine ? avait-elle demandé. Tu progresses ?

— Pas vraiment. D'où lui vient cette passion soudaine ?

— Elle a vu une émission de télévision. Elle dit qu'elle veut être pâtissière plus tard. Je t'encourage à t'y mettre.

— Formidable, avais-je grogné. Tu sais ce que veut dire macaronner ?

— Bonne chance, Arnaud.

Elle avait raccroché dans un rire, et je m'étais rué sur une boutique en ligne d'accessoires de pâtisserie. J'avais acheté un tas d'ustensiles, y compris des choses dont je n'avais aucune idée de l'utilité. Je me revoyais devant l'écran, plissant les yeux en commandant des poches à douille, un zesteur et deux cercles à trancher.

Ma commande trônait désormais dans la cuisine, attendant sagement que Zoé vienne la déballer.

Je parvins à mon étage et passai devant le bureau de Louise, qui précédait le mien, repérant que la salle d'attente était occupée. Trois jeunes femmes attendaient, dont l'une, debout à la fenêtre. Je les saluai d'un hochement de tête et me précipitai à l'intérieur de mon bureau. J'eus à peine le temps de m'asseoir que Louise toqua à la porte et franchit le seuil avec détermination.

— Je sais, je sais, Louise, je suis en retard.

— En retard, et vous avez une tache sur votre chemise. Sûrement du café, dit-elle en pointant du doigt le haut de mon vêtement.

Je penchai la tête vers ma chemise bleu ciel et râlai. J'en déroulai les manches sur mes avant-bras, puis la déboutonnai. Je m'en débarrassai vivement et ouvris mon armoire, à la recherche d'une chemise propre. Mon assistante lâcha d'un ton moqueur :

— Vous devriez les recevoir comme ça !

— À moitié nu ? l'interrogeai-je en glissant les bras dans les manches.

— Disons que, si une candidate parvient à garder sa concentration alors qu'elle vous voit à moitié nu, elle pourra certainement encaisser la pression du poste.

Elle eut la politesse de rougir brièvement tandis que, fidèle à mes habitudes, je remontais les manches de ma chemise jusqu'aux coudes. J'esquissai un bref sourire. Alexis passait son temps à m'encourager à sortir avec des femmes, tentant de me convaincre que mon physique suffisait à les attirer.

Apparemment, il avait raison.

— Je vais vous décevoir, mais je suis plutôt adepte de certaines traditions. Donc, pour les entretiens d'embauche, je vais opter pour la version habillée.

— C'est tellement décevant ! Honnêtement, si on avait joint à l'annonce la photo de votre article dans *GQ*, nous aurions eu beaucoup plus de candidatures.

— Et moi, beaucoup plus de migraines. J'ai besoin d'une assistante, pas d'une groupie. Vous avez les CV ?

Je baissai les yeux vers mon bureau. Mes dossiers étaient tellement éparpillés qu'on ne voyait pas un centimètre de la plaque de verre. Je les soulevai, les repoussai et grommelai contre mon manque d'organisation.

Louise s'éclaircit la gorge et me tendit les CV imprimés.

— On n'avait pas dit seulement deux candidates pour aujourd'hui ?

Exaspéré, je vérifiai à nouveau l'heure. Préserver mes vendredis soir allait devenir une vraie gageure. Louise suivait mes directives mais, trop souvent, j'accumulais du retard et finissais bien plus tard que prévu. Cette journée ne dérogeait pas à la règle.

— En effet.

— Alors pourquoi y a-t-il trois candidates qui attendent ?

— C'est ce que je dois éclaircir avec l'agence, mais je n'arrive pas à les joindre. Vous souhaitez que je la reprogramme ?

— Inutile. Je vais la recevoir, et on le fera à l'impro ! C'est un mode de fonctionnement qui me convient, de toute façon, soulignai-je en rangeant mon bureau à l'emporte-pièce.

Je consultai les deux CV rapidement. Les profils étaient intéressants. En compressant les entretiens, je pouvais certainement recevoir les trois et finir dans un timing raisonnable. Zoé allait sûrement vouloir faire de la pâtisserie, et j'allais devoir préserver un peu d'énergie pour décrypter une recette obscure.

— Je garderai un œil sur Zoé, si vous voulez, proposa Louise. Ça manque de dessins dans votre bureau, de toute façon !

Je lui adressai un sourire soulagé. Ce rythme effréné m'avait fait prendre conscience que mes dernières vacances étaient déjà lointaines. Je me promis de prendre quelques jours de repos après la signature de l'accord de Rennes.

— Faites entrer la première et priez pour qu'elle soit l'élue !

Une grande femme blonde pénétra dans mon bureau quelques instants plus tard. Présentation impeccable, discrète, voire effacée. Elle correspondait quasiment à tous mes critères de recherche. Elle peinait à me regarder dans les yeux ; je mis ce petit détail sur le compte de la nervosité.

Mais j'avais tort. En fait, elle était très préoccupée par l'état de mon bureau et pinçait les lèvres de désapprobation.

— Et donc, que diriez-vous que cette dernière expérience vous a appris ?

— L'organisation, lâcha-t-elle avec une mine sévère.

— Bien. Vous savez, ici, c'est une entreprise ancienne, mais avec une équipe assez jeune. Nous avons l'habitude d'être polyvalents et agiles.

Elle hocha la tête, mais ne cilla pas. Son attitude s'était raidie, et je réalisais peu à peu que ses compétences ne suffiraient pas. J'avais besoin de me sentir à l'aise avec elle pour envisager de travailler au quotidien en sa compagnie. Je replongeai dans son CV, à la recherche de nouvelles informations à exploiter. En vain. Je jouai alors ma dernière carte, conscient qu'elle ne passerait pas cette étape.

— Et vous diriez que votre pire défaut est...

— Je suis maniaque. Un peu, précisa-t-elle alors que je gardais un visage neutre. J'aime quand tout est à sa place.

— D'accord, soufflai-je en me relevant de mon fauteuil. Je vous raccompagne ? Je vais demander à l'agence de vous contacter rapidement pour vous informer des suites de cet entretien.

Elle opina à nouveau, et je remarquai ses gestes raides et sa bouche pincée. De toute évidence, son sens de l'organisation rigoriste n'approuvait pas mes méthodes de rangement. Je voyais déjà poindre l'ombre d'un conflit. Je n'avais pas de temps à consacrer à ça. Je raccompagnai la candidate jusqu'à la porte, lui serrant la main en la remerciant d'être venue. Je rejoignis Louise et lui confiai, dans un murmure, l'information à retenir de cet entretien.

— Maniaque. Qui est la prochaine ?

— Petite brune assise dans le fauteuil.

Je relevai les yeux vers la zone d'attente, découvrant une brune aux cheveux rebelles debout devant la fenêtre et une femme assise, les yeux rivés au sol. Je poussai un soupir. Je n'avais pas envie d'expédier les entretiens, mais d'un autre côté j'en avais assez d'enchaîner des rendez-vous décevants.

— Allons-y pour la petite brune. Apportez-moi un café, s'il vous plaît, je tenterai de ne pas ruiner une seconde chemise.

— Je savais que vous étiez un homme de défi, sourit mon assistante. Courteau, le nom de la petite brune.

Je me dirigeai vers elle et l'invitai à me suivre dans mon bureau. Elle s'installa sur le bord de la chaise, comme si elle était prête à prendre la fuite. Sa nervosité ne faisait aucun doute : entre rougissements et bégaiements, elle peinait à répondre à mes questions. Au bout de dix minutes, je compris que cette candidate au profil très junior ne ferait pas l'affaire. J'avais besoin d'une assistante assurée et confiante.

— Parfait, mademoiselle Courteau, je vous remercie d'être venue. Je vais vous raccompagner, et l'agence reviendra vers vous.

— Merci.

Ses joues s'ornèrent d'un ultime rougissement, pendant que je la dirigeais vers la porte. Quelques pas seulement nous séparaient du couloir, mais la pauvre jeune femme resta les yeux rivés sur la moquette, dévorée de timidité. Après l'avoir saluée une dernière fois, je retrouvai Louise, en pleine lutte avec la machine à café.

— Détartrage, siffla-t-elle, de mauvaise humeur.

— Je compatis. Je vais aller chercher la dernière candidate. Zoé ne devrait pas tarder, je peux compter sur vous ?

— Sans problème. J'ai imprimé deux ou trois coloriages et je vous ai trouvé des bons de réduction pour le zoo.

— Merci. Son nom ?

— Duval. Je n'ai rien de plus, désolée. L'agence me dit qu'il y a sûrement une erreur dans leur base de données.

— Ça me forcera à être attentif.

La machine à café émit un bip strident, et Louise étouffa un cri de joie. J'allai chercher la dernière candidate de la journée – et, je l'espérais, la dernière candidate tout court – et lui désignai l'entrée de mon bureau. Elle me remercia d'un hochement de tête et, pendant une très courte seconde, j'eus une sensation désagréable de déjà-vu. Je connaissais ce visage, mais je n'arrivais pas à le replacer.

— Mademoiselle Duval, c'est ça ?

— C'est ça, oui.

Sa voix affirmée et confiante me tira un sourire de satisfaction. Elle repoussa ses cheveux bouclés derrière ses épaules et m'adressa un sourire timide. Je la dévisageais toujours, cherchant dans mes souvenirs où j'avais pu croiser ce visage.

Peut-être était-ce la femme qui m'avait salué lors de mon footing avec Alexis ?

Ou une candidate que j'avais déjà reçue et qui était revenue me demander des explications ?

Ou encore une ancienne connaissance que Sophie m'avait présentée lors d'un dîner et qui cherchait maintenant un travail ?

Rien ne me revenait, et cela m'agaçait ; je loupais quelque chose. Je décidai de crever l'abcès. Si je devais mener cet entretien, je devais avoir toutes les cartes en main.

— Excusez-moi, mais votre visage me dit quelque chose. Est-ce qu'on se connaît ?

— Je m'en souviendrais si c'était le cas.

— Eh bien, vous devez avoir quelqu'un qui vous ressemble beaucoup, je pense.

— C'est possible.

Ses yeux noisette me dévisageaient avec curiosité. Je soutins son regard pendant plusieurs secondes, abandonnant tout espoir de la resituer. La fatigue et l'excès de travail m'empêchaient de réfléchir convenablement. À moins que ce ne soit sa petite fossette sur la joue qui me déconcentre. Elle était jolie, c'était indéniable. Mais, ce qui me plaisait, c'était l'énergie lumineuse et confiante qu'elle dégageait, comme si elle cherchait à me convaincre, sans dire un seul mot, qu'elle était la candidate idéale.

— Vous avez une très jolie vue, commenta-t-elle en désignant la fenêtre.

Un instant dérouté, je pivotai sur mon fauteuil. C'était stupide : je connaissais par cœur la vue que m'offrait le cinquième étage. L'église de la Trinité s'étalait devant moi, à peine masquée par les arbres du square attenant. Sous nos pieds, à quelques pas des grands magasins, la foule grouillait, prête à partir en week-end.

— Merci.

— Je crois savoir que les locaux de l'entreprise ont toujours été ici, non ?

— En effet. Vous vous êtes documentée, on dirait ?

— Un peu. J'aime savoir à qui j'ai affaire.

Un bref sourire éclaira son visage harmonieux. Sa fossette réapparut furtivement, me tirant un sourire. Fascinante et mystérieuse. Je ne savais pas pourquoi elle attisait tant ma curiosité ; peut-être parce qu'elle semblait fuyante et que j'avais envie de la rattraper dans sa course.

— Je fais ça aussi, avouai-je.

— J'ai cru comprendre que vous cherchiez une nouvelle assistante ?

Je levai un sourcil, décontenancé par la direction que prenait cet entretien. J'étais censé être celui qui posait les questions. Dérouté, je joignis les mains sur la table et la détaillai à nouveau, à la recherche d'un indice sur notre passé commun. Car, j'en étais certain, j'avais déjà croisé cette femme quelque part. Je me sentais frustré de savoir que je connaissais cette fille sans pour autant me souvenir d'où.

Alors que justement… Ce n'était certainement pas une fille qu'on oubliait aisément. Elle passa une main dans ses cheveux et s'éclaircit la gorge pour me faire revenir sur terre. J'abandonnai la contemplation de son chemisier en soie blanc cassé et saisis mon stylo pour prendre des notes.

— Louise, mon assistante actuelle, part prochainement. Il faut donc que je la remplace.

— La première candidate a passé son temps à ranger les magazines qui étaient sur la table basse.

Je m'enfonçai dans mon fauteuil, de plus en plus épaté. Ma fatigue venait de s'évanouir, remplacée par une petite salve d'excitation. Pour la première fois depuis des mois, une femme attirait mon attention. Alexis aurait été fier de moi.

— Je dois admettre que sa tendance à la maniaquerie l'a définitivement mise hors jeu. Très bonne analyse.

— J'observe, c'est tout. Ce n'était pas difficile à comprendre, lança-t-elle en haussant les épaules.

— Et vous faites quoi actuellement ? demandai-je en tentant de reprendre mes esprits.

— Je suis serveuse.

— À Paris ?

— Saint-Malo. Dans un restaurant, ajouta-t-elle en baissant les yeux vers ses mains jointes.

Pour la première fois depuis qu'elle était entrée dans mon bureau, je sentis une pointe de nervosité. Sa voix vibra légèrement, comme si elle était troublée par sa réponse. Je passai une main sur ma barbe plus longue que d'habitude. Cette fille était une énigme, et chaque question que je posais soulevait une nouvelle vague d'interrogations.

— Est-ce que vous avez apporté un CV avec vous ?

— Je pensais me présenter directement. J'ai toujours aimé faire des surprises aux gens.

J'étouffai un rire et secouai la tête. Elle était sidérante de confiance. Louise toqua à la porte et déposa mon café sur un coin miraculeusement dégagé de mon bureau. Elle tiqua en voyant ma mine amusée.

— Eh bien, vous avez réussi, je suis assez surpris, avouai-je à mon invitée.

— Ma créativité a toujours été un plus dans mes anciens postes. Généralement, ça me sortait du lot.

— Plus maintenant ?

— C'est différent.

— Votre rendez-vous suivant est arrivé, m'annonça Louise, qui suivait notre échange avec délectation.

— Différent comment ? continuai-je en ignorant mon assistante.

— Maintenant je la mets au service des autres, plus seulement pour me mettre en avant. Ça change beaucoup de choses, ajouta-t-elle dans un murmure embarrassé.

— Comme le fait que vous soyez ici pour cet entretien ? Vous souhaitez changer de vie professionnelle ?

— Disons que c'est un changement qui s'impose à moi.

Un silence s'installa entre nous. Louise quitta le bureau, me rappelant d'un geste que Zoé m'attendait. J'étais tiraillé. J'avais envie d'en savoir plus sur la jeune femme en face de moi, mais ma fille m'attendait, et je m'étais promis d'être un père disponible. À regret, je me levai de mon fauteuil.

— Je suis désolé, mais je dois écourter cet entretien. Je suis attendu pour un rendez-vous extérieur.

Je me retins de parler de ma fille. Cette femme me plaisait trop pour que j'envisage de travailler avec elle. D'un autre côté, lui dire ouvertement que j'étais père célibataire pouvait la faire détaler ventre à terre. Elle m'imita, se levant de sa chaise. Chaussée de talons et vêtue d'un pantalon noir impeccable, elle était époustouflante d'élégance et de féminité.

Je la suivis et ouvris la porte pour la raccompagner dans le couloir. Du coin de l'œil, j'aperçus Zoé qui me dévisageait. Je lui adressai un petit signe de la main, puis la tendis pour saluer Mlle Duval.

— Si cela vous va, je vais demander à mon assistante de caler un deuxième entretien.

— Parfait.

— Vous me parlerez ainsi de votre changement de vie professionnelle.

— Avec plaisir, sourit-elle.

La fossette réapparut, et je sentis les battements de mon cœur s'accélérer. Peut-être que le coup de foudre ressemblait à ça, à une rencontre improbable avec une femme mystérieuse aux yeux noisette. Elle quitta les lieux, et je refermai la porte derrière elle. Je secouai la tête, comme pour chasser les sentiments curieux qui m'animaient depuis que j'avais découvert cette femme.

J'allai dans la salle d'attente, là où Zoé coloriait des silhouettes d'animaux avec application. Devant elle, Louise rebouchait les feutres non utilisés.

— Alors, cet entretien ? demanda-t-elle.

— Calez-moi un autre entretien avec Mlle Duval. Je veux tout savoir. CV, expériences, pedigree, anciens employeurs.

Puis, me penchant vers ma fille, je l'embrassai sur la joue.

— Bonjour, ma puce, prête pour un super week-end avec papa ? Louise nous a dégoté des places pour le zoo, ça t'intéresse ?

Elle resta silencieuse de longues secondes, terminant de remplir une tache noire d'un dalmatien. Je repoussai ses cheveux de son visage et tentai de capter son regard.

— Chérie ?

— Est-ce qu'Adèle Duval viendra avec nous ? m'interrogea-t-elle, les yeux rivés sur son dessin.

— Qui ça ?

— Adèle Duval. La dame avec qui tu étais.

Soudain, je me souvins parfaitement d'où je l'avais vue. Cette fossette, cet air mutin, ce sourire fier. Adèle Duval. La femme dont ma fille suivait religieusement toutes les recettes. Troublé, je me redressai précipitamment et regardai par la fenêtre, cherchant à la repérer sur le trottoir.

Sa chevelure sauvage apparut finalement. Elle s'était assise sur un banc face à l'immeuble. Elle leva les yeux vers la fenêtre et regarda dans ma direction. J'hésitai presque à la rejoindre, puis me ravisai. Je n'allais pas courir après cette fille sous prétexte qu'elle faisait un virage professionnel aussi inédit qu'inexplicable.

— Je me souviens, oui. Elle est cuisinière, cette fille, pourquoi deviendrait-elle assistante ? fit Louise avec une moue dubitative.

C'était exactement la question que je comptais lui poser dès que je la reverrais.

Chapitre 9

En quelques jours à peine, Elisa avait physiquement changé. Les os de son visage étaient plus saillants, laissant apparaître la ligne droite de sa mâchoire. Ses cheveux étaient devenus plus fins, sa peau cireuse, et de larges cernes se creusaient sous ses yeux. Lentement, la maladie grignotait son énergie. Clouée au lit depuis deux jours, elle était appuyée sur des oreillers, les draps fermement remontés jusqu'à la poitrine.

Sonia m'avait avisée de cette soudaine dégradation. D'après elle, l'adaptation du traitement de ma meilleure amie devait néanmoins lui apporter un regain de forme rapidement. Je l'espérais. Elle avait encore des lettres à écrire, des rêves à réaliser, un avenir à accomplir.

La découvrir ainsi, reliée à une machine et à son intraveineuse, me fit relativiser mes derniers jours. Entre l'annonce de Joséphine sur son legs inattendu, mon aller-retour à Paris et mon entretien écourté avec Arnaud Langlois, j'avais le moral dans les chaussettes. Je ruminais cette rencontre ridicule et, surtout, je m'en voulais de ne pas avoir été plus directe dans mon approche. J'avais répété mon texte une dizaine de fois avant d'y aller, Sonia m'avait même fourni un chemisier de femmes d'affaires. J'avais ravalé ma fierté et ma nervosité et, surtout, j'avais promis à Joséphine de faire le nécessaire.

Pourtant, devant lui, je m'étais contentée de répondre laconiquement à ses quelques questions. Le courage m'avait manqué. L'envie aussi, sûrement. Ma vie avait pris un virage à 180 degrés quand j'avais décidé de quitter mon poste de second à Paris. Mais c'était mon choix. Lui annoncer que sa vie à lui devait désormais être liée à la mienne suite à la donation d'une septuagénaire lunatique était insurmontable, et j'avais abandonné très vite. Vu l'état de son bureau et son empressement, j'avais vite compris qu'il n'était pas prêt.

Je ne l'étais pas plus.

— Et tu es partie ? me demanda Elisa avant d'éclater de rire. Sans rien lui dire ?

Malgré son état de santé, Elisa avait gardé son rire inimitable ; lequel avait d'ailleurs affolé son électrocardiogramme. Les larmes aux yeux, elle tentait de se contenir, mais c'était plus fort qu'elle, m'imaginer me dégonfler devant Arnaud Langlois provoquait une nouvelle vague de rire.

— Tu comptes le prévenir ? demanda-t-elle finalement.

— Évidemment.

— Je veux dire, avant la fin de l'année. J'aimerais quand même être toujours de ce monde pour voir ça !

— Ne sois pas stupide, râlai-je. Je le ferai dès que je le pourrais. Il faut juste que je m'organise pour retourner sur Paris.

— Tu n'es pas obligée d'y retourner. Tu pourrais… lui écrire, non ?

— Ce n'est pas le genre de nouvelle qu'on aime apprendre par écrit. Il aura sûrement des questions.

— Peut-être, mais ça t'évitera un nouvel échec. Tu indiques ton numéro dans la lettre, et il t'appellera.

— Je trouve ça un peu lâche, murmurai-je, peu convaincue.

— Dit la fille qui a pris la fuite ?

— Il a écourté l'entretien et m'a raccompagnée. Je n'ai pas pris la fuite ! me défendis-je avec véhémence.

Elisa éclata de rire à nouveau, pendant que je me servais un verre d'eau pour masquer ma honte. Pendant des années, j'avais œuvré dans les plus grandes cuisines, j'avais toujours su affronter des grands chefs, j'avais appris à défendre mon travail. Devant Arnaud Langlois, j'avais perdu mes moyens, submergée par l'énormité de la nouvelle : il héritait d'une crêperie... et, par extension, de ma petite personne, en tant qu'associée.

— Écoute, il était en plein milieu d'entretiens de recrutement, je crois que ce n'était pas le meilleur moment pour lui annoncer sa nomination en tant que gérant d'un restaurant.

— Il faut que tu repenses ta stratégie. Une lettre, une rencontre, un appel. Combien de temps Joséphine t'a-t-elle donné ?

— Dix jours, soupirai-je. Il me reste huit jours maintenant. Franchement, je ne sais pas pourquoi je me lance là-dedans. Joséphine m'a mise au pied du mur en espérant m'obliger à retourner derrière les fourneaux. Mais pourquoi ce type accepterait ce plan foireux ?

— Évidemment, présenté comme ça, ça ne vend pas du rêve. Tu dois lui dire que tu es pleine de talents.

— J'étais, corrigeai-je.

— Tu es. Tu es talentueuse, Adèle. Tout le monde le sait. Parle-lui de perspectives économiques, de réussite, de projets de développement. Tu as bien pensé à ce que tu allais faire de ce restaurant, non ?

Je la dévisageai, stupéfaite. Ce restaurant était la crêperie de Joséphine. Je n'avais rien envisagé de plus que de le reprendre, de continuer ce que Joséphine avait abandonné. Cet endroit était un lieu de rencontres, une salle de partage, plus qu'un restaurant rentable. D'ailleurs, je n'avais aucune idée de l'état financier de la crêperie.

— Je n'en sais rien, soufflai-je d'une voix blanche.

— Tu n'envisages pas les choses du bon angle.

— J'envisage les choses comme je peux, claquai-je, agacée. Ce truc m'est tombé dessus, et je fais ce que je peux pour le gérer.

— Exactement. Tu le vois comme un poids, vois-le comme une opportunité.

— Merci, Confucius.

Elle joignit les mains en prière et m'adressa une petite courbette. Mon agacement s'évapora aussitôt, remplacé par un sourire complice. Elisa avait forcément une vision du monde différente, déformée par la maladie.

Non. Bonifiée par la maladie aurait été plus juste. J'oubliais parfois qu'elle était à l'origine de nos plus grands fous rires : de notre karaoké de légende aux lettres de réclamation improbables, en passant par une tentative de vol de plateaux-repas en maternité. Elisa voyait le verre à moitié plein en permanence. Et l'irruption de la maladie dans sa vie n'avait fait que renforcer sa détermination à profiter de chaque minute et de chaque opportunité offerte par le destin.

— Et à quoi il ressemble, cet Arnaud ? demanda-t-elle avec impatience.

— Je sais que tu as été voir ses photos sur Internet, ne fais pas la fille qui ne sait pas.

— Évidemment que j'ai fait des recherches ! Ce que je veux savoir, c'est ce que toi tu en penses.

— Il est... déstabilisant. Il m'a regardée comme si j'étais une bête curieuse. Je ne sais pas, il ne colle pas vraiment avec sa fonction, comme s'il était inadapté. J'avais toujours imaginé les P-DG comme des vieux tirés à quatre épingles, cravate trop serrée, cheveux parsemés et haleine douteuse.

— Ça ressemble à mon oncle Marcel, s'esclaffa Elisa.

— Eh bien, ton oncle Marcel ne ressemble pas du tout à Arnaud Langlois. Il a l'air très détendu. Très beaux yeux, en plus.

— Et il t'a posé des questions ?

— Pas réellement. On a parlé créativité, changement de vie. Rien de très engageant.

Je baissai les yeux sur mes mains. Nous avions à peine discuté, mais j'avais quand même remarqué qu'Arnaud Langlois était loin d'être repoussant. Son regard, surtout, m'avait marquée. Il m'avait regardée avec franchise et sincérité. Pour la première fois depuis longtemps, j'avais été une parfaite anonyme aux yeux de quelqu'un. Aucune ombre de jugement, aucune étincelle de jubilation, j'avais été Mlle Duval, candidate pour un poste.

— Il ne me connaissait pas, soufflai-je.

— Et il s'est rendu compte qu'il avait loupé quelque chose ?

— Non, et c'était... Ne pas avoir de passé, c'est chouette. Il n'avait aucun préjugé et il n'a pas cherché à obtenir des explications. C'était chouette, répétai-je. Vraiment chouette.

Malgré ma nervosité, en sortant du bâtiment, je m'étais sentie soulagée et apaisée.

— Et maintenant ? demanda Elisa.

— Et maintenant, il faut que je trouve un moyen de lui avouer la vérité.

— Je suis certaine que tu trouveras. Parlons de choses plus intéressantes, tu as rapporté un truc à manger ?

Elle loucha sur mon sac à dos posé au pied de son lit. Avec un sourire, je le récupérai et lui tendis une boîte hermétique. Le visage de ma meilleure amie s'éclaira d'un sourire lumineux pendant qu'elle soulevait avec précaution le couvercle.

— Carpaccio de saint-jacques. Je t'ai mis une petite marinade à base de citron vert juste à côté.

— Et ça ?

— Riz pilaf aux petits légumes et calamars, relevé au paprika.

— C'est de toi ?

— Vieille recette de 2015. Je voulais quelque chose que tu puisses manger tiède.

Son sourire s'élargit, et elle sortit une petite cuillère de son chevet. Avec gourmandise, elle piocha dans le riz, et ses yeux roulèrent de plaisir. Un sentiment de fierté m'étreignit. C'était exactement pour ça que je cuisinais : pour donner du plaisir. Je me fichais de la gloire, des étoiles, des récompenses. Entendre Elisa gémir de plaisir et secouer la tête en marmonnant à quel point c'était délicieux me suffisait.

— Tu es talentueuse, commenta-t-elle finalement. N'en doute jamais, ou je te flanquerai mon pied aux fesses !

— Tu me menaces ? ris-je en m'asseyant au pied de son lit.

— Je te challenge. Je veux une carte.

— Quoi ?

— Une carte. Trois entrées, trois plats, trois desserts. Je veux un truc qui envoie du lourd, Adèle, hein. Pas une vieille recette de riz pilaf avec un vulgaire carpaccio de saint-jacques.

— Elisa, je ne crois pas que…

— Franchement, c'est assez mal vu de refuser quoi que ce soit à une fille malade comme moi, m'interrompit-elle. Oublie ce que j'ai dit sur ce carpaccio, c'est divin, me complimenta-t-elle entre deux bouchées.

Elle dévora son plat clandestin à toute vitesse, motivée par la gourmandise et par la peur de se faire prendre par une infirmière. Elisa subissait un régime adapté à sa maladie. J'étais à peu près certaine que le rif pilaf épicé n'était pas recommandé.

On frappa à la porte de la chambre, et Elisa se précipita pour tout cacher dans son chevet. Je frottai l'index contre ma lèvre, lui indiquant un grain de riz égaré. Elle le chassa aussitôt et se renfonça dans les oreillers en se composant un visage neutre.

Mais, dès qu'elle vit le Dr Nédellec, son visage s'éclaira. Il arborait pourtant une mine soucieuse et m'adressa un regard sombre.

— Bonjour ! lança Elisa, enjouée.

— Bonjour. Je pensais que l'heure des visites était terminée depuis longtemps, répondit-il sèchement.

— Vous rôdiez encore ? rétorquai-je.

Il jeta un coup d'œil dans ma direction, puis secoua la tête. Il approcha d'Elisa, vérifia sa perfusion, puis s'intéressa à son moniteur cardiaque. Sa mine se fit soucieuse, et il lâcha un soupir las.

— Des douleurs ? demanda-t-il à Elisa.

L'inquiétude lui tirait les traits. Je remarquai de légers cernes, pendant qu'il scrutait le visage d'Elisa. Elle secoua la tête et tenta un sourire rassurant.

— Palpitations ?

— Non plus. Tout va bien.

— Je vais vous ausculter. Votre moniteur montre des variations importantes. Vous avez bien pris votre nouveau traitement ?

Elisa et moi échangeâmes un regard, avant de pouffer de rire. Ce pauvre médecin s'inquiétait des fous rires qu'Elisa avait eus. Nédellec nous dévisagea, son regard stupéfait passant d'Elisa à moi, sans comprendre. Quand le moniteur s'affola à nouveau, il réalisa qu'il s'était angoissé pour rien.

— Sonia s'est inquiétée, expliqua-t-il finalement. Elle m'a fait monter.

— C'est bon à savoir, commentai-je avec un sourire.

Elisa me fusilla du regard, pendant que je levais les mains devant moi en signe d'innocence. Le médecin enfonça les siennes dans les poches de sa blouse, mal à l'aise.

— C'est ma faute, me justifiai-je. Elisa riait de mes mésaventures avec un homme. Vous avez manqué une histoire pathétique et ridicule. Et Elisa aime quand je me ridiculise.

— Vous êtes quand même en dehors des horaires de visite, me fit-il remarquer.

— Pour la bonne cause.

— Je n'en doute pas, murmura-t-il en se tournant vers Elisa.

Cette dernière réprima un bâillement, et je vérifiai l'heure, ravalant une pointe de culpabilité. Parler avec Elisa m'avait fait du bien et m'avait fait réfléchir à la situation ubuesque dans laquelle j'étais. Parler à Langlois allait me demander un peu de courage et pas mal d'audace.

— Vous devriez vous reposer, dit Nédellec à Elisa.

— Évidemment, j'ai un trekking demain matin, puis une réunion à midi, un déménagement vers 16 heures, la tonte de la pelouse à 18 heures et mon rencard à 20 heures, ironisa-t-elle.

— Vous me raconterez votre rencard.

— Avec tous les détails, promit-elle.

— Je vais te laisser, annonçai-je.

— Mais on n'a même pas parlé de notre lettre. On devait écrire à DiCaprio.

— Un film particulier ? demanda Nédellec.

Elisa tourna la tête vers moi, stupéfaite. Tout en enfilant ma veste, j'éclairai ma meilleure amie.

— J'ai parlé de notre projet pharaonique à ton médecin. Histoire de justifier mes heures de présence en pleine nuit.

— Je trouve que c'est un projet intéressant. Je pourrais soumettre quelques idées, si jamais vous subissez une panne d'inspiration. Donc, ce film avec DiCaprio ?

— C'est pour l'ensemble de son œuvre, répondit Elisa. Notamment sur sa fâcheuse tendance à choisir des films où il meurt prématurément.

Je pinçai les lèvres, retenant un rire. Je me souvenais encore de cette conversation hilarante avec Elisa. Après un marathon DiCaprio dans sa chambre d'hôpital, elle avait décrété qu'il y avait urgence à aider cet homme, se lançant même dans une analyse psychologique de l'acteur.

— À mon avis, soit il est fasciné par la mort, soit il a eu une formation spécifique sur « comment mourir de façon crédible à l'écran » qu'il veut rentabiliser à tout prix, avait-elle suggéré en mâchonnant du pop-corn tandis que le générique des *Infiltrés* s'affichait à l'écran.

Après quelques secondes de réflexion, elle avait ajouté :

— Ou alors, son agent le hait tellement qu'il ne sélectionne que les pires scénarios. On devrait lui écrire.

— À son agent ?

— À Leonardo. Pour le prévenir du complot que trame son agent.

C'était ce que nous devions faire ce soir. Mais mon histoire improbable du legs de Joséphine avait alimenté une grande partie de la conversation.

— On pourra faire ça demain. Après ton rencard, souris-je.

— Il ne meurt pas dans *Inception*, objecta brutalement le médecin.

— *Inception* fait l'objet d'une lettre dédiée. À l'attention du scénariste tordu qui a pondu la scène finale. La toupie, vraiment ?

Le médecin se rallia à son argumentation d'une moue convaincue. J'embrassai Elisa et lui souhaitai une bonne nuit. Nédellec salua sa patiente, et il me sembla apercevoir une pression furtive de sa main sur celle de ma meilleure amie.

— Reposez-vous, je repasserai demain, promit-il.

— J'aime les croissants, pensez-y.

Il referma la porte derrière lui et m'accompagna jusqu'à la sortie de l'hôpital. Il pleuvait à nouveau, et je refermai mon ciré sur ma poitrine.

— Vous me le diriez, hein, si son état s'aggravait ?

Je fouillai dans mon sac, à la recherche des clés de ma voiture. Cette question était surtout un appel pour qu'il me rassure : je savais que l'état d'Elisa se dégradait, mais je n'étais pas vraiment prête à entendre le verdict et les pronostics de son médecin. Devant elle, je faisais la fille forte, l'optimiste. Ici, sur le parking, frissonnant de froid, j'étais terrifiée.

— Son état est stationnaire, répondit-il en refermant sa blouse sur lui. Honnêtement, c'est plutôt une bonne nouvelle.

— D'accord, murmurai-je.

Ma voix tremblait, et je finis par dénicher mes clés, les larmes au bord des yeux. La réponse du médecin me soulagea, comme si toute cette tension que je cumulais en venant ici ne trouvait que ce moyen d'être évacuée.

— Adèle, nous finirons par trouver un donneur, et vous reprendrez votre projet d'envergure avec elle.

— Ce projet n'est qu'un prétexte.

— Mes rondes nocturnes ne sont que des prétextes.

Nous échangeâmes un sourire complice. À la lumière des réverbères, ses yeux noisette prenaient des nuances de vert. Cette même inquiétude persistante voilait son visage, mais j'étais tout de même rassurée.

— Vous me dites la vérité ? demandai-je en essuyant mes larmes.

— Stationnaire, répéta-t-il. Son nouveau traitement va l'aider à reprendre des forces.

— Ce qui l'aiderait vraiment, c'est de manger de la vraie nourriture, m'esclaffai-je.

— En effet. Mais là, ça dépasse totalement mes compétences.

Nous restâmes silencieux un moment, incapables de reprendre notre chemin. À croire qu'être l'un avec l'autre nous aidait mutuellement à garder la tête hors de l'eau.

Je croyais à son « stationnaire », et il faisait son possible pour lutter contre son attachement pour Elisa.

— Vous pensez qu'elle pourrait passer une soirée à l'extérieur ? l'interrogeai-je.

Il croisa les bras sur sa poitrine et reprit son air sérieux habituel. Je soutins son regard, convaincue qu'une soirée hors de cette chambre immonde ne pourrait qu'être bénéfique à ma meilleure amie.

— Pour faire quoi au juste ? demanda-t-il, soupçonneux.

— Oh ! trois fois rien. Sauter en parachute, courir un marathon et prendre une bonne cuite. Je vous la ramène ensuite, bien sûr.

— Je vous déconseille la cuite. Je croyais qu'il était question de la faire manger ?

— Ah oui. Aussi. Évidemment.

— C'est très alléchant, mais beaucoup trop dangereux pour elle. Elle est très fragile.

— Vous l'avez dit vous-même : son état est stationnaire, son nouveau traitement fonctionne et… Bon sang, la nourrir de purée de pommes de terre lyophilisées est sûrement contraire au serment d'Hippocrate. Il faut lui offrir une soirée loin d'ici.

Un rire lui échappa, mais l'expression résolue qu'il afficha juste après ne laissait aucun doute : il s'opposerait à une sortie, même éphémère. J'allais devoir le convaincre de me faire confiance.

— Je suis aussi têtue que les Bretons, vous savez.

— Je suis breton. Pas moins de cinq générations. En termes de détermination, vous ne m'apprendrez rien, me prévint-il.

— Je vous prenais pour un mec sympa.

— Je le suis. Mais je suis son médecin avant tout et je dois…

— Avant tout ? Vous rôdez dans les couloirs, vous êtes au courant de notre projet fumeux, vous vous inquiétez dès que son cœur bat un peu trop vite… Oui, bon, d'accord, ça, c'est normal ! Mais pour le reste, tout cela n'est pas très… déontologique.

— Et ?

— Et je pourrais vous balancer à votre chef !

— Du chantage ?

— Parfaitement. Puisque vous ne voulez pas coopérer.

Je bombai le torse et arborai un sourire fier. J'étais prête à tout, y compris à toutes les bassesses, pour soutirer une soirée de liberté pour Elisa. Elle le méritait, et je rêvais de lui offrir une soirée normale, loin de cette chambre verdâtre et de sa perfusion.

— Quand vous irez me balancer, saluez mon père pour moi, s'il vous plaît.

Je le fixai, déconcertée. Ma bulle de fierté éclata dans l'instant. Je ronchonnai, constatant que toutes mes bonnes idées finissaient en eau de boudin. À croire que ce médecin avait réponse à tout.

— Vous savez, je le ferai avec ou sans vous. Mais…

— Ça prendra plus de temps sans moi. Je sais. J'ai vu *Titanic* aussi.

Je grimaçai ouvertement, avant de pousser un soupir las. J'avais naïvement cru qu'il me faciliterait la tâche, mais il se montrait peu coopératif. Il s'inquiétait de la santé d'Elisa, c'était certain. Je décidai de jouer mon dernier atout.

— Et si je vous garantis qu'elle sera en parfaite sécurité ?

— C'est-à-dire ?

— Je demanderai à un médecin d'être sur place. Et j'ai une copine qui a son brevet de secourisme.

Il arqua un sourcil, loin d'être convaincu par ce dernier argument. Après mon plagiat désespéré de *Titanic*, je ne pouvais pas lui en vouloir. Lui proposer la présence de Judith et de son diplôme de secourisme revenait à lui dire que je prévoyais d'éteindre un potentiel incendie avec un arrosoir.

— Écoutez, repris-je plus sérieusement, nous serons à moins de dix minutes de l'hôpital. Elle a besoin de cette soirée. Il faut… Il faut qu'elle reprenne espoir. Sa mère se fiche d'elle, ses amis ont tous déserté. Il y a encore quelques jours, elle m'a fait promettre de respecter certaines de ses dernières volontés. Elle s'enfonce.

Il accusa le coup, blêmissant au fur et à mesure de ma tirade. Les lèvres pincées, il laissa ses bras tomber et tenta de m'arrêter :

— Adèle…

— Sonia passe son temps à me dire que le moral compte dans le processus de guérison. Je suis certaine qu'une soirée loin de cet endroit l'aiderait à se sentir mieux.

— Quel médecin ?

— Notre généraliste. Le Dr Le Gall. Il est très bien et il acceptera certainement.

— Vous me garantissez qu'il sera là toute la soirée ?

— Promis, assurai-je.

Nédellec secoua la tête, hésitant toujours. C'était un peu fou, mais j'étais sûre de moi. Elisa m'avait demandé une carte. J'étais prête à lui proposer une longue dégustation. La façon dont elle avait dévoré mon plat de ce soir avait fait remonter ma jauge de confiance.

Je savais encore cuisiner.

Je savais encore faire plaisir.

Sans le savoir, Elisa m'avait donné le courage de rappeler Arnaud Langlois et de lui apprendre son nouveau rôle d'associé.

— Fauteuil roulant, pas d'alcool et... Pas de parachutisme, d'accord ? Je vous attendrai ici pour la récupérer à 23 heures.

— Sans problème !

Je me dandinai, trépignant de joie. Je me retins de l'embrasser de gratitude. J'avais réussi. Sans gémir, sans pleurer, sans prendre la fuite. Des larmes de joie roulèrent sur mes joues, et Nédellec finit par dégainer un paquet de mouchoirs de sa poche.

— Déformation professionnelle, m'expliqua-t-il pendant que j'essuyais mes yeux.

— Merci beaucoup, murmurai-je.

— Vous me donnerez la date ? Je me débrouillerai pour la faire sortir discrètement.

— Parfait.

Je déverrouillai ma voiture et m'installai derrière le volant. Pour la première fois depuis le début de mes visites à Elisa, je parvins à ne pas sangloter. Je pensai brièvement à Joséphine. En me confiant la crêperie, elle m'avait poussée dans mes retranchements et forcée à agir. Je comprenais maintenant sa décision : l'action avait de précieuses vertus.

J'adressai un signe de la main au médecin, imaginant déjà la soirée que j'allais préparer pour Elisa. Judith m'aiderait certainement, Joséphine rirait à nos blagues, Armel ronchonnerait. Je me surpris à sourire au feu rouge, le cœur léger et l'esprit libre.

La dernière fois que je m'étais sentie ainsi, c'était après avoir lu une critique élogieuse de mon dernier plat. On saluait mon sens de l'inventivité, on bénissait mon jeune âge, on me promettait un avenir radieux. En lisant ces lignes, j'avais ressenti une émotion incroyable.

Je rentrai chez moi rapidement. À cette heure, la circulation était inexistante. Euphorique, je parvins tout de même à m'endormir mais me levai aux aurores, pleine de bonnes résolutions. Le restaurant étant toujours fermé, je trouvai refuge dans un bar après le déjeuner.

En sirotant mon café, j'échangeai quelques messages avec Judith, qui me suppliait de l'aider à écrire ses vœux. J'arrangeai un rendez-vous rapide, lui proposant de me rejoindre ici même.

Entre-temps, je décidai de faire quelques recherches sur Arnaud Langlois. Sa réussite, ses projets, son air de top model contrarié, son entreprise familiale, sa famille, ses collaborateurs. Les articles élogieux se succédaient, à des années-lumière de ce que j'avais imaginé dans son petit bureau en désordre. Dans sa biographie, aucune trace d'une carrière contrariée en cuisine ou d'un goût immodéré pour la gastronomie. Cela contraria mon premier plan d'attaque. Il me fallait pourtant trouver un axe pour me lancer.

— Ouh, tu as jeté ton dévolu sur Arnaud Langlois ? demanda Judith.

— Tu le connais ?

— Brun, grand. Naturellement décontracté, particulièrement brillant. Et des yeux magnifiques, continua-t-elle en se penchant sur l'écran.

Je devais bien admettre que ses yeux gris clair m'avaient troublée. Il m'avait scrutée comme si j'étais une curiosité exotique. C'était l'un des avantages d'être en cuisine, tout le monde se fichait de votre physique, tant que l'assiette était à la hauteur.

— Tu le connais ? répétai-je.

— J'ai passé une soirée avec lui dans une salle de bains. Et c'est le meilleur ami de mon frère.

— Joséphine veut que je gère le restaurant avec lui, expliquai-je laconiquement. Tu pourrais peut-être m'aider ?

— Nous nous sommes plus ou moins perdus de vue. Il m'a aidée à trouver un job en arrivant ici. Depuis, je n'ai pas trop de nouvelles.

Je ravalai un soupir de déception. Le hasard ne pouvait pas m'aider à chaque fois.

— Tu as pris tes brouillons ?

Mon changement de sujet était intéressé : je voulais me laisser le temps de digérer les informations que j'avais récoltées et de dresser un plan. J'envisageais Arnaud Langlois comme j'envisageais la création d'une recette : de la réflexion et des essais me seraient nécessaires pour trouver l'équilibre parfait. Judith sortit ses feuillets, un peu dépitée. Je recommandai deux cafés et parcourus avec elle ses premières propositions.

— Bien, on reprend, l'encourageai-je en dénichant une feuille vierge.

Sur la table, mon téléphone vibra. Je louchai sur le numéro inconnu qui s'affichait, puis répondis :

— Oui ?

— Adèle Duval ? fit une voix masculine.

— C'est moi, oui.

— Eh bien, vous pouvez vous vanter de ne pas être simple à retrouver ! s'exclama mon interlocuteur.

— Écoutez, si vous êtes journaliste, je n'ai rien à...

— Arnaud Langlois. J'aimerais qu'on reparle de notre dernier entretien.

Chapitre 10

— Papa, tu mets trop de farine !

Les protestations de ma fille me sortirent de mes pensées. Après m'avoir indiqué pourquoi le visage d'Adèle Duval m'était si familier, ma fille avait décrété qu'il était l'heure de rentrer à la maison. Dans la cuisine, Zoé avait hurlé de joie en découvrant les accessoires que je lui avais commandés. Avec enthousiasme, elle avait détaillé chaque élément, m'expliquant leur utilité.

— Mais comment sais-tu tout ça ? avais-je demandé.

— Internet, papa. Je regarde des vidéos.

Elle m'avait dévisagé comme si je venais de débarquer d'une autre planète. Évidemment, je n'allais pas rattraper mon retard avec ma fille en deux semaines, mais qu'elle en sache autant sur la pâtisserie m'avait épaté.

— On cuisine ? m'avait-elle interrogé.

Et elle avait ouvert son livre préféré, celui où Adèle Duval semblait se moquer de moi tandis que je déchiffrais ses recettes, soi-disant « simples » à réaliser.

— Désolé, chérie. Donc, 200 grammes, c'est ça ?

Elle hocha la tête tandis que je pesais méticuleusement l'ingrédient. Je lui tendis le bol, et elle leva les yeux au ciel.

— Il faut tamiser, cingla-t-elle.

— Tamiser. Oui, bien sûr.

— Avec un tamis, précisa-t-elle, exaspérée, en me tendant l'ustensile.

— Ça, je m'en doutais un peu.

Je tamisai donc la farine, sous le regard autoritaire et sans indulgence de ma fille. Je détestais qu'on me dise ce que je devais faire. Et je détestais encore plus ne pas avoir le contrôle sur les événements.

— Je vais mettre le four à préchauffer !

Consciencieusement, ma fille termina sa préparation. Je la regardais faire, riant de voir sa petite langue pointée vers le coin extérieur de sa bouche, signe de sa concentration extrême.

— Et donc, tu connais cette... Adèle Duval ? lui demandai-je en glissant finalement son gâteau dans le four.

— Elle a fait des émissions à la télévision.

— D'accord.

— Elle a gagné en finale.

— Et c'était quand ça ?

— Y a longtemps.

J'avais beau réfléchir, Adèle Duval était une véritable énigme. Plus je creusais, plus le mystère s'épaississait. Elle m'avait dit qu'elle était serveuse, pas cuisinière. J'imaginais que gagner une émission populaire vous offrait des opportunités.

— Il faut mettre vingt-cinq minutes, papa.

Je retrouvai mes esprits et programmai le four. Pendant que Zoé se lavait les mains, je débarrassai le plan de travail et rangeai le livre d'Adèle. Je pris tout de même quelques secondes pour regarder à nouveau sa photo. Sa courte biographie mentionnait un poste au Bristol. Avec sa tenue immaculée et sa toque, je comprenais maintenant pourquoi je n'avais pas réussi à la resituer.

Ou alors, c'étaient l'aura de mystère et l'électricité dans l'air lors de notre entretien qui avaient brouillé mes repères.

Le gâteau de ma fille fut une réussite. Après un dîner rapide et une douche, elle fila dans sa chambre pour la nuit. Je dépliai le canapé, déjà dépité par la mauvaise nuit que j'allais y passer. Je renonçai à replonger dans mes dossiers, mes pensées tournaient en boucle sur Adèle Duval et sur les raisons de sa présence à mon bureau.

Je tentai de mettre bout à bout les pièces du puzzle en ma possession, notant sur un bloc-notes ce dont j'étais certain. Adèle Duval était cuisinière, elle était connue et elle avait travaillé pour le Bristol. Le souvenir de mon échange avec Louise me revint : elle n'avait pas son CV. Peut-être un oubli de l'agence mais, la plupart du temps, les candidats que je recevais venaient avec leur CV. Je poussai un soupir las. Malgré tous mes efforts, quelque chose m'échappait. Comment une femme travaillant au Bristol avait fini dans mon bureau pour m'annoncer qu'elle était serveuse à Saint-Malo ?

Je me relevai de mon canapé et me postai devant la fenêtre de mon salon. Mon lit était inconfortable, la cuisine trop petite et l'immeuble vieillot, mais le balcon circulaire autour de l'appartement me donnait la chance de bénéficier d'une vue imprenable sur les toits. Le Bristol était à deux pas d'ici. Sans la présence de Zoé, j'aurais sûrement été là-bas, prétextant un verre tardif pour interroger le personnel. Je secouai la tête, surpris par mes pensées délirantes. Je n'allais tout de même pas traquer une femme qui, de toute évidence, faisait tout pour brouiller les pistes.

Pourtant, malgré tous mes efforts pour rester raisonnable et oublier Adèle, un sentiment diffus persistait. Je ne pouvais pas nier que je la trouvais attirante, ses yeux noisette pétillants promettaient une énergie folle et de l'impertinence. Son sourire énigmatique affichait une forme d'arrogance. Cependant, son corps trahissait une forme de nervosité. Elle était apparue embarrassée quand j'avais évoqué le sujet d'un possible changement de carrière.

Je retournai au salon, repoussant mes pensées envahissantes. Adèle Duval devait rester un sujet annexe. J'avais assez à gérer entre ma fille, mon prochain déménagement et le développement de la société.

Je passai le week-end concentré sur ma fille, écumant le zoo et le parc. Elle me força à réaliser une charlotte aux poires le dimanche après-midi, ramenant mes pensées sur le mystère Adèle Duval. Dès que ma fille fut bordée, je replongeai dans ma nouvelle addiction, cédant aux sirènes d'Internet. En fin de soirée, je n'en savais guère plus, hormis qu'elle avait quitté le Bristol plus de deux ans auparavant, sans plus d'informations. À croire que cette femme était retournée dans l'ombre de l'anonymat aussi vite qu'elle avait été propulsée dans la lumière.

Le lendemain, après avoir déposé Zoé à l'école, je fonçai au bureau et annulai mes rendez-vous du matin. Si Adèle Duval était venue ici, c'était pour une bonne raison, et j'étais déterminé à la retrouver pour en parler avec elle.

— Louise, si on me demande, dites que je ne suis pas là !

— Et votre déjeuner avec Alexis ?

— Maintenez-le. Oh ! et prenez une table au Bristol, ça nous changera de la brasserie au coin de la rue.

Je ne laissai pas le temps à Louise de répondre et franchis le seuil de mon bureau. Elle me suivit, un dossier à la main. Je retirai ma veste, remontai mes manches et sortis mon ordinateur de mon sac à dos.

— J'ai eu l'agence ce matin. Ils disent qu'ils n'ont envoyé que deux candidates vendredi.

— Laissez-moi deviner, aucune trace d'Adèle Duval ?

— Ils vous ont appelé aussi ? demanda mon assistante, presque dépitée de ne pas m'annoncer un scoop.

— Non. J'ai deviné. Elle n'avait pas l'air d'une femme à la recherche d'un travail. Je pense qu'elle prenait ses marques, qu'elle se renseignait.

— Sur quoi ?

— C'est là le grand mystère. Je n'ai rien trouvé sur elle. Elle a quitté un poste prestigieux, il y a quelques années. Depuis, elle est retombée dans l'anonymat le plus complet et...

— Burn-out, me coupa Louise.

Je m'installai dans mon fauteuil et dévisageai mon assistante. Elle venait de m'offrir l'une des pièces du puzzle qui me manquait, celle qui expliquait son changement drastique de carrière. Je comprenais aussi pourquoi elle semblait si nerveuse : ce n'était pas tant par peur d'être reconnue que de devoir fournir une justification à son départ brutal de Paris.

— Vraiment ? l'interrogeai-je, partagé entre doute et curiosité.

— C'est une possibilité, non ? C'est soit un burn-out, soit une histoire de cœur. Elle a disparu du jour au lendemain, sans aucune explication.

— Pour réapparaître dans mon bureau, finis-je. Je ne comprends vraiment pas. Et comment vous savez ça ?

— J'étais chez le dentiste hier. Sa salle d'attente regorge

de magazines people périmés d'au moins deux ans. Je dis quoi à l'agence ?

— Dites-leur que leurs candidates ne vont pas. Qu'ils refassent des recherches, et prévenez-les que je cherche quelqu'un de… normal.

— Sans faute !

Louise quitta mon bureau avec un sourire aux lèvres, et je me plongeai dans mes dossiers, faisant mon possible pour oublier Adèle. Pourtant, je me surpris à guetter l'heure de mon déjeuner, comme si passer ma pause dans le restaurant qu'elle avait fréquenté allait m'apporter des réponses. Je me trouvais ridicule. Cette femme surgissait dans ma vie et en moins de dix minutes bouleversait tout, m'empêchant même de réfléchir convenablement.

En milieu de matinée, je m'accordai une pause et allai me préparer un café. Je n'arrivais toujours pas à comprendre pourquoi cette femme m'intriguait autant.

— 12 h 15 au Bristol, m'annonça Louise. J'ai prévenu votre invité. Je vous réserve un taxi ?

— J'irai à pied. Essayez de me trouver le numéro du DRH du Bristol, s'il vous plaît.

— Vous voulez lui soutirer une assistante ? plaisanta Louise.

— C'est une idée.

— Vous enquêtez sur Adèle Duval ?

— Je fais des recherches. Cette jeune femme n'est pas venue ici pour rien.

Je terminai mon expresso d'un trait, agacé. Je détestais ne pas savoir et me perdre en conjectures. Quelque chose d'invisible et de puissant me liait à Adèle Duval… Restait à déterminer de quoi il s'agissait avant que cela me rende dingue.

— Cherchez-moi ce numéro et, si vous ne trouvez pas, dénichez-moi quelqu'un qui sait comment la joindre.

Comme prévu, je rejoignis Alexis au restaurant du Bristol. Ce dernier m'attendait à une petite table, perdue entre le bar et les grandes baies vitrées donnant sur le jardin intérieur. La foule était encore dispersée, et je m'installai dans un large fauteuil bleu roi, face à mon meilleur ami.

— Est-ce que je dois considérer ce déjeuner comme un rencard ? plaisanta-t-il en m'adressant un clin d'œil.

Habituellement, quand je déjeunais avec Alexis, nous avions nos cantines fétiches : une brasserie traditionnelle en face de mon bureau, une pizzeria italienne bruyante et festive et, à l'occasion, ce fameux restaurant indien qu'Alexis adorait.

— Je me suis dit que ça changerait.

— C'est toi qui offres ?

— Prends-le comme un cadeau d'anniversaire.

— Mon anniversaire est dans six mois, ironisa-t-il.

— Eh bien, la prochaine fois, j'inviterai ta sœur ! Elle râle beaucoup moins.

— Elle vient la semaine prochaine. Tu pourras le lui proposer.

Un serveur nous apporta la carte, et nous commandâmes un verre de vin rouge. Nous nous perdîmes dans notre choix de menu, à peine perturbés par les autres tables qui s'installaient.

— Judith vient pour quelle raison ? demandai-je finalement.

— Essayage de robe de mariée. Crois-moi, Arnaud, je ne suis pas prêt à subir ce genre de conneries. Elle veut absolument que je vienne !

— Elle n'a pas une amie pour l'aider ? C'est plutôt un truc de filles, non ?

— Oh ! mais elle vient avec une copine, donc je vais pouvoir esquiver. En revanche, je n'échapperai pas au dîner avec elles, ensuite. En espérant que la copine soit mignonne, ajouta-t-il dans un soupir las.

Il fit un signe de tête, et le serveur revint à notre table pour prendre nos commandes. L'endroit était huppé et un peu guindé, même pour le déjeuner. Je n'étais pas friand de ce type de restaurant. Le vin était parfait, le jardin sublime, même les fauteuils transpiraient le luxe, et le merlan serait sans aucun doute délicieux… mais cela manquait définitivement de chaleur. Ma pizzeria préférée me manquait presque.

— Bon, tu m'expliques ce qu'on fiche ici ? m'interrogea Alexis.

— Est-ce que le nom d'Adèle Duval te dit quelque chose ?

— Ça me rappelle un truc, oui. Téléréalité, non ?

— Presque. Émission de cuisine.

— D'accord. Et…

— Elle s'est présentée à mon bureau vendredi dernier. J'ai cru que c'était une candidate pour remplacer Louise, mais apparemment non.

— Et qu'est-ce qu'elle fichait dans ton bureau ?

— C'est le mystère que je cherche à résoudre. Elle a travaillé ici, donc je me suis dit que j'allais me renseigner. Je cherche un moyen de la joindre et… quoi ? fis-je en découvrant le regard éberlué de mon meilleur ami.

— Ce divorce est une véritable réussite ! s'esclaffa-t-il.

— Ça n'a rien à voir.

— Arnaud, tu as vécu pendant dix ans avec la même femme, dans un mariage calme et ronronnant. Cette fille déboule dans ton bureau et, trois jours plus tard, tu m'embarques au Bristol pour la retrouver. Soit tu es taré, soit tu as eu le coup de foudre !

— Ce n'est que de la curiosité. Si elle venue, c'est qu'elle avait une bonne raison.

— Ou qu'elle est aussi folle que toi ! Je sais maintenant pourquoi tu te sens si bien avec ma sœur, vous avez le même cerveau dérangé.

Je secouai la tête, et le serveur arriva à notre table pour servir nos plats. Au cours du déjeuner, Alexis me parla de ses prochaines vacances, et je réalisai brutalement que j'allais devoir prévoir un mois de vacances avec ma fille. Non que cette idée m'effrayât, mais la perspective de participer à un atelier de pâtisserie par jour m'épuisait déjà.

— Et tu as d'autres pistes pour retrouver ta belle inconnue ? m'interrogea Alexis en terminant son plat.

— Ce n'est pas une inconnue.

— Oh ! donc tu la trouves jolie ? reprit mon meilleur ami avec un sourire carnassier.

— Ne me fais pas tes trucs d'avocat.

— Tu esquives.

— Oui, elle est plutôt mignonne, admis-je.

— Quel genre ?

— Pas le tien. Elle a un cerveau et de la répartie. Elle te botterait les fesses en moins de deux minutes.

— Admettons, abdiqua-t-il finalement. Donc, d'autres pistes ?

— Pas vraiment. Elle m'a dit qu'elle était serveuse à Saint-Malo, mais elle pourrait tout aussi bien être pharmacienne à Strasbourg ou barmaid à Cannes.

— J'ai quelques contacts dans la police, si tu veux. Personne ne disparaît comme ça.

Je me contentai de hocher la tête. Déjeuner au Bristol me faisait passer pour un fou, appeler la police me ficherait dans la case « harceleur ». Je ne voulais pas en arriver à ce stade. J'avais encore le vague espoir qu'Adèle Duval finisse par me contacter et mette fin d'elle-même à ce jeu mystérieux.

Le serveur réapparut, et j'en profitai pour lancer ma petite enquête.

— Je sais qu'Adèle Duval a travaillé ici, vous savez si elle a encore des contacts avec quelqu'un du restaurant ? l'interrogeai-je.

— Je ne suis ici que depuis quelques mois. Elle était en salle ?

— En cuisine. C'est une vieille amie, mentis-je, on s'est un peu perdus de vue.

— Je vais voir ce que je peux faire. Des desserts, messieurs ?

— Des cafés. Et l'addition, s'il vous plaît.

Malgré mes efforts, le serveur ne parvint pas à me donner les informations que je souhaitais. La cuisine était en plein coup de feu, et le chef refusait l'idée même d'en sortir. Dépité, je réglai l'addition et rejoignis Alexis qui fumait une cigarette près de la sortie.

— Délicieux rencard, me complimenta-t-il.

— Plan foireux.

— Attends 15 heures, la sortie des employés est de l'autre côté, tu finiras bien par repérer un plongeur qui te renseignera. Sinon, il te reste l'option de la bouteille à la mer. Ou un message d'appel à l'aide sur les réseaux sociaux !

Je jetai un coup d'œil à ma montre. L'idée d'Alexis n'était pas mauvaise. Je n'avais pas vraiment préparé mon plan, et il me semblait maintenant évident que pour parler à ses anciens collègues je devais attendre la fin de leur service.

— Tu vas faire le pied de grue ?

— Je sais que ça peut paraître délirant, mais...

— Délirant ? Oui. Inquiétant ? Un peu aussi. Franchement, si cette fille a vraiment quelque chose à faire de toi, elle finira par te contacter.

— La patience n'est pas ma plus grande qualité.

Alexis leva un sourcil, étonné. Je devais admettre que j'étais moi-même surpris de mon comportement. Je n'avais jamais été aussi intrusif, ni curieux. Je ne savais rien sur elle, soit, mais c'était encore plus agaçant de ne pas comprendre pourquoi elle m'intriguait autant. J'avais bien d'autres chats à fouetter entre ma fille et mon entreprise. Ça n'avait aucun sens.

— Va au bout de ton truc, me conseilla Alexis.

— Quoi ?

— Je ne t'ai jamais vu comme ça. Elle te plaît, de toute évidence. Peut-être parce qu'elle est mystérieuse et suffisamment intelligente pour brouiller les pistes. Et je te connais, tu ne lâcheras rien tant que tu ne sauras pas pourquoi elle est venue. Donc, va au bout de ton truc. Perce le mystère et réinvite-moi au Bristol quand tu auras terminé, j'ai très envie de goûter au filet de bœuf.

Il écrasa sa cigarette dans un cendrier et consulta son téléphone. J'hésitais toujours, tiraillé entre ma conscience professionnelle qui me hurlait de retourner au bureau et mon instinct incontrôlable qui m'ordonnait de rester ici pour retrouver Adèle.

— Je vais attendre à la sortie, décidai-je, soulagé.

— Je retourne au cabinet. Tiens-moi au courant, d'accord ?

Il s'engouffra dans la bouche de métro, pendant que je contournais le bâtiment pour trouver la sortie de service. Un coup d'œil à ma montre me confirma que ma patience allait être éprouvée. J'avais une bonne heure devant moi avant de croiser les premiers employés.

Appuyé contre le mur, j'attendis. Quand la porte s'ouvrit enfin, une flopée de jeunes femmes et jeunes hommes sortirent en riant. J'approchai d'eux, réalisant qu'à leurs yeux j'allais passer pour un fou furieux. Mes premières tentatives furent infructueuses. Au mieux, j'avais un « non » marmonné en guise de réponse. Mon espoir de la retrouver fondait.

— Ah oui, j'ai connu Adèle Duval, fit finalement une jeune femme, tout sourires.

— Super. Vous êtes restée en contact avec elle ? J'aurais besoin de l'appeler.

— Pas vraiment. Elle est partie du jour au lendemain, sans explication.

— Pas de numéro alors ?

— Si, je dois l'avoir. Mais elle l'a peut-être changé depuis, ajouta-t-elle en fouillant dans son téléphone.

Son visage s'éclaira soudainement, et je sortis mon portable, prêt à noter le numéro. Patiemment, la jeune femme me le dicta, et je la remerciai d'un sourire.

— Vous êtes un vieil ami, c'est ça ? demanda-t-elle.

— C'est ça, mentis-je, pressé de finir cet échange.

— Je ne savais pas qu'Adèle avait des amis. Surtout dans votre style.

Elle me détailla avec gourmandise, tout en enfilant sa veste. Je me concentrai sur mon téléphone, feignant de finir d'enregistrer le numéro d'Adèle.

— Je ne vois pas pourquoi elle n'en aurait pas, répondis-je finalement.

— Elle n'est jamais venue boire un verre après le service et elle ne desserrait pas les dents. Franchement, elle était chiante comme la pluie.

Je lui adressai un sourire automatique et glacial. « Chiante comme la pluie. » Entre la photo sur son livre et sa visite trop rapide à mon bureau, ce n'était pas le souvenir que j'avais d'elle. Son regard pétillant, cette fossette... À croire qu'on ne parlait pas de la même personne.

— Apparemment, lança la jeune femme face à moi en me reluquant à nouveau, j'aurais peut-être dû lui parler avant qu'elle parte.

En quelques instants, la sympathie et la gratitude que j'avais éprouvées pour ma samaritaine s'envolèrent. Elle prenait plaisir à médire sur Adèle et me draguait ouvertement. J'étais vexé pour cette dernière et je me surpris à la défendre, sans même la connaître.

— Elle est brillante, elle ne vous aurait pas laissé une chance.

— Mais...

— Merci pour le numéro, je lui passerai vos amitiés.

Je m'éclipsai dans la seconde, remontant la rue en direction de mon bureau. Mon téléphone à la main, j'allongeai le pas, pressé de résoudre mon énigme obsédante. J'hésitais à composer le numéro aussitôt. Mais je voulais être seul, loin du brouhaha parisien et à l'aise pour lui proposer un nouvel entretien.

Je grimpai l'escalier de l'immeuble à toute allure et ne laissai pas le temps à Louise de m'adresser la parole. Je refermai la porte derrière moi, rallumai mon ordinateur et me postai face à la fenêtre, admirant l'église de la Trinité, pendant que la première sonnerie du téléphone retentissait.

— Oui ? fit une voix féminine.

En une fraction de seconde, la curiosité mâtinée de fascination qui me taraudait et me pesait sur les épaules fit place à une vague de soulagement. J'allais enfin lever le voile sur Adèle Duval.

— Adèle Duval ? demandai-je.

— C'est moi, oui.

— Eh bien, vous pouvez vous vanter de ne pas être simple à retrouver ! m'esclaffai-je.

— Écoutez, si vous êtes journaliste, je n'ai rien à...

— Arnaud Langlois, la coupai-je. J'aimerais qu'on reparle de notre dernier entretien.

Il y eut un court silence, à peine brouillé par une vague agitation derrière elle. Je devinais des éclats de voix, des bruits de verres entrechoqués et, enfin, le raclement d'une chaise qu'on recule.

— Écoutez, je ne suis pas venue pour le poste d'assistante, expliqua-t-elle d'une voix assurée.

— Je sais. D'ailleurs, c'est bien la seule chose que je sais sur vous.

— Le mystère attire toujours la plupart des hommes, lâcha-t-elle dans un rire.

— Je ne crois pas être la plupart des hommes. Le mystère m'agace assez, en fait.

Un nouveau rire lui échappa, et je souris à mon reflet dans la vitre. Je ne savais toujours pas ce qui me plaisait autant chez Adèle. Mais je savais que j'avais eu raison de m'acharner à la retrouver. Échanger avec elle était un vrai défi, comme marcher sur un champ de mines sans savoir si vous alliez y laisser la peau.

— Comment avez-vous eu ce numéro ?

— J'ai poireauté pendant une éternité au Bristol. Ça m'a coûté du temps et un déjeuner à 200 euros.

— J'espère que le déjeuner valait le coût, ironisa-t-elle.

— J'ai réussi à vous retrouver, ça en valait donc bien chaque centime.

— Vous savez, je crois que c'est la première fois qu'un homme me rappelle après un premier rendez-vous.

— Mon appel est intéressé. Si vous ne voulez pas devenir mon assistante, j'aimerais vraiment savoir pourquoi vous êtes venue me voir.

Il y eut un silence embarrassé. J'hésitai à insister, mais la voix d'Adèle résonna à nouveau, tendue.

— Au téléphone, ce n'est pas une très bonne idée.

— On peut se voir, si vous voulez.

— Ça serait mieux, oui. Je suis en Bretagne, mais je peux prendre le train et… Enfin, ça dépend surtout de vous et de votre agenda.

Je me fichais de mon agenda et de mes rendez-vous. Mon seul impératif était Zoé, et je voulais autant parler avec Adèle que la voir.

— Je peux me fendre d'un nouveau déjeuner au Bristol, plaisantai-je pour détendre l'atmosphère.

— Ça a perdu en qualité depuis quelques années, cingla-t-elle. Le chef manque parfois d'inspiration. Je connais une délicieuse crêperie dans le quartier de Montparnasse, ça vous va ? C'est plus dans mes moyens, de toute façon.

— Je vous invite.

— Croyez-moi, à la fin du déjeuner, m'inviter ne sera plus votre priorité.

Chapitre 11

Je collai le front contre la vitre du train, suivant le paysage du regard sans vraiment le voir. La succession de champs, de maisons, d'églises, de routes sinueuses ne parvenait pas à me faire oublier ma nervosité. J'avais beau retourner le sujet dans tous les sens, il n'y avait pas de bonne façon d'annoncer à un parfait inconnu que nous étions désormais associés.

Enfin, s'il le voulait bien.

Je me souvenais parfaitement du diagnostic définitif de Judith, quand je lui avais raconté cette histoire de déjeuner à 200 euros, dont je valais apparemment chaque centime.

— Il flirtait, m'avait-elle dit.

— Je ne crois pas. Il me faisait plutôt comprendre que je lui avais fait perdre du temps et de l'argent.

— 200 euros, me rappela-t-elle. Arnaud pourrait aller au Bristol tous les jours et avoir encore de l'argent de poche pour s'offrir une voiture de luxe. Il flirtait. Je connais Arnaud, il fait ça pour séduire les filles.

— Il fait quoi ?

— Il plaisante, il les complimente. Il a beaucoup de charme et sait s'en servir.

— Tu es bien placée pour le savoir, avais-je répondu avec un sourire.

— J'aimerais bien. Mais c'est plutôt moi qui l'ai dragué à l'époque. Mon frère était dans la combine aussi. Arnaud est charmant, mais il est très empoté. À la différence d'Alexis, il ne sait pas… tu sais… enclencher la première. Il peut passer des heures à te parler, à flirter et à sourire pour finalement te laisser te carboniser sur place avant de t'embrasser.

— Diable, un homme patient !

— À ce niveau, c'est de la cruauté. Donc s'il te drague…

— Il ne me draguait pas.

— Il a retrouvé ton numéro de téléphone. Il te draguait, avait-elle asséné, sûre d'elle.

J'avais levé les yeux au ciel, et nous nous étions vite replongées dans la rédaction des vœux de Judith. Si, au départ, elle avait semblé paniquée par ce projet, elle était désormais plus sereine, souriant bêtement devant ses propres phrases.

— Tu crois qu'il va bien prendre cette histoire de restaurant ? lui avais-je demandé.

Judith avait ravalé un rire, puis avait secoué la tête.

— Adèle, tu es capable de tout plaquer du jour au lendemain, d'écrire à Tom Hanks, de rédiger des vœux de mariage, d'aider Armel à devenir président du comité des fêtes et de cuisiner.

— Je ne cuisine plus.

— Tu sauras le convaincre. Arnaud a besoin d'un peu de folie dans sa vie.

— Oh. Et je suis le « un peu » de folie ?

— Non. Toi, tu es la folie. Il ne va pas s'en remettre.

Je fermai les yeux, cherchant à me convaincre que toute

cette histoire n'était pas une totale folie. Je ne doutais pas du côté terre à terre d'Arnaud Langlois : être chef d'entreprise nécessitait lucidité et raison, la rentabilité étant le mot d'ordre. La cuisine, elle, n'était qu'art et créativité, un vrai monde de liberté sans aucune limite.

Arnaud Langlois et moi n'avions rien en commun. Sauf les lubies de Joséphine et une crêperie malouine.

L'annonce de l'arrivée du train à Paris me sortit de mes pensées. Je rassemblai mes affaires et me dirigeai vers la sortie. Je n'avais aucune stratégie pour convaincre Arnaud. Enfin, si, j'en avais des millions, mais aucune qui tenait vraiment la route. Comment l'auraient-elles pu ? Je n'étais même pas certaine de vouloir reprendre la cuisine et ce restaurant.

J'avais donné l'adresse de la crêperie à Arnaud, et nous avions convenu de nous retrouver là-bas pour 12 h 30. J'avais un peu d'avance, mais je décidai d'y aller quand même ; avec un peu de chance, le propriétaire, Étienne, serait présent pour m'accueillir. Je remontai la rue de la Gaîté, me souvenant avec émotion de mes premières semaines d'apprentissage dans une brasserie traditionnelle, aux coutumes, elles aussi, très traditionnelles. En cuisine, être une femme était encore synonyme de railleries. À l'époque, c'était Étienne qui m'avait soutenue, en prenant ma défense devant les autres et en me prêtant des couteaux quand les miens disparaissaient mystérieusement. Il m'avait sortie de ce marasme.

Entendre la clochette de la porte tinter à l'instant où je franchis le seuil me fit sourire. Presque dix ans, et rien n'avait changé. Il y avait toujours le Gwenn ha Du accroché derrière le comptoir, le phare bleu et blanc posé près de la caisse, quelques photos de mer déchaînée sur les murs et une rangée de bolées parfaitement alignées sur l'étagère du fond. Étienne faisait dans le cliché, alors qu'honnêtement manger ses galettes suffisait à vous transporter en Bretagne.

— Étienne ? l'appelai-je.

Il apparut à la porte de sa petite cuisine, un tablier moucheté de traces grasses noué autour de lui. Son sourire bienveillant m'enveloppa et, pendant une courte seconde, j'oubliai la raison même de ma présence ici.

— Un fantôme du passé, s'exclama-t-il. Viens par là !

Il me serra dans ses bras avec force, avant de m'ébouriffer les cheveux comme si j'avais cinq ans.

— Qu'as-tu fait à tes cheveux ? s'inquiéta-t-il.

— Un brushing.

— Bon sang ! Ils sont raides comme la justice. Il ne pleut plus là-bas ?

— Si. Mais j'avais besoin d'être présentable aujourd'hui, me justifiai-je en me recoiffant du bout des doigts.

Comme pour le précédent rendez-vous, j'avais effectivement fait un effort sur mon apparence. J'avais lissé mon impétueuse tignasse, je m'étais un peu maquillée et j'avais opté pour un jean slim, une blouse écrue et une paire de bottines à talons, qui me donnaient un air sérieux. Étienne avait suffisamment de délicatesse pour ne m'avoir jamais posé aucune question. Il savait que j'avais tout plaqué, que j'étais en Bretagne mais, à l'inverse de Joséphine, il n'avait jamais fait montre de curiosité ni de reproches.

— Tu reviens sur Paris ?

— Je ne crois pas. J'aime trop mes balades matinales sur la plage.

— Tu as bien raison.

— J'ai prévu un déjeuner ici, continuai-je. Ça t'ennuie si je m'installe près de la porte ?

— Pas du tout. Tu attends quelqu'un ?

Je me contentai de hocher la tête. Si Arnaud était ponctuel, il serait là dans moins de cinq minutes. Je frottai mes mains l'une contre l'autre, chassant mon trac, puis m'installai à ma table fétiche, celle qui me permettait d'observer les gens dans la rue en toute impunité. La sonnette tinta à nouveau, et je relevai les yeux vers Arnaud Langlois, habillé d'un jean et d'une chemise noire cintrée. Intérieurement, je me félicitai d'avoir fait un effort sur mon apparence.

Il tourna les yeux vers moi, et son visage s'éclaira d'un sourire confiant. Je me levai maladroitement de ma chaise et tentai de conserver une expression assurée. En vain : j'étais à peu près certaine que mon menton tremblait de trac.

— Je crois qu'il est temps de faire les présentations officielles, lança-t-il en tendant la main dans ma direction. Arnaud Langlois, enchanté.

— Adèle Duval. Ravie, également.

Ma poignée de main fut ferme et décidée. D'un geste de la main, je l'invitai à s'asseoir en face de moi. Dans ce restaurant minuscule – la salle ne devait pas tenir plus de vingt-cinq couverts –, sa large carrure m'impressionna. Je songeai brièvement aux remarques de Judith ; Arnaud Langlois était loin d'être repoussant, et ses fameux yeux gris auraient pu me faire oublier les raisons mêmes de ma présence ici.

Son regard navigua sur la salle de restaurant. Nous étions à des années-lumière du Bristol mais, pour lui avouer les plans de Joséphine, j'avais préféré être dans un environnement ami.

— Vous êtes sûrement habitué à des restaurants plus chics, dis-je pour lancer la conversation.

— Je déjeune le plus souvent dans mon bureau.

— Oh ! donc deux restaurants en deux jours, plaisantai-je.

— Et les deux fois à cause de vous.

— Je vais prendre ça comme un compliment. Je vous recommande la galette au beurre, spécialité de la maison, ajoutai-je alors qu'il se saisissait du menu.

Étienne vint prendre notre commande, et Arnaud se fia à mon conseil. Du cidre, de l'eau et une salade verte pour agrémenter le tout. Le restaurant se remplissait lentement, mais Étienne fit en sorte que notre table reste isolée.

— Vous devez vous demander pourquoi je vous ai fait venir ici, soufflai-je, angoissée.

— En effet. J'avoue que j'ai du mal à comprendre ce que votre monde et le mien ont en commun.

Sa voix transpirait l'enthousiasme, et son regard me scrutait avec curiosité. Devoir me dévoiler face à un parfait inconnu m'effrayait. Sans doute, après sa visite au Bristol, savait-il tout de mon passé et de mon choix radical. Qu'on me juge n'était pas une nouveauté… mais je devais jouer cartes sur table pour qu'il comprenne.

— Je ne pensais pas que vous m'aviez reconnue, fis-je, embarrassée.

— Je ne vous avais pas reconnue. Ma fille l'a fait.

— Ah. Et que savez-vous de moi, au juste ? demandai-je.

— Ce que le public sait : émission de cuisine, un poste au Bristol et votre départ inattendu. Vous n'êtes pas vraiment une inconnue, mais vous avez fait votre possible pour le redevenir.

— J'ai quitté le Bristol il y a plus de trois ans.

— Pour quelle raison ?

— J'ai créé des plats et des assiettes pour ce grand restaurant avec énergie et envie pendant de longs mois. C'était une pression permanente, comme une quête d'absolu.

— Vous étiez jeune, m'interrompit-il, comme pour me dédouaner.

— Jeune, oui. Mais je connaissais ce métier, je connaissais la pression, la prise de risques et la critique. Je pouvais l'encaisser. Mais, quand j'ai découvert que le chef s'appropriait la plupart de mes recettes, j'ai flanché et je suis partie. Je me suis sentie... volée et humiliée.

— Pourquoi ne pas l'avoir dénoncé ? C'était lui le fautif et...

— La cuisine gastronomique est un tout petit monde. On ne se dénonce pas. Jamais. C'est une règle tacite entre cuisiniers. Ce qui se passe en cuisine reste en cuisine. J'étais une bleue, mais je n'étais pas totalement niaise. J'ai préféré partir.

Je pris une gorgée d'eau, bouleversée par mes propres aveux. Raconter cette histoire, c'était comme rouvrir de vieilles cicatrices. Tout était encore à vif. Je me souvenais parfaitement des réactions du directeur et du chef, de leur véhémence éhontée, de mes larmes amères. J'avais tout donné pour cet établissement, et cela avait fini par me briser.

— J'ai arrêté la cuisine.

Ce second aveu me tira une larme. Je l'avais dit à tant de gens que, désormais, c'était comme une phrase automatique. Mais, ici, dans ce restaurant, face à un homme qui me regardait avec une pointe de compassion, elle prenait enfin un sens. Je passai une main sur ma joue, chassant mes regrets.

— Arrêté ? répéta Arnaud.

— Arrêté, oui. C'était mieux ainsi. Je crois que j'étais un peu écœurée.

— Ça n'explique toujours pas ce que vous et moi faisons ici !

— Nous avons une connaissance en commun. Joséphine Guillou.

Arnaud chercha dans sa mémoire, avant de secouer la tête. Étienne servit nos assiettes et remplit nos bolées, m'offrant une pause bienvenue. J'avais la gorge sèche d'avoir trop parlé.

— Désolé, ça ne me dit rien.

— Elle m'a accueillie après le Bristol. Il se trouve qu'elle a eu une brève aventure avec votre grand-père, il y a plus de cinquante ans.

— Vous êtes venue m'apprendre que mon grand-père a mené une double vie ?

J'éclatai de rire, imaginant Arnaud se faire les pires scénarios possibles. Son regard se voila, et il recula sa chaise, comme pour se donner un peu d'air.

— Joséphine a planté votre grand-père au pied de l'autel. Et il a refait sa vie, de toute évidence.

Le visage d'Arnaud se tendit, et il jeta un coup d'œil à sa montre. Il prit tout de même un morceau de sa galette et le porta à sa bouche. Je me souvenais parfaitement de ses remarques sur le temps que je lui avais pris et sur le fait qu'il n'aimait pas le mystère. Je devais aller droit au but.

— Joséphine veut nous léguer son restaurant, lâchai-je finalement.

Il avala sa bouchée, pendant que je découpais consciencieusement un morceau de mon déjeuner.

— Nous léguer ? répéta-t-il.

— Nous. Moi en cuisine et vous… Eh bien, disons que vous en seriez le gestionnaire.

Je le laissai assimiler l'information tandis que je tentais de manger ; j'étais bien trop nouée par l'anxiété pour avoir de l'appétit. Pour autant, montrer ma nervosité devant Arnaud ne servirait pas mes intérêts. Malgré mes doutes, malgré mon choix d'arrêter la cuisine, malgré l'effet de surprise qui m'avait fait reculer devant l'obstacle, je tenais à ce restaurant. Le voir fermé aurait été un crève-cœur pour moi et pour les clients habituels de Joséphine.

— La cuisine, ce n'est que de l'amour, Adèle, m'a-t-elle si souvent expliqué. Et on ne renonce pas à l'amour.

Arnaud, sans le savoir, était la clé de mon futur en cuisine. Sans lui, Joséphine vendrait, et je n'avais absolument pas les moyens de le lui racheter. Devant moi se tenait un Arnaud Langlois abasourdi.

— Le gestionnaire ?

— C'est son idée. 50/50.

Je continuai de manger, partagée entre le soulagement de lui avoir tout dit et l'inquiétude de sa réaction. À son regard, je compris qu'il n'était plus aussi enthousiaste qu'à son arrivée. Dans ses yeux, l'orage grondait.

— Est-ce que c'est une plaisanterie ? demanda-t-il en repoussant son assiette.

— Pas vraiment non. Elle veut se racheter et… Disons qu'elle veut que je me remette à la cuisine. C'est son plan, me défendis-je. On est censés travailler ensemble pour garder le restaurant ouvert.

Visiblement contrarié, il posa les coudes sur la table

et se pencha vers moi. Mon estomac fit un petit bond d'appréhension. Si, au début, notre conversation avait été des plus joviales, elle prenait maintenant un tour très sombre.

— Avez-vous la moindre idée de ce que je fais dans la vie, mademoiselle Duval ?

— Appelez-moi, Adèle.

Il leva un sourcil, attendant ma réponse.

— Vous êtes chef d'entreprise, marmonnai-je.

— Une entreprise de haute technologie, spécialisée dans les drones à destination des puissances militaires de ce monde. Et vous me demandez de reprendre un restaurant avec vous ?

— En effet.

Mon cœur battait à tout rompre. J'avais déjà essuyé des colères froides en cuisine, mais Arnaud Langlois et son regard gris acier étaient en train de me laminer. C'était ma faute : j'avais repoussé et mal préparé l'annonce, je me retrouvais désormais prise au piège. Cet homme négociait tous les jours, épluchait des dossiers à plusieurs millions d'euros, faisait face à des clients puissants et des fournisseurs. Il savait mener le jeu. Je me sentais impuissante face à lui.

— Écoutez, je sais que cela paraît étrange et... Disons que c'est nouveau, en tout cas. Je suis moi-même un peu désarçonnée par toute cette histoire, mais ce restaurant ne peut pas fermer. Et, si vous refusez, il fermera.

— Qu'il ferme, gronda-t-il. Qu'est-ce que je pourrais bien faire d'un restaurant à...

— Saint-Malo, finis-je pour lui.

— À Saint-Malo ! Bon sang, je n'ai même jamais fichu les pieds là-bas !

— Vous pourriez venir le visiter, proposai-je, presque à bout de forces.

— Le visiter ? Mais vous pensez que je n'ai que ça à faire ? Je ne fais pas dans la restauration, Adèle, répliqua-t-il en insistant douloureusement sur mon prénom. J'ai une entreprise à faire tourner, des centaines d'employés qui dépendent de moi et une fille à élever. Vous croyez vraiment que j'ai du temps pour ça ?

Je soutins son regard colérique autant que possible, avant de baisser les yeux. J'avais évidemment conscience de tout ça. Je débarquais dans sa vie bien organisée et je lui annonçais qu'il héritait d'un restaurant dont il n'avait que faire. Sa vie était déjà bien remplie, équilibrée et structurée. La mienne, un vrai marasme, ne tenait qu'à ce restaurant.

— Je sais que ça peut sembler fou, mais je tiens à ce restaurant.

— Expliquez-moi en quoi j'en ai quelque chose à faire ?

— Votre grand-père était…

— Mon grand-père a refait sa vie. Il a sûrement oublié cette bonne femme. Et, parce qu'elle a des remords, elle s'est dit que c'était une bonne idée de me fourguer sa gargote ?

Sa colère semblait emplir toute la petite salle du restaurant. Je captai quelques regards contrariés autour de nous et je réalisai seulement maintenant qu'être au milieu de gens n'était pas une bonne idée. Si l'un d'eux me reconnaissait, j'étais certaine de finir sur les réseaux sociaux, en compagnie d'un homme pas franchement ravi de me parler. Je décidai de jouer la fille compréhensive.

— Je comprends, dis-je en espérant l'apaiser. Je sais que tout cela est surréaliste. J'ai moi-même mis quelques jours pour digérer tout ça. Vous n'avez pas forcément besoin de vous impliquer, et on peut trouver un accord pour...

— Pas d'accord. Je n'accolerai pas mon nom à ce restaurant, ni à aucun autre.

— Vous devez savoir que ce restaurant est important pour plein de gens.

— Eh bien, ils n'ont qu'à le reprendre, eux. J'ai suffisamment à faire, voyez-vous. J'ai des usines un peu partout. À Rennes, à Lille et à Tours. Je me fiche d'avoir un restaurant à Saint-Malo !

La conversation tournait en boucle, et je n'avais pas de contre-arguments. Je ne pouvais pas promouvoir un établissement chic – quand il apprendrait qu'il s'agissait d'une crêperie ! – ni insister sur le talent du chef – j'en doutais de plus en plus. Joséphine m'avait fait un cadeau empoisonné que j'avais pourtant envie de sauver.

J'avalai une nouvelle bouchée de ma galette, ruminant ma propre colère. J'aurais dû être plus prévoyante et lui parler comme il en avait l'habitude. Prévisions de bénéfices, perspectives financières... Il aurait alors vu le restaurant comme un produit. Vendre de l'affectif à cet homme ne servait à rien.

Je relevai les yeux vers lui. Sa colère se dissipait lentement, et ses yeux reprenaient cette couleur envoûtante d'argent liquide. Il passa une main nerveuse dans sa chevelure et maltraita son assiette en coupant rageusement un morceau de galette.

— Bien. Je comprends, soufflai-je.

— Quand je pense que vous vous êtes pointée à mon bureau, vous êtes vraiment culottée.

— Culottée ? Rappelez-moi combien vous avez dépensé au Bristol pour avoir mon numéro ?

Un bref sourire éclaira son visage. L'orage était passé, et je décidai de me faufiler dans cette minuscule faille dans son armure d'homme d'affaires. Cet homme m'avait cherchée et avait réussi à trouver mon numéro. De la curiosité, sûrement. Même si je n'en cernais pas encore la raison, Arnaud Langlois avait tout fait pour me reparler.

— 200 euros, marmonna-t-il. Je... Vous m'intriguiez, et je voulais savoir pourquoi vous étiez venue. Je n'avais pas vraiment imaginé ça !

— J'aurais fini par reprendre contact avec vous, vous savez.

— Je ne regrette pas les 200 euros. Juste... l'objet de notre rencontre.

La colère fit place à l'embarras. Je repensai aux mots de Judith. Est-ce qu'il avait vraiment flirté au téléphone ? Je ne l'avais vu que quelques minutes, c'était inconcevable.

— J'ai cherché un lien entre vous et moi, en vain. Maintenant, concéda-t-il, c'est parfaitement clair.

— Vous êtes déçu, on dirait.

Je masquai difficilement mon sourire dans mon verre. Au-delà de l'histoire du restaurant, discuter avec Arnaud n'était pas désagréable. Je n'avais pas échangé aussi légèrement avec un homme depuis une éternité. Être en position de force – être celle qu'on chasse – était une véritable nouveauté.

— Adèle, ça va peut-être vous paraître surprenant, mais je n'ai pas pour habitude qu'une femme déboule dans mon bureau et me parle de changement de vie professionnelle.

— Et donc, vous traquez toujours les femmes qui vous plaisent ?

— Ai-je dit que vous me plaisiez ? J'étais juste curieux.

— Et ?

— Je suis encore plus curieux maintenant, admit-il.

— Ce qui vous agace, donc.

— Profondément. C'est pour cette raison que je suis venu ici déjeuner avec vous : pour percer le mystère qui vous entourait.

Il termina son assiette et m'adressa un sourire. Son regard trouva le mien, et j'eus la sensation d'être mise à nu. Si Arnaud pensait que j'étais un mystère, il était lui aussi une vraie énigme, me scrutant avec gourmandise et intérêt.

— Vous m'avez dit que vous avez fait des recherches à mon sujet ? m'interrogea-t-il.

— Sur votre entreprise, pas sur vous, rectifiai-je.

— Maintenant, je suis déçu.

— J'avais besoin de savoir dans quel guêpier je me fourrais. Joséphine a toujours le chic pour me mettre au pied du mur. Mais, d'une certaine façon, elle m'a sûrement sauvée aussi.

— En vous léguant un restaurant avec un parfait inconnu ?

Maintenant qu'il semblait s'être adouci, j'espérais le convaincre d'accepter la proposition de Joséphine. Armel, Elisa, Judith et Joséphine elle-même tenaient trop à cette crêperie pour que je rentre à Saint-Malo avec un refus net de la part d'Arnaud. Je profitai de sa question pour tenter de lui soutirer son accord.

— Vous seriez partant ?

— Vous êtes têtue.

— Les Bretons déteignent sur moi. Alors ?

— Adèle, je comprends votre histoire et j'apprécie votre

énergie, mais je ne veux pas reprendre ce restaurant. Ce n'est pas mon monde.

Sa réponse me coupa l'envie de commander un dessert. Arnaud avait pris sa décision à l'instant même où je lui avais révélé le plan de Joséphine. Il n'était pas le genre d'homme à changer d'avis sous prétexte que je lui inspirais de la curiosité. Je baissai les yeux pour ne pas croiser son regard ; même sans dire un mot, Arnaud avait cette capacité inédite de me troubler.

— Et c'est tout le mien, soufflai-je. Je ne sais faire que ça, Arnaud. Cuisiner. J'aime ça. J'aime voir les gens sourire quand ils dégustent leurs assiettes, j'aime voir leurs yeux pétiller de joie, j'aime me dire que je fais partie d'histoires d'amour, de demandes en mariage, de repas de famille, d'annonces de grossesse. Est-ce que vous réalisez ce que je vous propose ? Je vous propose de faire partie de ces moments-là, d'être au cœur de milliers d'histoires en général, et dans la mienne, en particulier.

— Je ne crois pas que cela m'intéresse.

Mon cœur manqua un battement. Ma voix avait vibré de sincérité, j'avais enfin osé reconnaître mon amour pour la cuisine et le besoin que j'avais de le partager, mais son ton définitif ne laissait aucune place au doute. Ce déjeuner serait notre premier et dernier entretien. Quand Joséphine m'avait appris ses plans pour le restaurant, un sentiment d'impuissance et d'abattement m'avait saisie. Ce même sentiment resurgissait face à lui.

Je le regardai s'essuyer les lèvres, finir son verre et héler Étienne pour demander l'addition. Je cherchai un moyen de le retenir, en vain. Tout se passait comme si j'étais paralysée sur ma chaise, incapable de prononcer un mot. Arnaud se leva et m'adressa un sourire lumineux.

— Adèle, j'ai été ravi de vous connaître, dit-il d'une voix douce.

Il disparut du restaurant, et je le suivis du regard alors qu'il longeait la vitrine embuée. Ce n'est qu'une fois qu'il fut hors de vue que je repris mon souffle et que je réalisai que j'avais échoué.

Le restaurant allait fermer.

Chapitre 12

Abrité sous un parapluie, je regardais Sophie ranger la valise de notre fille dans sa voiture. Je réprimai un frisson quand une bourrasque de vent glacé me frappa. Fatigué, je laissai échapper un bâillement.

— Dure semaine ? m'interrogea Sophie.

— Les vacances d'été se font attendre, grimaçai-je.

— Ce n'est pas Zoé, hein ?

— Non. Même si les choux à la crème ont été particulièrement récalcitrants, souris-je.

— Cette lubie finira par lui passer. Tu es sûr que ça va ? Tu as l'air vraiment éreinté !

— Le travail, c'est tout. Je négocie un gros contrat avec les Américains, ils ne sont pas du genre à se laisser faire.

À l'intérieur de la voiture, Zoé s'était attachée et serrait contre elle sa peluche fétiche. Ces semaines avec elle passaient trop vite. Je détestais les vendredis soir de départ. Généralement, je regardais la voiture de Sophie s'éloigner et je rentrais à l'appartement la mort dans l'âme. Pendant les trente minutes qui suivaient, je m'imposais un rituel insupportable : ramasser, ranger et ordonner les affaires que Zoé abandonnait dans toutes les pièces : son tablier en boule sur la table de la cuisine, son pyjama au sol dans sa chambre, ses perles translucides dans le salon, ses dessins dans la salle de bains. C'était comme effacer ses traces pour mieux supporter son absence.

Sophie m'adressa un regard désolé. Elle ne connaissait pas mes états d'âme, mais ma mine défaite devait parler pour moi.

— Est-ce que tu sais si tu veux prendre Zoé en juillet ou en août ? demanda-t-elle finalement.

Je plantai le regard dans le sien, soudainement alerte. Sophie se dandinait d'un pied sur l'autre et pinçait les lèvres comme une gamine qui aurait demandé l'autorisation d'organiser sa première fête.

— Je... Je n'y ai pas encore réfléchi. Pourquoi ?

— Pour qu'on s'organise. Pour réserver, continua-t-elle, toujours embarrassée.

Je fronçai les sourcils, pas convaincu par son explication. J'avais loupé notre mariage et j'étais passé à côté de notre séparation. Cette fois, j'étais décidé à ne pas manquer ce qui taraudait mon ex-femme.

Elle rabattit sa capuche sur sa tête, puis jeta un coup d'œil vers notre fille. Quelque part, aux confins de mon inconscient, une alarme sonna. Je sentais que je n'allais pas apprécier cette conversation.

— Écoute, c'est...

— Qu'est-ce qui se passe ? la coupai-je.

— Je vais déménager.

— Quoi ?

J'avais haussé le ton et je surpris les regards des passants sur nous. Avoir cette conversation, maintenant, sous ce parapluie et sur ce trottoir ne me plaisait pas. J'avais la sensation d'être pris au piège et de ne rien pouvoir faire pour m'en sortir.

— Tu vas déménager ? Et Zoé ?

— Tu pourras la voir quand tu veux bien-sûr, et…

— Sophie, nous avons acté une garde partagée. Et là, au bout de quelques semaines, tu trouves le moyen de me l'enlever ?

— Je ne veux pas te l'enlever.

— Donc, elle reste à Paris, dis-je d'un ton définitif.

— Arnaud, j'ai eu une opportunité de travail, je ne peux pas refuser.

— Je ne te demande pas de refuser, je te demande de me laisser Zoé. En quelques mois, tu décides de notre divorce, de déménager, et il faudrait en plus que tu décides de garder notre fille. Je deviens quoi maintenant ?

— Tu me fais le coup de la culpabilité ? s'écria-t-elle, presque consternée.

Elle croisa les bras sur sa poitrine, les larmes au bord des yeux. Je m'en voulus presque immédiatement. J'étais en colère, mais elle paraissait suffisamment accablée pour que je n'en rajoute pas. Pourtant, qu'elle m'enlève ma fille était insupportable.

— En dix ans, combien de fois as-tu dîné avec nous ? demanda-t-elle.

— Sophie…

— Combien de rentrées scolaires as-tu assurées ? Combien de rendez-vous chez le médecin ? Combien de séances de danse ?

Chaque question était un uppercut amer. Elle avait raison sur tous les points. Zoé n'avait manqué de rien. Sauf de moi. Sophie avait toujours tout assuré, me laissant travailler jusqu'à l'épuisement. J'avais toujours songé qu'elle avait accepté ce compromis, je comprenais maintenant qu'elle l'avait fait par défaut.

Ou par amour, jusqu'à ce que cette vie lui devienne insupportable. L'amour n'avait pas suffi. Il ne suffisait plus pour Zoé : j'aimais ma fille, mais je savais que ça ne serait pas suffisant pour la retenir.

— Être père, ce n'est pas juste faire des gâteaux avec son enfant chaque soir, déclara-t-elle.

— Je sais. Mais, si tu déménages, elle finira par s'éloigner de moi.

— Elle était déjà loin de toi quand tu dormais dans la pièce près de sa chambre.

Sa dernière remarque m'acheva. Même dans les pires moments de notre séparation, Sophie n'avait jamais eu de mots durs envers moi. Nos discussions, bien qu'animées, ne s'étaient jamais terminées en dispute ou en attaque.

— C'est pour quand ? demandai-je finalement.

— Septembre ou octobre. Je pars à Lyon. Arnaud, je ne veux pas te voler Zoé. Je veux ce qui est le mieux pour elle.

— Je sais, soufflai-je.

— Je sais que tu fais de gros efforts pour être disponible pour elle. Mais toi et moi savons que ton travail est très prenant ; tu ne pourras pas constamment limiter tes déplacements ou décaler des réunions.

— Tu es en train de me dire que je fais passer mon travail avant ma fille ?

— Je suis en train de te dire que nous voulons tous les deux ce qui est le mieux pour notre fille.

Une nouvelle bourrasque me saisit, et Zoé montra son impatience en tapant l'index contre la vitre. Je ravalai ma rancœur et adressai un sourire triste à ma fille. Mon rituel de ramassage de ce soir aurait une saveur très amère.

— Est-ce que tu veux qu'on signe un nouvel accord chez l'avocat pour la garde ? m'interrogea mon ex-femme.

— On fera ça quand tu seras définitivement fixée sur ton départ, d'accord ? Et j'aimerais qu'on en parle à Zoé ensemble.

— Sans problème.

Nous restâmes plantés l'un devant l'autre pendant de longues secondes, mal à l'aise. Sophie ne se tortillait plus d'embarras, mais elle ne savait pas comment me saluer. Quant à moi, je regardais la voiture de mon ex-femme, à la fois dévasté et inquiet à l'idée de ne plus voir ma fille aussi régulièrement. Si Sophie avait raison sur mon implication professionnelle, j'avais tendance à croire que le divorce m'avait ouvert les yeux sur mes absences. Je ravalai ma colère, à la fois contre mon ex-femme, décidée à m'éloigner de ma fille, et contre moi. J'étais le grand responsable du fiasco de mon mariage.

— Tu devrais y aller, elle va finir par s'impatienter, murmurai-je, les poings serrés.

— Bonne soirée, Arnaud.

Elle déposa une bise furtive sur ma joue, qui me fit presque autant frissonner que le vent glacial. Sophie grimpa dans sa voiture, et Zoé m'adressa un petit signe de la main. Je lui répondis en affichant un masque aussi neutre que possible, mais j'étais trop furieux pour esquisser le moindre sourire. Dès qu'elles furent hors de vue, je regagnai mon appartement. Je claquai la porte derrière moi et fichai mon poing colérique dans la porte du placard de l'entrée.

Après le déjeuner surréaliste avec Adèle Duval quelques jours auparavant, l'annonce de Sophie avait détruit le self-control que je m'étais efforcé de conserver. Mon poing laissa un creux visible sur la porte, mais n'apaisa pas ma colère. Je m'effondrai sur mon canapé inconfortable et massai mes tempes, espérant que le sommeil ne me fuirait pas cette nuit.

En désespoir de cause, je me plongeai dans le travail, donnant ainsi raison à Sophie sur mon incapacité à diminuer mon implication. Je passai une grande partie de la soirée à relire le dossier de l'usine de Rennes, peaufinant les derniers détails de l'inauguration. Tout avait été parfaitement minuté : de mon arrivée à la gare à la visite des lieux, jusqu'au moment où je signerais l'accord avec les délégués du personnel. L'inauguration des nouveaux ateliers me prendrait la journée entière.

Au milieu de la nuit, je me couchai dans le lit de ma fille, respirant son parfum d'enfant sur l'oreiller. Je luttai pendant de longues minutes, avant que le sommeil me gagne tout à fait.

Je me réveillai le lendemain matin, un peu groggy, toujours tourmenté par les aveux de Sophie et le dossier de l'usine de Rennes. Pour une raison inexplicable, j'avais la sensation d'avoir oublié un élément essentiel. Le doute persista une bonne partie de la journée. À l'aube d'un dîner en solitaire, mon téléphone vibra sur la table basse.

— Arnaud ?

Je coupai le son de la télévision et m'affalai sur le canapé. La voix d'Adèle Duval me remonta le moral instantanément.

— Adèle. Je ne pensais pas que vous me rappelleriez.

— Vous confirmez donc que vous vous êtes comporté en véritable goujat ?

— J'ai réglé l'addition, contrai-je avec un sourire.

— Goujat et macho. Vous vous enfoncez, je le crains.

— Je partirai toujours perdant avec vous, Adèle. Je

le sais depuis le début, vous avez une longueur d'avance sur moi.

— Possible. À vrai dire, fit-elle après un court silence, je me demandais si vous accepteriez de me revoir.

Notre déjeuner m'avait laissé un goût doux-amer. Je m'étais réjoui de retrouver Adèle, de revoir son sourire, de sonder son regard. Même si je ne parvenais pas à mettre le doigt sur ce qui me fascinait chez elle, force était d'admettre qu'elle me plaisait. Son histoire m'avait ému, sa délicatesse m'avait touché, son culot m'avait surpris. C'était ce que j'appréciais le plus chez elle, à chaque échange, je découvrais une nouvelle facette de sa personnalité.

Ce soir, à nouveau, elle me surprenait.

— Vous êtes sur Paris ? demandai-je.

— Absolument pas. Je suis sur la plage, à Saint-Malo. Vous devriez essayer, c'est vivifiant. Je voudrais vous reparler du restaurant.

Mes espoirs furent douchés en une seconde. Adèle me plaisait. Elle me plaisait trop pour que ce soit raisonnable. Mais je ne pouvais pas m'enticher d'une fille qui me proposait, du jour au lendemain, de reprendre un restaurant avec elle.

— Adèle, ma position reste inchangée.

— Je comprends. Mais je crois que nous ne sommes pas partis du bon pied. Vous êtes un homme d'affaires, j'aurais dû vous proposer un vrai plan de développement.

— Adèle, vous devriez oublier cette histoire et me proposer un simple dîner en tête à tête sur votre plage. Je sauterais sur l'occasion de passer du temps avec vous.

— Je ne peux pas oublier mon métier, Arnaud. J'aimerais vous présenter les lieux, vous parler de ce que j'imagine en termes de menus. Il faut évidemment prévoir quelques travaux pour…

— Des travaux ?

— Votre contribution s'arrêtera après ça.

— Donc, vous m'appelez après une semaine de silence, vous me parlez de votre restaurant, vous refusez de passer du temps avec moi et maintenant vous me demandez de l'argent ?

— En effet, répondit-elle avec sérieux.

— Qui est le goujat maintenant ?

— Est-ce que, si j'accepte cette histoire de dîner, vous réfléchirez à ma proposition ?

— Adèle, si j'accepte de dîner avec vous, ce n'est surtout pas pour parler de ce projet.

Il y eut un silence, comme si elle assimilait lentement l'information. Je n'avais jamais été un professionnel de la séduction mais Adèle, avec sa chevelure rebelle et ses yeux pétillants, était bien trop tentante pour que je la laisse s'enfuir sous le crachin breton.

— Je pensais vraiment que vous ne voudriez plus me voir, lâcha-t-elle, incrédule.

— Adèle, vous êtes une fille brillante. Pourquoi, à votre avis, ai-je tout fait pour vous retrouver ?

— Écoutez, pour l'instant…

— Vous sortez avec quelqu'un ?

— Quoi ? s'exclama-t-elle dans un rire.

— Je veux savoir si j'ai mes chances avec vous.

— Si je dis « oui », vous allez me laisser tranquille et accepter de parler du restaurant ?

— Si vous me dites que j'ai mes chances avec vous, le défi sera encore plus alléchant, la prévins-je.

Il y eut un court silence, durant lequel j'entendis à peine

un bref soupir. Visiblement, Adèle n'était pas du genre à se livrer. Pour elle, notre relation se résumait au restaurant qu'elle devait reprendre. Pour moi, elle était un sujet de curiosité infinie et une arme efficace contre la monotonie de mon existence et ma morosité actuelle. Dès que je lui parlais, j'oubliais le reste et retrouvais le sourire.

— Je veux juste vous parler du restaurant, éluda-t-elle.

— Adèle, connaissez-vous le taux de rentabilité d'un restaurant ? Vous avez chiffré l'investissement initial ? Les coûts fixes ? Vous avez des simulations ?

— C'est justement le principe de notre collaboration : je cuisine, et vous faites tous ces trucs atroces !

— Ça ne fonctionne pas comme ça, Adèle. Vous me demandez de vous faire confiance et...

— Vous pouvez me faire confiance, me coupa-t-elle.

— Vous avez quitté le Bristol du jour au lendemain, vous avez disparu des radars de la cuisine et vous m'avez avoué que vous n'avez pas mis les pieds en cuisine depuis des années. Et vous me demandez de vous aider à reprendre un restaurant obscur à Saint-Malo ?

J'avais conscience de ma cruauté stérile. Lui balancer à la tête son passé tumultueux et son retrait volontaire était un argument douteux et méchant. Mais je ne voulais pas de ce restaurant. Je n'avais ni le temps ni l'énergie pour ça.

— Bien, murmura Adèle. Effectivement, c'est... Je conçois que c'est un peu délirant, admit-elle avec une fêlure dans la voix.

— Ma proposition pour nous revoir tient toujours.

Un rire lui échappa. Oui, je venais de la démolir, pour ensuite lui proposer un dîner. Adèle avait raison sur un point : j'étais un véritable goujat. Alexis aussi me botterait les fesses pour avoir été si mauvais avec une femme.

— Adèle, je ne vais pas faire semblant : vous me plaisez beaucoup. Vous êtes brillante et surprenante. Vous m'intriguez et, quand je vous regarde, je ne peux pas dire que vous me laissez indifférent. Néanmoins, je ne souhaite pas que nous collaborions.

— Bon sang, s'agaça-t-elle, c'est ça le problème ? Vous ne mélangez pas le plaisir et le travail ?

— En effet.

— Donc, si j'étais un homme d'âge mur et souffrant de calvitie...

— Je crois que nous n'aurions pas eu une conversation aussi longue, ris-je.

— On vous a déjà dit que vous étiez un très mauvais dragueur ? Vous soufflez le chaud, puis le froid. C'est déstabilisant.

Je me redressai de mon canapé, soudain plus alerte. Sa voix avait changé. Elle avait perdu cette fragilité du début de notre conversation. Adèle était plus assurée, presque vindicative, comme lors de notre première rencontre. Comme lorsqu'il n'y avait aucun restaurant à reprendre.

— Je n'ai jamais vraiment dragué, avouai-je.

— Ça se voit.

— Vous ne faites rien pour me faciliter la tâche, protestai-je.

— Vous ne faites rien pour faciliter la mienne.

— Est-ce que vous êtes en train de me faire du chantage ? Un truc du genre, si je vous aide, vous accepterez un dîner ?

— J'applique les mêmes principes que vous, Arnaud : je ne mélange pas. Mais je voudrais quand même que vous reconsidériez votre décision au sujet du restaurant. Il peut être rentable.

— Adèle, je ne changerai pas d'avis. Je vous l'ai déjà dit.

— Nous nous reverrons vite. C'est moi qui vous inviterai, promit-elle avec assurance avant de raccrocher.

La communication s'arrêta net, me laissant terriblement frustré. Adèle Duval et son aura de mystère me tourmentaient. Pour une raison que je ne saisissais pas, sa dernière promesse m'intrigua plus que les autres. Je me levai du canapé et me dirigeai vers la cuisine, en quête d'une bière. Le cerveau en bouillie, ma bouteille à la main, je retombai sur la photo d'Adèle.

Je réalisai alors que quelque chose avait changé : j'avais rencontré une Adèle fragile et hésitante et je venais de parler à une Adèle transformée, confiante et déterminée. Je venais de parler avec l'Adèle de la photo, celle qui me souriait avec provocation et défi.

Je passai une main sur mon visage, exténué. Parlementer avec Adèle, c'était courir un marathon.

Sauf que, sur la dernière ligne droite, elle m'avait volé la victoire, et je ne l'avais pas vu venir.

Je ne résistai pas à une nouvelle recherche sur Internet, trouvant des articles de presse élogieux et des interviews piquantes. Dans sa vie d'avant, Adèle avait du bagout et une ambition affichée. Décider de mettre sa carrière entre parenthèses avait dû être un crève-cœur.

Je bus une gorgée de ma bière, refoulant la culpabilité que je commençais à ressentir. Parce que Adèle me plaisait, parce que j'aimais me confronter avec la femme opiniâtre qu'elle était, je me sentais mal de lui refuser l'opportunité de renouer avec son métier.

— Tu peux évidemment refuser, m'avait assuré Alexis. Un legs, comme un héritage, voire une donation, peut se refuser.

— Qu'est-ce que je risque ?

— On peut lancer une étude sur le restaurant, situation comptable et fiscale, rentabilité. À Saint-Malo, le mètre carré n'est pas donné. Tu pourrais toujours accepter et revendre ensuite.

Alexis avait été extrêmement froid et d'un pragmatisme chirurgical. Je me demandais parfois s'il avait le moindre sentiment dans les dossiers dont il s'occupait. Chaque dossier était un cas juridique, comme s'il traitait un problème de mathématiques en appliquant des théories apprises en cinquième.

— Je ne pourrai pas revendre si elle est associée à 50 %, lui avais-je fait remarquer.

— Certes. Mais, si tu prouves que tu as investi massivement et qu'on borde le sujet avec un contrat bien ficelé, aucun juge ne tranchera en sa faveur. Honnêtement, c'est une bonne façon de se faire du cash rapidement.

— Honnêtement ? avais-je ri. Alexis, je n'ai pas envie de tremper dans ce genre de magouille.

— C'est légal. Rappelle-toi que c'est elle qui te sollicite. Tu es en position de force pour négocier. Cette fille a peut-être été un grand espoir, mais elle a claqué la porte. C'est comme parier sur une carne qui a été blessée et qui veut gagner le Prix d'Amérique.

Ma conversation avec Alexis tournait en boucle. Le cœur, la raison et un paquet de nœuds au cerveau. Adèle me touchait, mais cette histoire de restaurant brouillait mes repères habituels. Elle était en train de me rendre cinglé.

Je passai le week-end à ruminer, songeant alternativement à Sophie, à ma fille et à Adèle. Le lundi, encore tiraillé par ma conversation avec Adèle, je pris le train en direction de Rennes. Je me plongeai dans mes dossiers, espérant qu'ils me distraient suffisamment.

À mon arrivée, une voiture de l'usine m'attendait. Le directeur, nouvellement recruté, était nerveux, et je le vis jouer avec le nœud de sa cravate plusieurs fois.

— Détendez-vous, ce n'est qu'une inauguration, lui dis-je en consultant les derniers résultats financiers.

— Je crois que Le Bihan veut faire un coup d'éclat.

Il me jeta un coup d'œil paniqué et finit par desserrer totalement sa cravate.

— On prépare un communiqué de presse, et j'ai rendez-vous avec la presse régionale ce soir. Tout se passera bien.

— La presse est déjà là, souffla-t-il.

— C'est normal. Enlevez votre cravate. De quoi ai-je l'air si vous en portez une, et moi non ? Contentez-vous pour aujourd'hui de serrer des mains et de faire des sourires, je gère le reste.

— Vous repartez à quelle heure ?

— Après 18 heures.

La fin du trajet se passa dans le silence le plus complet. Je fis comme si je ne devinais pas les vagues successives de nervosité émanant de mon collaborateur. Lorsqu'on arriva dans la zone industrielle qui menait à l'usine, je compris pourquoi il était si mal à l'aise. Des dizaines de photographes cernaient l'entrée, et une foule massive et bariolée nous attendait.

— On peut encore annuler, proposa le directeur.

— Hors de question, ils finiront par se lasser. On passe la grille et on tient le programme.

Que les délégués syndicaux soient en colère était compréhensible, mais cette foule amassée s'apparentait plus à une tribu de curieux. Je rangeai mes dossiers et, une fois dans l'enceinte de l'usine, je sortis de la voiture.

Le programme débuta comme prévu, et je saluai un à un les chefs d'équipe en les remerciant de leur travail. En milieu de matinée, en présence de deux photographes – un de la presse et un commandé par notre direction de la communication – je signai l'accord sur la nouvelle organisation du temps de travail.

Dès que ce fut terminé et à l'abri des regards, je parlai à Le Bihan.

— Vous avez rameuté les troupes ? l'interrogeai-je, les yeux rivés aux siens.

— J'aurais bien aimé. Mais ça ne vient pas de moi, sourit-il.

— Alors, qui sont ces gens ?

— Vous devriez lire la presse locale, on parle de vous. Mais avant, allons inaugurer ce nouveau bâtiment.

Quelque chose m'échappait, et je détestais être pris au piège. Le Bihan me cachait des informations et jubilait de mon ignorance. Je me tournai vers une jeune femme et sèchement lui intimai de me trouver le journal du jour. Elle quitta la pièce à vive allure, avant de réapparaître quelques minutes plus tard, mal à l'aise.

Il ne me fallut que quelques secondes pour comprendre la situation. Je me surpris à sourire, ma colère s'évanouissant dans l'instant. Adèle Duval se révélait plus redoutable que je ne l'avais imaginé.

— Prêt ? me demanda le directeur.

— Je vous suis, annonçai-je en repliant le journal.

Dans le dédale de couloirs qui me menait au nouveau bâtiment, je souriais toujours, étouffant même un rire, tellement la situation était irrésistible. Les employés m'attendaient, assis à leur poste de travail. J'avais tellement étudié le plan de ce bâtiment que j'en connaissais le moindre recoin.

Après avoir slalomé entre les différents pôles de montage de drones, je me retrouvai sur une petite estrade devant un micro.

— Merci à tous de votre présence et votre investissement dans cette entreprise. Ces nouveaux locaux représentent une véritable opportunité d'essor. Je compte sur vous pour mener à bien nos nouveaux projets, dans un esprit d'innovation et de qualité française.

Je quittai l'estrade rapidement, surprenant même mon auditoire. Il y eut une seconde de silence stupéfait devant la brièveté de mon intervention, puis la foule applaudit et se dirigea vers le buffet installé pour les employés. J'échangeai quelques mots polis avec les salariés et soignai mon relationnel avec mes investisseurs institutionnels. Je bus une gorgée d'une coupe de champagne et avalai un petit-four à base de foie gras.

— Nous sommes vraiment ravis de vous accompagner dans votre développement, me lança le président de région en me serrant la main.

— Plaisir partagé. Je suis certain que nous aurons l'occasion de fêter de nouveaux contrats prochainement. Si vous voulez bien m'excuser, j'ai un coup de fil à passer.

— Bien sûr. Nous nous voyons pour le déjeuner ?

— Tout à fait.

J'avais fait tout mon possible pour ne pas donner l'air d'un gamin trépignant sur place, je doutais pourtant d'avoir vraiment donné le change. Depuis que j'avais lu l'article dans le journal, je brûlais de joindre Adèle. J'avais eu tort de ne pas me méfier et d'oublier qu'elle avait gagné un concours télévisé. Elle avait de l'ambition. Mieux que ça : elle était déterminée.

Je remontai le couloir d'un pas rapide et trouvai un bureau vide. Je composai le numéro d'Adèle qui, à ma grande surprise, décrocha dès la première sonnerie.

— Je crois que je vous ai sous-estimée, Adèle, lançai-je avec un rire.

— On apprend toujours de ses erreurs, non ?

— Je ne pensais pas que vous médiatiseriez votre histoire et celle de votre restaurant.

— Ce n'est pas encore mon restaurant. Mais puisque vous ne me laissez pas le choix, en effet, j'en parle.

— Je n'avais pas compris que nous étions en pleine négociation, dis-je en parcourant l'article des yeux. Tout comme je ne me souviens pas vous avoir proposé cette collaboration après avoir dégusté vos créations. On frôle la diffamation.

— Je sais que votre meilleur ami est avocat. Mais je ne vous nuis pas, ni à votre entreprise. Remballez vos poursuites judiciaires.

— Parce que vous pensez que me mettre au pied du mur me fera changer d'avis ?

— Ça. Et goûter à ma cuisine.

— Je repars à 18 heures, je n'ai pas franchement le temps d'un aller-retour à Saint-Malo.

— C'est ce que je me suis dit aussi. Vous devriez sortir de votre bureau. Je vous ai gardé une assiette.

— Je vous demande pardon ?

— Je vous invite, Arnaud.

Elle raccrocha, et je restai figé dans ce bureau inconnu, me demandant comment j'avais pu perdre la main aussi vite. Je jetai un coup d'œil à ma montre. J'avais un déjeuner avec des banquiers et des investisseurs. J'avais déjà loupé le buffet pour Adèle, je ne pouvais pas en plus annuler des rendez-vous professionnels pour elle.

Pourtant, en sortant du bureau, je ne retournai pas vers l'atelier. À la place, je sortis du bâtiment et longeai les grilles de clôture jusqu'à atteindre l'entrée principale. La foule de curieux s'était encore densifiée et s'agglutinait maintenant autour d'une camionnette hors d'âge.

Derrière le comptoir, je repérai Adèle, tout sourires, habillée d'une tenue de cuisine noire. À ses côtés, un vieux monsieur distribuait des assiettes en carton, pendant que des journalistes mitraillaient. Je les regardai faire pendant de longues minutes, à la fois épaté et désarçonné.

Adèle finit par lever les yeux vers moi et m'adressa un petit signe de la main. Je risquai un sourire à la femme qui était en train de bouleverser, avec méthode, tout mon programme de la journée. J'approchai, sentant le poids des regards de la foule sur moi. Adèle avait été assez polie pour ne pas dévoiler l'état de nos relations, mais je redoutais son côté stratège.

— Merci de l'invitation, dis-je en approchant d'elle.

Elle me tendit une assiette, garnie d'un petit club-sandwich et d'une verrine. Autour de moi, la foule dégustait avec plaisir ses plats, la remerciant avec chaleur.

— Vous vouliez qu'on se revoie, non ? fit-elle.

— Je n'avais pas imaginé que nous aurions du public, pour être franc !

— Je me suis contentée d'appliquer le plan Lagardère.

Ses yeux noisette pétillaient de joie, et sa fossette refaisait son apparition, lui donnant un air mutin. Sanglée dans son tablier, les cheveux parfaitement attachés, Adèle n'était plus la même femme. À croire qu'elle avait revêtu son costume personnel de super-héroïne.

— Le quoi ? demandai-je, perdu.

— J'ai repensé à ce que vous m'avez dit. Vous savez, au sujet de la rentabilité, des ratios utiles et des chiffres de manière générale.

— Adèle...

— La cuisine, c'est définitivement mon truc. Vous aviez des doutes sur moi, je vous propose de les lever. Et, concernant les chiffres, si ça vous va, je vous en parle ce soir, autour d'un dîner au restaurant.

Mon assiette à la main, j'étais de plus en plus décontenancé. De toute ma vie, jamais on ne m'avait autant défié. J'aurais dû la détester pour ça mais, évidemment, son tempérament de feu m'attirait encore plus.

Elle approcha de moi, confiante et sereine. À cette distance, je devinais les parfums de sa cuisine et les quelques taches de rousseur qui parsemaient ses joues. Je résistai à l'envie de repousser la mèche égarée de son chignon qui barrait son front et laissai mes yeux naviguer jusqu'à ses lèvres.

— Je vous invite, répéta-t-elle.

— Vous savez que j'ai prévu de rentrer sur Paris en fin de journée ?

Elle s'humecta les lèvres.

— Oui. On m'a dit que vous aimiez les surprises.

— Tout dépend. Disons que les vôtres sont... épiques.

— Je cuisinerai pour vous, promit-elle.

À son tour, ses yeux se braquèrent sur mes lèvres. Cela ne dura qu'une courte seconde, mais cela suffit à réduire en cendres mes dernières résolutions. Elle avait définitivement flingué mon programme de la journée.

Voire même de la semaine.

Chapitre 13

— Il te faut une camionnette.

Tout avait commencé avec cette affirmation de ma meilleure amie. Après que je lui avais fait mon récit, pas franchement glorieux, de mes conversations avec Arnaud, Elisa avait décidé qu'il fallait être plus offensive.

— Une camionnette ?

— Tu vas lui faire une Lagardère, avait-elle précisé en dégustant un hamburger maison avec des pommes de terre soufflées.

Son nouveau traitement lui avait redonné des couleurs, et elle affichait un moral d'acier et une énergie débordante. À moins que ce ne soit moi, qui affiche un moral en berne et de sérieux doutes sur ma vie.

— Ce truc est délicieux. Tu m'en referas !

— Sans problème. Tu ne voulais pas qu'on écrive aujourd'hui ? J'avais noté Mark Webb pour la fin atroce de *(500) jours ensemble* et les scénaristes de *Game of Thrones* ? Il nous reste aussi le réalisateur de *Remember Me*, pour qui nous avions prévu une lettre piégée. Tu as une préférence ?

Elisa m'adressa un regard incrédule et termina son burger en deux bouchées gourmandes. Elle s'essuya les lèvres et se redressa dans son lit, époussetant les quelques miettes qui ornaient son couvre-lit.

— On va monter un plan.

— Un plan ?

— Pour la Lagardère. Si Arnaud Langlois ne vient pas à toi, il faut que tu ailles à lui. Il faut le mettre au pied du mur, Adèle.

— Ce n'est pas si simple, objectai-je.

— Bien sûr que si ! Ce burger était parfait. Et ces pommes de terre soufflées ? J'ai regardé suffisamment d'émissions de cuisine pour savoir qu'il faut être sacrément doué pour savoir faire ça. Il a émis des doutes sur toi, non ?

— En effet. Qui pourrait lui en vouloir ?

— Tu sais cuisiner, Adèle. Tu es faite pour ça. Tu donnes du plaisir à des gens grâce à ça. Et ce n'est pas parce qu'un abruti de parisien refuse de l'entendre que tu dois abandonner. Merde, Adèle, tu es en position de force !

J'avais passé les derniers jours à chercher un moyen de m'en sortir. Arnaud refusait de comprendre et ne voulait pas s'impliquer. Quant à moi, je tremblais comme une feuille dès qu'il s'agissait de l'affronter. Il avait raison sur l'aspect économique du restaurant, comme il avait raison sur le fait que je n'avais rien cuisiné depuis des mois. Ce burger était presque un aboutissement.

— Je ne vais quand même pas le forcer à coopérer ?

— Que t'a-t-il dit la dernière fois ?

— Qu'il était d'accord pour qu'on se revoie. Mais pas pour parler du restaurant.

Je baissai les yeux sur mes mains. En cuisine, je savais faire un sabayon parfait, je pouvais utiliser une mandoline les yeux fermés et je réussissais mes caramels du premier coup. Je maîtrisais la prise de risques. Mais, dès qu'il s'agissait de relations humaines, j'étais lamentable.

— Il te drague ? s'écria Elisa, hilare.

— J'ai l'impression. Il a dit que je lui plaisais, ajoutai-je en haussant les épaules.

— Mais c'est génial ! Il faut que tu joues sur ton charme et ton art de la séduction !

— Mon quoi ?

Je ne savais pas si je devais rire ou pleurer. Elisa avait l'air tellement sûre d'elle. Elle termina ses pommes de terre avec un sourire ravi, puis ouvrit avec délicatesse la crème brûlée que j'avais préparée pour elle.

— Écoute, tant que cet Arnaud n'est pas totalement braqué contre toi, tu as une carte à jouer. Il faut le séduire.

— Ça ressemble à de la manipulation, contrai-je.

— Et ? Il y a une sorte de code éthique dans le monde de l'entreprise ? La seule question que tu dois te poser, c'est : est-ce que tu veux vraiment reprendre ce restaurant ?

— Bien sûr que oui !

J'avais acquis cette certitude après mon déjeuner avec Arnaud. J'étais rentrée à Saint-Malo, j'avais rejoint le restaurant et j'étais restée assise pendant des heures, face à l'îlot de cuisine.

— Alors montre-le-lui. Tu as gagné un concours, Adèle, tu as ébloui des grands chefs, tu as ensuite brillé au Bristol. Tu n'as pas à jouer un rôle, tu dois juste être toi ! Combative, forte, déterminée. Et fournisseuse officielle de crème brûlée à ta meilleure amie !

— À t'entendre, c'est simple !

— Je n'ai pas dit que c'était simple, mais que c'était faisable. Épate-le ! Montre-lui la Adèle qui n'a peur de rien et réalise le meilleur dessert du monde ! Et en plus, soyons honnêtes, il vaut mieux frayer avec lui qu'avec un vieux ventripotent et libidineux.

Cette perspective me tira un frisson d'effroi, mais je répondis aussitôt à Elisa :

— Je ne fais pas ça, dis-je en secouant la tête.

— Quoi ?

— Mélanger le boulot et le plaisir.

— Argument recevable. Quand le mec ressemble à Mr Bean. Ce qui n'est pas le cas d'Arnaud. J'ai vu quelques photos, c'est plus que convaincant.

— Arrête ! râlai-je.

— Que j'arrête ? Adèle, il te drague ouvertement, tu as des arguments pour le convaincre ! S'envoyer en l'air n'a jamais fait de mal à personne !

Je n'eus pas le temps de m'imaginer intime avec Arnaud car la porte de sa chambre s'ouvrit, laissant apparaître le Dr Nédellec, arborant un sourire entendu : il n'avait pas perdu une miette de notre conversation animée. Elisa tenta de camoufler son dessert sous son drap, et sa honte sous son lit, mais c'était trop tard. Le médecin m'adressa un regard sévère, pendant que sa patiente se tamponnait les lèvres avec une serviette en papier.

— Le moral compte dans la guérison, rappelai-je.

— Je sais. Je suis juste déçu de ne pas avoir droit à mes repas gastronomiques, moi aussi.

— J'y penserai, promis-je avec un sourire.

Le médecin vérifia les constantes d'Elisa et lui posa quelques questions de routine. Cette dernière y répondit avec patience et, pendant quelques minutes, j'eus la sensation de gêner. Ce n'était pas tant l'aspect médical qui m'embarrassait que la manière dont le médecin regardait Elisa, avec tendresse et intérêt.

— Toujours aussi combative, conclut-il.

— J'ai encore des centaines de lettres à écrire, répondit Elisa en me désignant d'un geste du menton.

— Vous avez surtout une belle vie devant vous. Je suis certain qu'on trouvera un donneur rapidement. Je vous laisse. Mademoiselle Duval, on n'oublie pas les horaires, d'accord ?

— Sans faute, assurai-je.

— On doit finir notre plan Lagardère, expliqua Elisa.

Je la regardai, rayonnante, tout sourires et pleine d'enthousiasme, et réalisai alors que je n'avais pas le droit d'abandonner. Joséphine me donnait un restaurant, je savais cuisiner. Arnaud Langlois était un obstacle, certes, mais je pouvais le contourner. Je le séduirais, comme l'avait suggéré Elisa, à ma façon, en démontant tous les arguments qu'il m'avait opposés. Je n'avais aucune raison de me plaindre, ni de me morfondre. Joséphine me faisait un cadeau empoisonné… mais, un cadeau. Et mieux valait Arnaud Langlois – sexy et intelligent – qu'un idiot de banquier à qui j'aurais dû fournir des garanties impossibles.

Je plaisais à Arnaud, je devais en tirer parti pour l'amadouer et le convaincre.

— Je vais faire comme si je comprenais, rit le médecin en se dirigeant vers la porte. Bonne soirée à vous deux !

— Docteur Nédellec ?

Il pivota vers moi, avec ce petit sourire complice que je reconnaissais maintenant. Je me promis de lui rapporter son poids en crème brûlée s'il répondait correctement à ma prochaine question.

— Vous auriez une camionnette ?

Dans les jours qui suivirent, je travaillai sans relâche à préparer des bouchées à emporter. Arnaud, sans le vouloir, m'avait confié une information d'importance : il serait à Rennes le lundi suivant pour inaugurer un nouveau bâtiment.

C'était l'événement parfait pour convoquer la presse et annoncer qu'il serait mon nouveau partenaire financier. Le journaliste local, à qui j'avais demandé de venir, frétillait sur son fauteuil, ravi de son double scoop : le développement financier de l'entreprise Langlois et le retour à la cuisine d'Adèle Duval.

— Donc, c'est dans ce restaurant que vous allez proposer une nouvelle carte ? me demanda le journaliste.

— Je vais repenser le concept. Je veux proposer une cuisine simple, de saison et abordable, loin des standards des palaces.

— Et pourquoi Arnaud Langlois ?

— Il est profondément attaché à la région, et c'est un homme d'affaires pragmatique. Il est venu déjeuner au Bristol, et nous avons tout de suite noué une relation complice et sincère. En acceptant cette collaboration, il m'a assuré qu'il me laisserait carte blanche sur la créativité.

— Savez-vous quand vous ouvrirez ?

— Dès que possible.

Je n'avais pas menti. J'avais juste énoncé des faits qui, mis bout à bout, donnaient une interprétation légèrement différente de la réalité. J'avais affiché un air sérieux et déterminé, je savais que la presse raffolait de ce genre d'annonce.

— Et, pour fêter cette collaboration, je proposerai une dégustation gratuite, en face de l'usine Langlois, ce lundi.

Du bluff. Je n'avais toujours pas la camionnette qui

devait me permettre une dégustation façon *food-truck*. Ce plan venait d'Elisa, que je découvrais aussi stratège qu'Alexandre le Grand. En agissant ainsi, je mettais Arnaud au pied du mur et je m'attirais les faveurs du public. Refuser de m'aider serait pris comme une trahison.

Je remerciai le journaliste et le raccompagnai à la porte du restaurant. Je reprenais mes tests culinaires quand des coups furent frappés à la porte. Armel colla son visage ridé à la vitre, vérifiant si le lieu était vide. Je m'essuyai les mains sur mon tablier et filai lui ouvrir.

— Oui ? fis-je alors qu'il entrait dans le restaurant.

— Il faut que tu m'aides. Gildas lance un débat pour la campagne, et je dois préparer un nouveau discours.

Mes travaux de cuisine avaient passablement esquivé mes projets précédents. Si Joséphine faisait une pause dans la retranscription de ses recettes et Sonia travaillait à la mise en pages de son book, Armel, lui, menait toujours sa guerre intestine contre son ennemi de toujours. Je n'avais pas pris de nouvelles depuis plusieurs jours, et j'avais devant moi un Armel affolé et nerveux.

— Armel, je n'ai pas trop le temps, là.

— Il faut que tu m'aides, Adèle. Le premier discours a fait sensation. Surtout cette histoire de bal et de course contre la marée. Maintenant, il faut que j'enfonce le clou contre ce crétin, dit-il en enfonçant avec conviction le poing dans le creux de sa paume.

Je l'écoutais d'une oreille, retournant derrière l'îlot pour effeuiller un artichaut. Je n'avais que peu de temps pour mettre mon plan à exécution et je ne voulais pas me faire surprendre par la fin de la journée.

— C'est un débat, Armel, vous avez juste à lister vos propositions et à les marteler avec conviction.

Je pris un citron et le découpai en quartier. J'arrosai le fond d'artichaut et le laissai mariner quelques minutes. Puis j'émincai les champignons frais et fis frire les fines lamelles quelques secondes.

— Bien. Donc, le bal et la course. Autre chose ? demanda Armel.

— C'est votre campagne, vos idées. Je ne peux pas vous aider plus ! Et, comme vous pouvez le voir, je suis un peu occupée !

— C'est ce que je vois. Tu as un dîner prévu ? Tu rouvres le restaurant ?

— Pas pour le moment. Je tente de convaincre le gestionnaire d'investir. Sans lui, je ne pourrai pas rouvrir.

Armel sembla vaguement concerné, mais je sentais que cette histoire de débat le tourmentait. Après avoir déposé mes lamelles de champignon dans une assiette, je désossai un poulet pour préparer un bouillon de volaille. Cela me permettrait de donner un peu plus de saveur à mon velouté d'artichaut. Armel me regardait, les mains dans les poches de sa salopette bleue, silencieux, pendant que mes doigts s'agitaient sur le plan de travail.

— J'aurais dû te rapporter de l'araignée de mer, j'en ai péché vingt kilos ce matin.

— Ah oui, vous auriez dû. Mais vous pouvez encore le faire maintenant, et cela vous laissera le temps de réfléchir sur la route à votre débat !

La perspective d'obtenir des araignées à l'œil me tira un sourire. C'était exactement ce dont j'avais besoin pour agrémenter mes club-sandwichs. Avec de l'avocat, une touche de citron et de la roquette craquante, cela pouvait être parfait. Le pain ferait l'objet d'une commande chez le boulanger : je n'avais définitivement pas le temps pour ça.

— Tu veux que j'y aille maintenant ? fit-il, mal à l'aise.

— Plus vite vous serez revenu, plus vite on pourra reparler de votre programme, l'encourageai-je.

— Je reviens avec la camionnette.

Je m'arrêtai et relevai des yeux brillants de joie sur Armel. Évidemment. Il avait une camionnette. Les pièces du puzzle s'emboîtaient peu à peu. Je me surpris à sourire, ravie de mon idée un peu folle.

— Armel ? l'interpellai-je avant qu'il sorte.

— Oui ?

— C'est la camionnette que vous avez achetée pour narguer Gildas ?

Son regard se durcit, et il referma la porte pour s'approcher de moi, l'index tendu. J'allais avoir droit à ma séance de rectification d'histoire, selon Armel. Je retins un rire, réalisant qu'inconsciemment j'avais déjà donné l'argument clé pour convaincre Armel.

— C'est lui qui a acheté le même modèle après moi ! gronda Armel. J'avais eu l'idée d'un camion à pizza, et cet idiot m'a imité !

— Alors, il est équipé ? demandai-je, pleine d'espoir.

— J'ai juste mis deux frigos et une plaque de cuisson. Je m'en sers pour partir en vacances. D'ailleurs, l'an dernier, j'ai arpenté la côte et…

— Armel, vous faites quoi lundi ?

Le lundi matin, je retrouvai Armel devant le restaurant. Il m'aida à charger toutes mes préparations et eut l'élégance de ne pas me faire remarquer que j'avais une mine marquée par la fatigue. J'avais cuisiné une partie de la nuit pour préparer cette dégustation et anticiper le repas suivant. La dégustation de ce midi ne serait qu'un amuse-bouche – à tout point de vue –, le challenge était dans le dîner.

Parce que je dormais, la petite heure de route entre Saint-Malo et Rennes passa comme dans un souffle. Armel me réveilla avec délicatesse quand le camion fut garé devant l'usine. Je jubilais déjà, imaginant la tête stupéfaite d'Arnaud. Durant toutes nos conversations, il avait toujours eu une longueur d'avance sur moi. Cette fois, c'était moi qui menais le jeu.

Comme je le faisais avant.

Pour la première fois depuis longtemps, cette perspective ne m'inquiétait pas. J'étais en position de force, je cuisinais et je savais pourquoi je le faisais.

Rameuter la presse avait été une idée d'Elisa. Au vu de la foule devant la grille d'entrée, cela avait fonctionné. À 11 h 30, Armel leva la paroi latérale du camion et s'empressa de mettre des affiches artisanales, parfaitement manuscrites, appelant à son élection et soutenant la réouverture du restaurant.

— Quoi ? Au moins, il ne peut pas se vanter de t'avoir aidée sur ce coup-là ! se défendit-il.

— C'est vrai, admis-je. Mais vous croyez vraiment que ces gens vont voter ?

— Eux, peut-être pas. Mais pense aux photos dans le journal ! Tu es mon volet économique dans cette élection !

— Vous voulez être maire ou président du comité des fêtes ?

— Et toi, tu veux t'assurer de belles soirées en plein hiver ? Où crois-tu que je vais organiser mes réunions ? Et mes soirées bridge ?

J'éclatai de rire, aidant finalement Armel à scotcher ses affiches sur sa camionnette. C'était du bricolage et plutôt rudimentaire comme dégustation, mais c'était sûrement celle dont j'étais le plus fière. J'offris mes club-sandwichs avec le sourire, me régalant des compliments qu'on me faisait. Armel distribua des verrines de velouté aussi adroitement que possible.

C'était exactement ainsi que j'avais toujours voulu cuisiner : en faisant plaisir et en étant fière de moi.

L'appel d'Arnaud fut aussi inespéré qu'attendu. Son ton conciliant me rassura. Je savais que mon coup d'éclat dans la presse était aussi un coup de poker : soit il acceptait de discuter, soit il rompait définitivement tout lien. Aussi, c'est le cœur trépidant et la voix hésitante que je répondis.

— Je crois que je vous ai sous-estimée, Adèle.

Son rire me soulagea. Il acceptait donc de discuter. La chape de plomb sur mes épaules s'évapora soudainement, et mon cœur retrouva un rythme normal. C'était le moment d'abattre mon jeu et de ne plus me laisser impressionner par l'enjeu.

Je devinai qu'il sortait du bâtiment avant de le voir et je me fis violence pour ne pas lever les yeux sur lui dans l'instant. Le corps tendu, le regard rivé sur la foule, je me concentrai sur ma distribution. Je voulais qu'il constate, qu'il comprenne, seul, que j'aimais la cuisine plus que tout.

Après de longues minutes, je lui adressai un vague signe de la main. Il me sourit, et mon cœur accéléra, comme s'il m'encourageait à rejoindre Arnaud au plus vite. Il avait encore une fois une tenue décontractée : un jean brut parfaitement ajusté, une chemise immaculée et un veston gris, sans manches, qui mettait en valeur ses épaules carrées.

— Merci de l'invitation, murmura-t-il en approchant de moi.

Je lui tendis son assiette, l'invitant silencieusement à goûter. Si cette première mise en bouche lui convenait, le dîner à venir serait moins insurmontable. Je détaillai sa barbe de trois jours et ses traits tirés. Arnaud ne ressemblait en rien à un puissant P-DG.

— Vous vouliez qu'on se revoie, non ? lui demandai-je.

— Je n'avais pas imaginé que nous aurions du public, pour être franc !

Il me scruta avec intensité, m'embarrassant et embrasant mes joues. Ça n'avait rien à voir avec le regard froid et professionnel qu'il m'avait adressé dans son bureau. Une ombre de sourire persistait sur ses lèvres, et ses yeux gris acier me détaillaient avec intérêt, dissipant mes peurs. Si j'avais mis immédiatement Arnaud dans la case des hommes séduisants, il entrait maintenant dans une case beaucoup plus petite et que je veillais à verrouiller autant que possible : les hommes qui me plaisaient.

Son seul regard suffisait à me rassurer, comme s'il m'enveloppait dans ses bras et faisait barrage au reste du monde. Malgré la foule, c'était juste lui et moi, bercés par le vent frais breton, saturés d'une tension nouvelle et électrique, désormais liés par un destin commun.

— Je me suis contentée d'appliquer le plan Lagardère.

— Le quoi ? demanda-t-il, déstabilisé.

— J'ai repensé à ce que vous m'avez dit. Vous savez, au sujet de la rentabilité, des ratios utiles et des chiffres de manière générale.

— Adèle…

— La cuisine, c'est définitivement mon truc, le coupai-je. Vous aviez des doutes sur moi, je vous propose de les lever. Et, concernant les chiffres, si ça vous va, je vous en parle ce soir, autour d'un dîner au restaurant.

Devant son silence, je réduisis l'espace entre nous. Arnaud ne cilla pas, me laissant approcher à une distance intime. Le souffle court et le sang pulsant d'adrénaline, je résistai péniblement à l'envie soudaine d'ouvrir le premier bouton de sa chemise. J'ignorais pourquoi cela me fascinait si soudainement. Peut-être était-ce son regard métallisé se promenant sur mon visage.

— Je vous invite, murmurai-je.

— Vous savez que j'ai prévu de rentrer sur Paris en fin de journée ?

— Oui. On m'a dit que vous aimiez les surprises.

— Tout dépend. Disons que les vôtres sont... épiques.

Je jouai ma dernière carte, celle qui m'avait fait gagner de nombreuses fois dans le passé, celle qui faisait céder les plus récalcitrants.

— Je cuisinerai pour vous, assurai-je.

À son sourire, je sus que j'avais encore gagné.

Chapitre 14

Je cuisinerai pour vous.

J'avais passé la majeure partie de mon déjeuner à repenser à ma conversation avec Adèle et à son corps si près du mien. De fait, j'avais loupé certains sujets et je m'étais parfois contenté de hocher la tête pour éviter de me faire remarquer. J'étais désarçonné par ce qui m'arrivait. Avais-je déjà été aussi perturbé par une femme ? Même Sophie, aux premières heures de notre histoire, ne m'avait pas autant touché.

Sa nouvelle confiance en elle rendait Adèle encore plus attirante. Sa conviction, son enthousiasme, son rire, ses promesses... Tout me donnait envie d'en savoir plus sur elle. Et son visage... Je n'étais pas contre l'idée de le parcourir encore et encore pour essayer d'en découvrir les secrets. Car c'était exactement ce qu'était Adèle : un secret bien caché sous un masque de bonne humeur.

Je passai l'après-midi à l'usine, visitant les ateliers en faisant mon possible pour me concentrer.

— Alors ? Vous allez réellement investir dans ce restaurant ? me demanda le directeur de l'usine alors que nous nous installions à son bureau.

— Je réfléchis encore.

— C'est une diversification audacieuse, reprit-il. En même temps, miser sur Adèle Duval est sûrement un bon pari. J'ai entendu dire qu'elle était très douée.

— Elle l'est, approuvai-je. C'est une fille brillante.

— Brillante mais fragile, non ? On m'a parlé de dépression.

— Vous ne devriez pas vous fier à ce que vous lisez dans la presse, lui conseillai-je.

Comme lors de ma rencontre avec son ancienne collègue du Bristol, je n'avais pas pu m'empêcher de monter au créneau pour défendre Adèle. Tous ces gens se permettaient de juger, sans connaître le fond de l'histoire. Cela m'écœurait.

— Elle a quand même quitté un poste prestigieux !

— Elle a fait des choix. Je lui laisse le bénéfice du doute.

Je lui mentais et je me mentais aussi. Adèle avait eu bien plus que le bénéfice du doute. Ce que j'avais mangé ce midi avait achevé de me convaincre. Son plaidoyer était inutile : ses plats parlaient pour elle. Elle était faite pour cuisiner.

— On devrait se concentrer sur le business plan, qu'en dites-vous ? proposai-je pour couper court.

En fin d'après-midi, je négociai la possibilité de garder la voiture de service, prétextant l'envie de conduire. Le directeur accepta et fut ravi de me voir déguerpir à l'heure prévue. Sur la route, une pluie fine m'accompagna jusqu'à ce que Saint-Malo et ses fortifications se dévoilent à l'horizon.

Je vérifiai l'adresse du restaurant sur mon téléphone et réservai un hôtel pour la nuit. Dans la mesure où j'avais passé mon après-midi à être distrait après une conversation de deux minutes avec Adèle, je me doutais qu'une soirée entière avec elle m'empêcherait de conduire sereinement jusqu'à Paris. Je rejoignis l'hôtel et profitai de ma chambre pour prendre une douche rapide. Devant le miroir, je regrettai de ne pas avoir emporté de veste.

Je tirai sur mon veston pour effacer quelques plis disgracieux et défis les boutons de manche de ma chemise. Le reflet de mon visage couvert d'un début de barbe me tira une grimace. J'avais les traits tirés par la fatigue.

Je gagnai le restaurant à pied, ignorant les nuages gris qui se rassemblaient au-dessus de la plage. Devant la porte, j'hésitai à frapper contre la vitre. Si des parfums alléchants me parvenaient, je n'entendais quasiment rien.

Un coup d'œil nerveux à ma montre, une main dans mes cheveux, un dernier coup d'œil à mon reflet dans la vitre… Adèle m'attendait et, avec mon cœur battant comme celui d'un adolescent, je me sentais ridicule.

Je repensai furtivement à Alexis me parlant du coup de foudre et me fustigeant pour mon mariage trop tranquille. Il aurait ricané de me voir si angoissé par un simple dîner. Il m'avait reproché de refuser la passion, de me complaire dans la routine… Et voilà que j'étais à Saint-Malo, pour dîner avec une femme énigmatique, attirante et brillante. Même ici, il me semblait entendre la voix de mon meilleur ami : « tu n'as aucune chance, Ducon ».

C'est elle ma chance, songeai-je en frappant contre la vitre.

Adèle ouvrit la porte et apparut, frottant ses mains sur son tablier bleu foncé. Elle m'adressa un petit sourire et s'écarta pour me faire entrer. Un parfum agréable embaumait le petit restaurant, et mon ventre se réveilla.

— Monsieur Langlois, lâcha-t-elle en désignant la salle du restaurant.

— Vous savez, je pense qu'on peut définitivement passer au prénom.

— Bien. Si vous voulez, Arnaud.

Elle tendit la main dans ma direction, prête à sceller cette nouvelle étape dans notre relation.

— On pourrait s'embrasser aussi, lançai-je.

Le doute flotta dans le regard d'Adèle ; mon sous-entendu était voulu. J'avais été très clair avec Adèle sur mes intentions, elle n'aurait pas dû être surprise. Elle se contenta de sourire et, après une courte hésitation, garda tout de même la main tendue.

— C'est un dîner professionnel, expliqua-t-elle. Peut-être plus tard !

Je pris sa main dans la mienne avec regret. Elle aussi avait été très claire sur la manière dont elle gérait ses relations. Une idée désagréable me percuta quand elle libéra ma main : peut-être qu'elle avait déjà quelqu'un dans sa vie. Ce qui faisait de moi le plus grand perdant de l'année.

— J'espère que vous avez faim, lança Adèle.

— Mon déjeuner a été plutôt… léger.

Elle avança dans la salle, me laissant la suivre. Elle tira un haut tabouret qui faisait face à un îlot de cuisine. Surpris, je marquai un temps d'arrêt, avant de m'installer.

— Vous vous attendiez à une petite table romantique avec une bougie artificielle ? fit Adèle, sans retenir une pointe de sarcasme dans la voix.

— Croyez-moi, ce n'est pas si souvent qu'une femme privatise un restaurant pour discuter avec moi.

Je jetai un coup d'œil distrait au lieu. Avec ses tables en bois sombres et sa décoration typiquement malouine il donnait la sensation d'avoir été figé dans le temps. Quelques photos en noir et blanc, regroupant la même bande d'amis, ornaient les murs. Adèle avait pris soin d'installer nos deux couverts côte à côte, dans une ambiance certes intime, mais pas franchement romantique.

— Cela étant, vous m'avez fait sortir deux fois de mon bureau pour déjeuner et vous m'avez invité deux fois en moins de quarante-huit heures. Je me dis que je ne devrais pas être surpris de sortir de mes repères habituels.

Adèle se glissa derrière l'îlot, et je devinai l'ombre d'un sourire fier sur ses lèvres. Me faire venir ici était déjà une victoire pour elle. La joie lui allait comme un gant, son visage rayonnait.

— Ça vous plaît, n'est-ce pas ? lui demandai-je.

— Quoi donc ?

— D'avoir réussi à me faire venir ici, de m'installer face à vous, de...

— De ruiner vos fantasmes ? continua-t-elle en sortant deux assiettes immaculées d'un placard.

— D'être aux commandes, rétorquai-je aussitôt.

— Parce que c'est plutôt votre truc, c'est ça ? En tant qu'homme et en tant que P-DG, vous aimez donner des ordres et surtout, vous aimez avoir le contrôle, non ?

Je la dévisageai de longues secondes, réfléchissant à ses suppositions. C'était vrai : j'avais toujours eu le contrôle sur ce que je faisais. J'ordonnais et d'autres exécutaient. C'était si naturel que je n'y faisais même plus attention.

— Vous me prenez pour un type arrogant ? lui demandai-je, un peu vexé.

— Je sais que vous êtes un type arrogant.

— Et pourquoi ça ?

— Parce que vous êtes venu ici avec votre joli sourire et vos bonnes manières avec une idée derrière la tête. Idée qui n'est pas la même que la mienne.

— Je pourrais peut-être vous faire changer d'avis, tentai-je.

— Vous voyez ? Une légère arrogance.

Je ne répondis rien, absorbé par le mouvement parfaitement synchronisé de ses mains. C'était fascinant. Avec application, elle déposa des morceaux de calamar dans des assiettes creuses, avant de les noyer dans un bouillon parfumé. Elle ajouta une feuille de coriandre et plaça les deux assiettes l'une à côté de l'autre.

Elle s'installa à mes côtés, me laissant le loisir de la regarder. Les cheveux attachés lui donnaient un air plus sévère, mais son sourire heureux suffit à faire accélérer les battements de mon cœur. Malgré ce qu'elle venait de me dire, j'étais indéniablement sous le charme, envoûté par cette femme déterminée.

— Vous aimez le poisson, j'espère ? Ce sont des margattes. Ça ressemble à du calamar, expliqua-t-elle, pendant que je plongeais le nez dans le fumet de mon assiette.

— Et le bouillon ?

— C'est du jus de coquillage, avec des crustacés, des araignées de mer et quelques pinces de homard. Vous voulez du pain ?

Sans attendre ma réponse, elle me tendit une corbeille de pain tranché. Je me laissai convaincre sans difficulté et goûtai mon plat. Comme je l'avais imaginé, c'était délicieux.

— C'est très bon, dis-je, conquis.

— Je sais.

— Une légère arrogance, ironisai-je.

— Vous confondez arrogance et fierté. J'aime cuisiner, c'est mon univers.

— Et ça vous suffit ?

— La plupart du temps, répondit-elle. Je ne me suis jamais sentie aussi bien que derrière une planche à découper, avec ma solitude et mon imagination. Je m'isole, et le reste n'existe plus.

Nous échangeâmes un sourire complice. Ce dîner marquait un tournant. Sans s'en rendre compte, Adèle m'en disait plus sur elle depuis le début de la soirée qu'au cours de tous nos échanges précédents.

— C'est ce genre de plats que vous prépariez au Bristol ? l'interrogeai-je.

Elle grimaça et avala une gorgée de son jus. À la façon dont son front s'était plissé, je compris que j'avais abordé un sujet sensible. Elle déchiqueta un morceau de pain et le plongea dans le jus.

— Le Bristol n'aurait pas validé ce genre de plats. C'est un peu trop... populaire pour eux.

Elle engouffra le pain imbibé dans sa bouche et gémit de plaisir. Elle s'essuya les lèvres avec une épaisse serviette à carreaux, avant de se lever vivement de son tabouret.

— J'ai oublié le vin.

Elle se précipita à l'autre bout de la pièce et sortit une bouteille de vin blanc d'un grand réfrigérateur. Elle prit deux verres et, avec un formalisme irrésistible, elle me servit. Avec la même solennité, je bus le fond du verre et hochai la tête. Elle se réinstalla près de moi, si près que nos genoux se touchaient presque.

— Ça vous manquait ?

— Imprimer le rythme, créer une recette, travailler des plats, servir une assiette parfaite... Oui, cuisiner m'avait beaucoup manqué.

— Peut-être que vous n'auriez pas dû arrêter, suggérai-je prudemment.

— Je ne l'ai pas vraiment décidé. Je n'y arrivais plus, c'est tout. J'étais épuisée, comme vidée. Quand je suis arrivée ici, j'ai dormi pendant presque une semaine.

— Et vous voulez reprendre ?

Elle me toisa et pinça les lèvres. Je marchais sur une corde raide. Adèle était brillante et belle. Mais elle me demandait de plonger avec elle dans un monde qui flirtait avec la folie.

— Vous pensez que je suis cinglée ? demanda-t-elle.

— Nous sommes toujours dans le cadre d'un dîner professionnel, n'est-ce pas ?

Elle hocha la tête, fronçant les sourcils de perplexité. Je pivotai légèrement pour lui faire face. J'étais vraiment intéressé par la réponse à cette question.

— Si je dis non, est-ce que ça impactera votre réponse ? s'inquiéta-t-elle.

— Ma réponse et toutes les perspectives de cette soirée.

Elle fit la moue, mais choisit de ne pas répondre. À la place, d'un signe de la main, elle m'encouragea à continuer.

— D'un point de vue professionnel, vous me demandez d'investir dans un projet qui est hors de mon périmètre habituel. Projet que vous souhaitez prendre en charge, alors que vous avez quitté du jour au lendemain un établissement prestigieux. À mes yeux, en tant qu'investisseur, vous représentez ce que j'appelle une prise de risques inconsidérée.

— Vous craignez de perdre de l'argent ?

— De l'argent et ma réputation.

Son visage s'affaissa, et elle joua avec sa cuillère dans son restant de jus de coquillage. J'avais été glacial en toute connaissance de cause. Adèle devait comprendre que j'avais des obligations.

— J'aurais peut-être dû dire « non », murmura-t-elle.

L'éclat de douleur dans sa voix me serra le cœur. Je passai une main sur mon visage, détestant soudainement ce que je venais de lui dire. Elle avait besoin de soutien et, tout ce que je faisais, c'était d'anéantir ses espérances.

— Adèle, à titre personnel, je trouve ce projet complètement fou et enthousiasmant. Et je vous trouve talentueuse, pleine d'abnégation et... un peu arrogante.

Un bref sourire éclaira son doux visage. Je pris sa main dans la mienne et la serrai délicatement. En quittant le Bristol, Adèle avait tourné une page de sa vie. En venant de me rencontrer, en me faisant venir ici, elle en tournait une nouvelle. Une belle page blanche immaculée.

— Vous devez leur montrer que vous êtes une femme incroyable et douée. Avec ou sans moi.

— Ça ira plus vite avec vous, précisa-t-elle.

Elle éclata de rire et, du bout des doigts, estompa les quelques larmes qui pointaient à ses yeux.

— Désolée, c'est une vieille blague avec une amie, m'expliqua-t-elle, sans vraiment m'éclairer.

Ses yeux se braquèrent sur nos deux mains jointes, mais elle ne fit rien pour retirer la sienne.

— Je ne crois pas que ce genre de choses se fasse dans des dîners professionnels, lâcha-t-elle entre deux rires nerveux.

— Je ne crois pas qu'il s'agisse d'un dîner professionnel.

— Alors, vous trouvez ça fou et enthousiasmant ?

— Je vous trouve folle. Et enthousiasmante. Et drôle, déterminée, talentueuse, brillante, futée, iconoclaste, mystérieuse et, depuis notre première rencontre, particulièrement jolie.

Ses joues prirent une teinte rosée. C'était la première

fois que je voyais Adèle rougir. Elle devait pourtant être habituée à certains compliments.

— Merci, chuchota-t-elle. Je vais continuer à chercher à vous convaincre.

Elle se leva, mais je la retins et l'attirai près de moi. Son visage marqua sa surprise quand je me levai à mon tour, faisant mon possible pour m'éloigner de ses lèvres tentantes. Je brûlais de l'embrasser, d'effacer ses doutes et d'absorber la douleur diffuse qui la hantait.

— Je vais faire comme si je n'étais pas déjà convaincu, chuchotai-je à son oreille.

Son corps se détendit brutalement, et ses doigts se recroquevillèrent dans le creux de ma main. Je la libérai, et nous restâmes face à face, pendant quelques instants, elle avec le visage rayonnant d'une joie sans bornes, moi, fasciné par le rythme agité de mon cœur.

Elle s'écarta et se composa un visage neutre, mettant fin au tourbillon d'émotions entre nous.

— Alors, trop populaire pour le Bristol ? demandai-je pour reprendre une conversation moins dangereuse.

— C'est un jus et quelques mollusques, résuma-t-elle. Il n'aurait jamais été à la carte. De toute façon, jamais nous n'aurions pu saucer notre assiette comme ça là-bas, ajouta-t-elle en promenant son morceau de pain sur un reste de jus.

— Possible.

— C'est ce que je veux faire ici, Arnaud.

L'état de grâce venait de s'achever. Comme prévu, Adèle attaquait les négociations visant à me convaincre d'investir ici. Je ne connaissais rien au milieu de la restauration. Adèle me plaisait, et ce seul fait m'empêchait de devenir son associé.

— Je veux faire vivre cet endroit, avec de la cuisine populaire. Je ne veux pas d'un truc huppé ou étoilé, s'anima-t-elle. Je veux juste...

— ... cuisiner ?

— Faire plaisir, corrigea-t-elle. Ce n'est que ça ! Du plaisir !

— Adèle, je n'ai pas l'impression que vous avez vraiment besoin de moi. Vous pouvez tout à fait vous en sortir sans moi.

— Je n'en doute pas. J'ai l'habitude de m'en sortir seule, ajouta-t-elle un ton plus bas. Mais je n'ai pas d'argent et je vais avoir besoin d'investissement.

— Qu'est ce qui vous empêche de demander à quelqu'un d'autre ?

Elle haussa les épaules, comme si elle n'avait pas songé à cette possibilité. Elle baissa les yeux sur ses mains posées sur ses cuisses, puis poussa un soupir las. Adèle était un véritable ascenseur émotionnel : après la fierté et la joie, elle affichait maintenant un visage mélancolique.

— Arnaud, vous savez, en quittant le Bristol comme je l'ai fait, je n'ai pas seulement quitté un travail, j'ai quitté tout un monde. Il me reste encore suffisamment de fierté pour ne pas demander de l'aide à ceux qui m'ont étrillée.

Elle sauta de son tabouret et retourna derrière l'îlot. Je m'en voulus d'avoir sabré son enthousiasme et l'ambiance du dîner. Adèle était encore à fleur de peau, et, sous son apparence enjouée et pleine d'ambition, ses plaies étaient encore à vif.

— Comprenez-moi, vous débarquez dans mon bureau et vous m'annoncez ensuite que nous allons devenir associés, me défendis-je.

— Je sais. Je sais que c'était un peu surréaliste.

— Un peu ?

— Bon, très, admit-elle dans un sourire timide. Mais, avec le recul, je pense que vous êtes certainement le meilleur candidat.

Elle sortit des filets de poisson et une poêle. Dans une assiette, je repérai des légumes déjà rôtis et brillants. Je me penchai, prêt à admirer le savoir-faire d'Adèle et ses mains de prestidigitatrice.

— Comme vous me l'avez dit, la cuisine n'est pas votre domaine. Ce qui m'arrange : je préfère qu'on garde nos périmètres respectifs.

— Donc, c'est votre soif de pouvoir qui dicte les qualités du parfait investisseur ?

— Arnaud, vous avez de l'argent. Vous avez des attaches dans cette région. Votre expérience de gestionnaire démontre que vous savez prendre les bonnes décisions.

— On dirait que vous parlez d'un robot, m'esclaffai-je.

— Oh ! et j'aime bien votre sens de l'humour, ajouta-t-elle. Et puis, vous êtes photogénique, ça peut toujours aider. Je resterai dans l'ombre.

— Vous resterez dans l'ombre ? répétai-je, incrédule. Vous parlez au futur ?

— Vous êtes beaucoup plus doué que moi pour les relations publiques, c'est évident.

— Et vous êtes l'atout maître de ce restaurant ! contrai-je. Je refuse cette idée ! Si vous voulez que ce restaurant fonctionne, vous devez impérativement vous mettre en avant. D'ailleurs, il faut penser à un nom qui vous représente. Ça semble évident que…

— Arnaud, me coupa-t-elle.

— Quoi ?

— Vous parlez au présent.

Son air victorieux me cloua le bec. J'avais effectivement parlé au présent, certainement distrait par la délicieuse odeur du poisson qu'elle préparait devant moi.

— Et vous garderiez cet îlot ? demandai-je.

— Oh ! le retour du conditionnel.

Je me promis de ne jamais lui avouer qu'utiliser le conditionnel m'avait coûté un véritable effort. Avec Adèle, c'était étonnamment facile de se laisser emporter. Je devais être plus prudent.

— Je garde l'îlot, répondit-elle avec un sourire entendu. Je ne vois pas pourquoi on devrait cacher les cuisines, alors que c'est justement pour cette raison que les clients viennent. Ou viendraient, si vous préférez.

Elle répartit les légumes dans deux assiettes, puis y déposa le poisson à peine saisi. Comme elle l'avait fait pour l'entrée, elle déposa les assiettes sur le rebord de l'îlot.

— Filet de saint-pierre, annonça-t-elle. Juste poêlé, avec des légumes de saison rôtis au beurre d'échalote.

Elle essuya ses mains dans un torchon et vint s'installer près de moi. En me voyant prendre un morceau de poisson sans même attendre qu'elle soit assise, Adèle secoua la tête.

— Et en plus, vous êtes gourmand.

— Je suis affamé.

— C'était si mauvais ce midi ? Vous étiez dans quel restaurant ?

— Restaurant de fruits de mer, un peu guindé, en centre-ville. Honnêtement, le poisson n'était pas à la hauteur du vôtre !

Nous mangeâmes en silence, et je fis mon possible pour retenir mes gémissements de plaisir. J'avais toujours été mauvais en cuisine, cela me rendait d'autant plus admiratif envers ceux qui savaient dompter une poêle.

— Pourquoi vous ne gardez pas la crêperie ? demandai-je finalement.

— Vous pensez à votre taux de rentabilité ?

— Pas vraiment. Mais c'est ce qui est le plus simple, ici, non ? C'est touristique, c'est pratique, vous avez déjà l'équipement, ajoutai-je en désignant les galettières devant elle.

— Je ne dois pas être une adepte de la simplicité, répondit-elle en haussant les épaules. Et peut-être que ce n'est pas l'histoire que je veux raconter. Je veux faire de cet endroit un lieu de rencontres et un lieu... de repos. Une petite parenthèse, en fait. Vous cuisinez ?

— Contraint et forcé, uniquement. Ma fille, Zoé, est... Disons que vous êtes son idole, je crois. Elle a votre livre de cuisine.

— Pâtisserie ou recettes traditionnelles revisitées ?

— Il y en a deux ? m'écriai-je, effrayé.

— Ça faisait partie du contrat, quand j'ai gagné le concours. Alors, pâtisserie, c'est ça ?

— C'est ça. Et, croyez-moi, c'est une épreuve chaque week-end !

— Elle veut vraiment faire de la cuisine ? demanda Adèle, tout sourires.

— Peut-être. Je ne sais pas trop. Cette passion est venue avec le divorce.

Adèle se contenta de sourire, puis secoua la tête. Elle dissimula mal un éclat de rire et termina son assiette en me jetant des regards en coin. De toute évidence, je loupais une blague hilarante.

— Quoi ? fis-je en repoussant mon assiette vide.

— Vous savez ce qu'on dit sur la cuisine ?

Adèle se leva et débarrassa l'îlot. Elle retira son tablier

et alluma les galettières. Je nous resservis du vin, de plus en plus ravi par la tournure du dîner.

— On dit quoi ? Que c'est un enfer permanent ? Que c'est un métier ingrat ? Qu'il n'y a que les hommes qui réussissent ?

Amusée, Adèle leva un sourcil à ma dernière proposition.

— Qu'on tombe en cuisine comme on tombe amoureux, répondit-elle en cassant du chocolat dans un bol. Votre fille est sûrement déjà mordue. J'ai commencé en cuisinant avec ma grand-mère. Depuis, je ne crois pas être capable de faire autre chose.

— Vous faites des crêpes ?

— Chocolat et poire confite, ça vous va ?

— Ça fait quelques mois que je n'ai pas eu proposition aussi alléchante.

— Je me suis dit que vous en auriez besoin.

Je n'eus pas le temps de demander la cause de cet accès de bienveillance. Adèle sortit un épais dossier cartonné d'un tiroir et me le tendit.

— Indicateurs de performance, projections sur trois ans, hypothèse favorable ou non, prise en compte du cycle saisonnier. Il y a aussi une simulation du retour sur investissement, vous verrez que j'ai prévu un taux très généreux pour vous.

Je la fixai, sidéré. Elle reprit sa préparation de dessert sans rien ajouter, pendant que je feuilletais rapidement le dossier rempli de courbes et d'histogrammes.

— Évidemment, si vous avez des questions...

— Je n'hésiterai pas, la coupai-je.

En une seconde, Adèle venait de me rappeler l'objet de notre présence ici. Un dîner professionnel. Rien de plus. Elle nous servit nos desserts, que je mangeai sans prononcer un mot. Une chape de plomb – aussi lourde que le dossier qu'elle m'avait remis – s'était abattue entre nous.

— Vous repartez demain ? me demanda Adèle, rajoutant à la sensation de malaise persistant.

— Oui. Je crois que j'ai assez chamboulé mon planning pour la semaine.

— Je ne vais pas m'excuser, vous savez.

— Je serais déçu que vous le fassiez. Ça ne vous ressemblerait pas.

Son sourire se crispa, et je décidai qu'il était temps d'en finir. J'attrapai le dossier et me levai de mon tabouret, tentant d'ignorer le regard persistant d'Adèle dans mon dos. Ce dîner me laissait un goût amer d'inachevé. Pendant quelques minutes, j'avais cru avoir la main sur cette soirée. Adèle m'avait mené en bateau.

— Arnaud, je sais que ça peut marcher, plaida-t-elle.

— J'ai besoin de réfléchir.

— Votre fille serait tellement heureuse.

Je pivotai vers Adèle, stupéfait.

— La corde sensible ? Vraiment ? m'étonnai-je.

— Ne m'en voulez pas de tenter ma chance ! Vous… Bon sang, Arnaud, ne me forcez pas à vous supplier de m'aider !

Je me dirigeai vers la porte, brutalement fatigué. J'avais besoin d'avoir l'esprit libre pour réfléchir à cette histoire, et surtout je devais m'éloigner d'Adèle pour ne pas me laisser bêtement influencer.

— Arnaud, dites quelque chose, souffla-t-elle.

J'attendis à la porte, partagé entre l'envie de l'embrasser et le besoin de m'éloigner. J'étais dérouté. Adèle me plaisait ; elle me plaisait beaucoup. Et, parce que je n'avais pas prévu d'être attiré par une femme, ni d'être impliqué dans cette histoire de renaissance, je ne savais pas quelle décision prendre.

— Vous êtes têtue, dis-je finalement.

— Je sais. Il paraît que ça fait mon charme.

Elle approcha de moi, si près que je pouvais repérer une trace de chocolat sur ses lèvres. Elle avait pris le temps de défaire son chignon sévère et d'ouvrir sa veste de cuisine pour laisser apparaître un pull en mailles fines.

— Entre autres, oui. Vous réalisez que c'est de la folie, non ? continuai-je.

— Je l'admets. Il paraît que je suis la folie, en fait.

Je hochai la tête. Adèle était effectivement la folie. La mienne pour le moment.

— Donnez-moi une bonne raison de faire ça. Une seule bonne raison ! Parce que, quand je vous regarde, je n'en vois que des mauvaises.

Elle marqua une pause et haussa les épaules.

— Qu'est-ce qui vous pousse à cuisiner avec votre fille ?

Je connaissais parfaitement la réponse. Tout comme elle. Elle riva les yeux aux miens. Sa fragilité touchante réapparut. Fébrile et déterminée. Adèle était un mélange audacieux, un équilibre très précaire entre puissance et vulnérabilité, comme une saveur douce-amère. C'était ce que j'aimais chez elle : la force qui surmontait son passé.

— J'ai vraiment besoin de réfléchir. Je vais rentrer à l'hôtel.

— Très bien. Je comprends, souffla-t-elle, ne cachant pas sa déception.

J'ouvris la porte, laissant l'air frais et humide s'engouffrer dans le restaurant. Les effluves de notre dîner semblèrent disparaître au même instant, comme si cette soirée n'avait jamais eu lieu. Dehors, une pluie fine tombait sur les pavés. Je levai les yeux au ciel, dépité par la météo. Adèle se tenait sur le seuil, mal à l'aise.

— Bien. Maintenant, on s'embrasse ou on reste sur le principe d'un dîner professionnel ?

Un sourire éclaira son visage, et elle opina. Adèle et le compromis. C'était une véritable nouveauté.

— Si ça peut vous permettre d'accepter ma proposition.

J'approchai d'elle, camouflant mal mon sourire satisfait. Ses cheveux volèrent autour de sa tête. La faible lumière des lampadaires éclairait ses yeux noisette pétillants. Malgré tout, Adèle gardait espoir.

— Ça peut, oui, murmurai-je.

J'effaçai la courte distance entre nous et déposai un baiser furtif sur sa joue. Adèle se contenta de sourire mais, en constatant que mes lèvres rôdaient près des siennes, elle se tendit. J'attendis qu'elle me repousse ou qu'elle s'écarte ; rien ne se produisit.

Je posai la main sur sa joue fraîche, estompant du pouce les dernières traces de notre dessert. Adèle ne bougeait pas et, quand je posai finalement mes lèvres contre les siennes, un soupir lui échappa.

J'enfonçai la main dans sa chevelure désormais emmêlée et attirai son visage contre le mien. Adèle plaqua les mains contre mon torse, ses doigts s'enfonçant dans ma chemise. Elle entrouvrit les lèvres, et mon cœur bondit dans ma poitrine. J'y glissai la langue et pris possession de sa bouche. De mon autre main, j'attrapai sa taille, laissant mon corps épouser le sien. C'était le baiser que je voulais lui voler depuis qu'elle avait déboulé dans mon bureau. Un baiser doux, long et brûlant, qui mettait en lambeaux l'idée même d'une relation strictement professionnelle.

Ma langue dansa contre la sienne pendant de longues secondes, jusqu'à ce que je sois hors d'haleine.

Ou suffisamment lucide pour comprendre que j'étais en train de tomber amoureux de cette femme.

Adèle étouffa un gémissement contre ma bouche et se cramponna plus fort à ma chemise. Je déposai un ultime baiser sur ses lèvres douces, la découvrant les yeux clos et le souffle court.

— Je pense qu'on devrait se tutoyer, soufflai-je en traçant un chemin de baisers sur la ligne de sa mâchoire.

— C'était censé être professionnel, répondit Adèle en riant doucement.

— Ça ne l'a jamais été, je crois.

Je la libérai et m'écartai d'elle. Ce baiser n'était qu'un paradoxe. Il ne changeait rien à mon histoire avec elle et, pourtant, il modifiait notre relation. Devant moi, Adèle pinçait les lèvres, embarrassée.

— Je t'appelle demain, promis-je en quittant le restaurant.

Adèle m'adressa un signe de la main, avant de refermer la porte. Je remontai la rue et rejoignis mon hôtel en songeant à tout ce qu'Adèle m'avait confié.

Elle avait cuisiné pour moi, comme promis.

Elle m'avait ébloui, comme à chacune de nos rencontres.

Elle m'avait envoûté, comme aucune femme avant elle.

Chapitre 15

Judith me dévisageait comme si je venais de lui annoncer que je quittais le pays pour m'installer en Patagonie et élever des chevaux. Elle m'avait écoutée religieusement tandis que je lui avais détaillé presque minute par minute, baiser compris, mon dîner avec Arnaud. J'étais encore perturbée par ce qui s'était passé. À la surprise avaient succédé le plaisir et une forme de plénitude. Pendant une seconde, ma vie, mes pensées tourmentées et mes états d'âme s'étaient mis en pause.

— Il faut que tu arrêtes ça, dit-elle finalement, laconique.

— Quoi ?

— De briller par tes performances.

Elle leva la main et entama un décompte précis.

— L'émission de télé, le poste au Bristol, ton job de serveuse, tout ce que tu fais pour aider tout le monde – elle désigna le brouillon de ses vœux devant elle –, et maintenant tu prépares un dîner pour Arnaud Langlois, et il finit par t'embrasser ?

— C'est ça, oui, répondis-je, un peu décontenancée par ce résumé express de ma vie professionnelle.

— Je me sens presque humiliée, grimaça-t-elle. Tu es sûre que ce n'est pas toi qui l'as embrassé ?

— C'est lui.

Le souvenir de ce baiser inattendu me hantait encore. Arnaud avait été très clair sur ses intentions. Quant à moi, même si j'avais été surprise, je ne l'avais pas repoussé. Arnaud était attirant, et je mentirais en disant que je n'y avais pas pensé quand il m'avait attrapé la main. Mais j'avais tout fait pour conserver ma ligne directrice pendant le dîner : c'était professionnel, et je devais concentrer mes efforts sur comment convaincre Arnaud de me suivre dans mon projet fou.

Ce baiser m'avait sonnée. Pendant longtemps, la cuisine avait occupé toute ma vie. Il restait peu de place pour les amis, encore moins pour les amants. Ce métier était trop prenant, il vous engloutissait tout entier, entre les horaires délirants et l'implication rigoureuse que cela exigeait. Vous étiez fatigué, rincé, irritable… et, le plus souvent, vous finissiez par sortir avec quelqu'un qui venait du même monde et comprenait ce rythme furieux.

Maintenant, il y avait Arnaud, qui occupait un espace que je ne savais pas vraiment vide. Et je devais dorénavant faire la part des choses entre le restaurant et lui.

Désormais, j'avais aussi une Judith sidérée devant moi, cette même Judith qui m'avait prévenue des habitudes de séduction, proches de l'endurance, d'Arnaud. De toute évidence, il avait chamboulé son mode de fonctionnement.

— Quand je pense que j'ai dû comploter pour l'enfermer dans une salle de bains ! Bref, tu crois que c'est une manœuvre ? demanda-t-elle.

— Une manœuvre ?

— Eh bien, il t'embrasse, te retourne la tête, bouleverse tes plans, et tu oublies cette idée de collaboration !

— C'est son genre ? m'étonnai-je.

— Ce n'est pas non plus son genre de rouler des pelles après un dîner. Mais tu as raison : Arnaud est un mec sincère, dans le genre bon père de famille. Rigueur, droiture, ce genre de truc…

— Tu sais le vendre, ironisai-je.

— Écoute, je connais ce mec depuis des années. Je le vois plus comme un frère que comme un amant potentiel. Ça n'a pas marché entre nous parce qu'il avait déjà un destin qui l'attendait, et moi… Je ne sais pas, peut-être que c'est moi qui étais trop aventurière. Mais, ce que je sais, c'est que c'est un mec bien.

— Ce qui exclut l'hypothèse de la manœuvre, donc.

J'étais volontairement affirmative. Je ne pouvais pas croire qu'Arnaud me manipule à ce point. Il avait déjà refusé plusieurs fois de m'aider, je ne l'imaginais pas monter une histoire si dingue pour se débarrasser de moi.

— Et toi, tu en penses quoi ? me demanda Judith.

— Tes vœux ? Très bien. Mais je pense qu'il faut développer un peu le dernier…

Judith soupira et repoussa son brouillon.

— On se fiche de mes vœux. Qu'est-ce que tu penses de ce baiser ? Est-ce que c'était agréable ? Magique ? Fou ? Planant ? Je sais qu'Arnaud embrasse bien.

Je ravalai un rire nerveux. À l'école de cuisine, la compétition était si forte que tout le monde se regardait avec défiance. On ne se faisait pas d'amis. En arrivant à Saint-Malo, je m'étais recréé une vie sociale forte et, avec Judith et Elisa, j'avais découvert la vraie amitié entre femmes. Ce type de conversation était encore très nouveau et un peu embarrassant.

— C'était bien, éludai-je.

Judith leva les yeux de ses vœux manuscrits et secoua la tête.

— Tu mens très mal !

— J'ai juste dit que c'était bien, rétorquai-je en fuyant le regard de mon amie.

Il y eut un court silence, pendant lequel je fis comme si j'étais absorbée par la lecture des vœux de Judith. Elle promettait amour, engagement, amitié et soutien à son futur mari. Je lisais son texte, mais les lignes se brouillaient. Mon attention n'était pas sur cette lettre… et parler d'Arnaud et de ce baiser me troublait.

— Il t'a eue à quel moment au juste ? demanda Judith.

— Judith, ce n'est pas…

— Je veux savoir, insista-t-elle. À quel moment Arnaud est devenu autre chose que ton investisseur ?

— Ce n'est qu'un investisseur, lui rappelai-je.

— Dans ce cas, préviens ton banquier que tu vas l'embrasser. Ça va lui plaire, à ce vieux Le Cléac'h.

Je frissonnai de dégoût. Le Cléac'h était proche de la retraite et propriétaire d'une moustache disproportionnée. Il portait en permanence la même cravate et m'appelait dès que mon compte affichait un découvert de 10 euros. Insistant et douteux… Pas mon genre !

— Ce n'est pas trop le moment, répondis-je finalement. Pour… Pour être avec quelqu'un. J'ai le restaurant, qui va me prendre beaucoup de temps. M'investir dans une relation, en plus avec un mec qui me finance… Merde, ça ressemble à de la prostitution, en fait !

— Presque, oui. Alors, quand ?

Je fouillai dans ma mémoire. À quel moment avais-je songé à Arnaud autrement que comme un investisseur à convaincre ? Pas à notre première rencontre, j'étais encore trop perturbée par le cadeau de Joséphine.

— Avant-hier, je crois, avouai-je, mal à l'aise.

— Lors du dîner ?

— Au déjeuner. Quand il m'a dit qu'il m'avait sous-estimée.

— C'est un beau compliment. Y a un côté surprise permanente !

— Il ne m'a pas rappelée, lui fis-je remarquer, sans masquer ma déception.

— Ah. Attends, j'essaye de suivre : tu veux qu'il te rappelle pour le restaurant ou pour le baiser ?

La sonnette de la porte du restaurant me sauva, et je me levai précipitamment, ignorant le rire caustique de Judith. Elle se moquait de moi et, honnêtement, elle avait raison. Je ne savais pas si je courais pour éviter la question ou parce que j'espérais trouver Arnaud à la porte. Une vraie adolescente.

— Tiens, Sonia ! On devait se voir demain, non ? Je n'ai pas tout à fait...

— Y a urgence ! me coupa-t-elle en entrant comme une furie dans le restaurant.

Une bourrasque fraîche la suivit. Les cheveux fous et le regard fatigué, elle s'installa à la table que j'occupais avec Judith et ouvrit sa pochette à dessin. De son sac, elle sortit son book et nos premiers travaux sur la collection qu'elle devait présenter pour son concours. Ses gestes étaient rapides.

— Judith, je te présente Sonia. J'aide Sonia à réaliser un book pour un concours de stylisme. Sonia, Judith.

— Future mariée, se présenta cette dernière avec un sourire.

— Prochainement dans la mouise, répondit Sonia, dépitée.

— Quelle est l'urgence ? demandai-je.

— Il y a plus de six mois, j'ai envoyé des croquis à un créateur indépendant. J'avais oublié cette histoire, mais il m'a rappelée cette semaine et voudrait voir deux modèles.

— Et ?

— J'ai les modèles, mais aucun nom, ni aucune présentation. Et puis, il faut quand même lui proposer d'autres choses, non ?

Sonia éparpilla ses dessins sur la table. Elle semblait paniquée et perdue. Je lançai un regard à Judith. Elle s'y connaissait autant que moi en mode. Pour Judith, comme pour moi, mettre un jean et un chemisier élégant était presque un aboutissement. Elle haussa les épaules, avant de découvrir les créations de Sonia.

— Des robes de mariée ? sourit-elle.

— Et des robes de soirée. Il faut que tu m'aides, Adèle.

— Euh, oui. Eh bien, installe-toi et…

— Tu fais quoi dans dix jours ?

— Elle est avec moi, répondit Judith.

Je pivotai vers Judith, déboussolée. Elle enfonça les poings contre ses hanches et attendit patiemment que la mémoire me revienne. Je virai au cramoisi, incapable de me souvenir de ce que nous avions prévu. Un cinéma, peut-être ? Un dîner ?

— Tu as oublié ? s'exclama-t-elle, outrée. Un mec entre dans ta vie, et ça y est, les copines n'existent plus !

— Un mec ? Quel mec ? demanda Sonia, soudainement moins nerveuse.

— Arnaud Langlois, répondit Judith, tout sourires.

— Mazette ! On ne s'ennuie pas ! Dans le classement

des entrepreneurs de l'année, c'est ça ? Oh ! et grand prix de l'innovation pour son drone à énergie solaire.

— Mais comment sais-tu ça ? l'interrogeai-je.

— J'ai cherché des sponsors pendant quelque temps. Je l'avais shortlisté. Évidemment, si tu sors avec lui, ça va faciliter les négociations, se réjouit-elle. Il est plutôt pas mal, en plus.

— Je ne sors pas avec lui, soupirai-je.

— Ils se sont embrassés, précisa Judith.

— Et il ne m'a pas rappelée ! Bon, qu'est-ce qu'on a prévu dans dix jours ? m'agaçai-je.

— Essayages. On va sur Paris pour le week-end.

Dans la frénésie du restaurant et de mon projet de convaincre Arnaud, j'avais complètement oublié cette histoire d'essayages. Je cherchais un moyen de m'en sortir, encadrée par mes deux amies. J'avais la sensation de me débattre contre les éléments et qu'une avalanche d'événements me tombait dessus sans répit. Je m'en voulus immédiatement et adressai un regard désolé à Judith.

Sur ce coup, j'étais une amie pitoyable.

— Génial. La boutique du créateur est aussi à Paris, tu peux m'accompagner ? me demanda Sonia.

— Oh ! ce dessin est superbe, couina Judith, en extase devant une robe de mariée.

Ses doigts effleurèrent le tissu épinglé sur le coin supérieur de la feuille.

— La dentelle remonte le long du bras, un peu comme une feuille de lierre, expliqua Sonia.

Judith changea de place et se lança dans une discussion animée avec Sonia. Je me rassis, les regardant débattre sur la dentelle, le tulle, la traîne et les accessoires. Mes pensées dérivèrent vers Arnaud. Je passai les doigts sur mes lèvres, sentant encore la trace persistante des siennes. Il avait attiré mon corps contre le sien avec autorité, pendant que je m'étais cramponnée à sa chemise, le cœur affolé, comme si ma vie en dépendait. J'avais apprécié chaque seconde de ce baiser aux saveurs de chocolat, refoulant une vague culpabilité pour enfin lâcher prise.

Arnaud me plaisait, je ne pouvais pas le nier. Ses yeux gris me sondaient comme personne ne l'avait jamais fait, avec un intérêt sincère et une curiosité insatiable. Il avait de l'esprit et du répondant, alliés à une classe folle mais décontractée. Il n'avait pas le mépris des hommes de pouvoir… seulement suffisamment d'autorité pour m'embrasser à m'en couper le souffle.

Mais j'entrais dans un domaine inconnu pour moi. Mes relations avec les hommes se comptaient sur les doigts d'une seule main, et ma plus longue histoire avait duré dix jours. Avec Arnaud, tout était différent : j'étais une créative, quand il était un redoutable homme d'affaires ; il dirigeait une multinationale florissante, quand je peinais à gérer un petit restaurant ; je ne vivais que pour la cuisine, quand lui me poussait dans mes retranchements.

Je réalisais que j'étais plus préoccupée par ce baiser que par le restaurant.

Je me demandais surtout ce que nous ferions lors de notre prochaine rencontre. Aurions-nous cette distance polie que nous avions depuis le début ? Ou, au contraire, Arnaud agirait-il comme s'il avait gagné le droit de m'embrasser à nouveau ?

Je n'étais pas contre la seconde option et me surpris à sourire toute seule au sol carrelé sous mes pieds.

— Adèle ? m'interpella Sonia.

— Oui ?

— Ton téléphone.

Sur la table, mon appareil vibrait. Je me redressai et passai une main sur mon visage. Mon téléphone à la main, je m'éloignai de la table et me réfugiai derrière l'îlot – j'eus tout juste l'occasion d'entendre Judith et Sonia se moquer de mon état lunaire. Curieux comme cet endroit que j'avais fui pendant des mois était désormais comme un refuge.

— Adèle ?

La voix d'Arnaud évacua mes dernières rêvasseries. Je pris une profonde inspiration et me jetai dans le grand bain de l'incertitude.

— Oui ?

Ma voix vacilla, et je me mordis la lèvre d'être aussi gourde.

— Tu vas bien ?

— Oui, je... je suis au restaurant avec des amies.

— Je voulais te dire que j'ai vraiment apprécié notre dîner de lundi. En particulier le dessert, avoua-t-il.

Le « tu » me fit lever les yeux au ciel. Je l'imaginais à son bureau, les jambes étendues devant lui, son fauteuil légèrement basculé. Pour la première fois depuis notre rencontre, nous n'étions pas en négociation. Je me détendis et décidai d'appréhender la situation comme une nouvelle recette de cuisine : instinctivement, je finirais par trouver l'équilibre nécessaire.

— C'était une bonne soirée, confirmai-je avec prudence. Y compris le dessert, oui.

— J'aimerais beaucoup remettre ça. Ce week-end par exemple ?

— Tu entends quoi par « ça » ? Le dîner ? Ou juste le dessert ?

— Je ne suis pas contre une formule express avec juste

le dessert ! Je crois que j'ai tout ce qu'il faut ici, compléta-t-il, avec sérieux.

— Je vais devoir décliner, je suis déjà prise ce week-end.

— Tu peux reporter ? Adèle, j'ai vraiment envie de te revoir. Et, pour en finir avec cette métaphore nébuleuse, j'ai aussi très envie de t'embrasser à nouveau.

— Arnaud, je...

— Et pas forcément sur les lèvres.

Je levai les yeux vers Judith et Sonia, toujours en pleine conversation. Même si Arnaud avait parlé à voix basse et même si je m'étais éloignée, j'avais la sensation qu'elles pouvaient entendre notre conversation. Mes joues chauffèrent, et je décidai de sortir du restaurant : de l'air frais ne me ferait pas de mal. Je devais reprendre le contrôle de la situation. Arnaud était, avant tout, un investisseur, et je devais obtenir son accord.

— Je pensais que tu appelais au sujet du restaurant, dis-je, une fois dehors.

Il y eut un silence glacial. J'y avais été un peu fort et j'entendis un bruit de papier froissé.

— Bien. Je crois qu'on peut dire que c'est un magistral vent.

— Arnaud, désolée. Je... Disons que je suis un peu à cran, et je ne suis pas vraiment à l'aise avec ce genre de choses.

— Quel genre de choses ?

— Tu sais de quoi je parle.

— Quand j'étais petit, mon père me disait qu'il fallait nommer ce qui nous faisait peur. Apparemment, ça désamorce les angoisses.

Je m'esclaffai, soulagée de sentir la bonne humeur revenir dans la conversation. J'étais définitivement mauvaise en relations humaines. Arnaud avait raison sur un point : ce baiser m'effrayait, et c'était pour cette raison que j'avais voulu revenir sur le sujet du restaurant.

— Moi, par exemple, j'ai peur du vide et des colères froides de ma mère, continua-t-il. Et toi ?

— J'ai peur de Joséphine. Et, le plus souvent, j'ai peur de perdre le contrôle de ma vie. Ça m'est arrivé une fois et ça m'a franchement collé la frousse.

— Adèle, ce que tu as fait au Bristol…

— Je parlais de notre baiser, le coupai-je.

J'étais surprise par ma propre audace. Je l'entendis sourire, puis s'éclaircir la gorge. Je me sentais fébrile et incertaine. J'avouais à Arnaud ce que je n'arrivais pas encore à m'avouer à moi-même.

— Je pense qu'il faudrait continuer à exorciser cette angoisse, me conseilla-t-il d'une voix rauque.

— Certainement. J'ai été un peu surprise, mais je suis certaine que je peux faire mieux. C'est ce qu'on dit en cuisine : il faut faire et refaire plusieurs fois pour atteindre la perfection.

— En effet, admit-il. Tu fais quoi ce week-end ? Parce que je connais un restaurant très sympa à Saint-Malo, avec un jus de coquillage divin. J'ai aussi une excellente adresse pour un hôtel avec une très belle vue sur mer.

— Tu me fais des avances ? demandai-je en riant, le cœur battant la chamade.

— Je verbalise mes angoisses. J'ai peur que tu refuses.

— Désolée, je suis prise pour une prestation privée et je ne peux pas décommander.

— Tout le week-end ?

— Samedi. On peut faire ça dimanche, si tu veux.

Je perçus de l'agitation, des dossiers qu'on bougeait et des feuilles de papier froissées. Puis il y eut un bruit étouffé, et je compris qu'Arnaud avait coincé son téléphone entre son épaule et son oreille. Le souffle court et nerveuse, j'attendis sa réponse.

— J'ai un dîner professionnel.

— On va donc devoir reporter.

Je soupirai de lassitude tandis qu'Arnaud grommelait de déception. J'entendis clairement une porte claquer. Je faisais les cent pas devant la crêperie, réalisant que mes préoccupations autour du restaurant étaient en train de devenir secondaires. Toute mon attention était sur Arnaud et sur nos calendriers chargés. Je voulais vraiment le revoir, autant pour lui – ou nous ? – que pour le restaurant.

— Le week-end prochain ? proposa-t-il. J'ai un dîner avec un ami, mais je peux reporter.

— Je suis à Paris la semaine prochaine, avec deux copines.

— Parfait. Dimanche alors ?

— Très bien, oui.

Un nouveau silence s'installa. Peut-être qu'il était temps de mettre un terme à cette conversation avant que cela devienne trop embarrassant. J'avais envie de lui rappeler que j'attendais sa décision au sujet du restaurant, mais maintenant cela me paraissait très déplacé et donnait l'impression que je manœuvrais. Depuis ce baiser, j'avais la sensation d'être sur des charbons ardents, hésitant sur le meilleur chemin à prendre.

Arnaud me troublait et m'attirait. Mais je ne pouvais pas oublier toute ma vie et la proposition de Joséphine pour lui.

— Adèle, j'ai lu ton dossier pour le restaurant.

Je me figeai, le cœur battant. Je passai une main sur

mon visage, prête à encaisser sa réponse. Arnaud avait été très clair : aucun mélange entre la vie privée et la vie professionnelle. S'il avait accepté qu'on se voie dimanche prochain, c'était sûrement parce qu'il comptait refuser ma proposition.

Ce que je ne savais pas, c'est si j'étais capable de surmonter mon éventuelle déception. Ça me semblait délirant de continuer une relation amoureuse avec un homme qui avait décidé de ruiner mon avenir. Et c'était tout aussi inconcevable de tirer un trait sur lui.

— Et ? demandai-je, inquiète.

— Il y a des points à éclaircir, notamment le taux d'endettement qui est assez élevé.

— Il te suffit de mettre plus d'argent, répondis-je avec un sourire.

— C'est une idée, oui. Je pense qu'il faut aussi refaire un point sur les charges. Tu pars du principe qu'un serveur suffira, ça me semble juste vu la capacité du restaurant. Tu dois envisager des perspectives plus larges. La partie « traiteur » est complètement oubliée, alors que les études les plus récentes indiquent que c'est une activité très rentable. Dans le cadre du développement du restaurant, tu envisages aussi de…

— Arnaud, le coupai-je.

— Désolé, c'est beaucoup de jargonnage. Ce que je veux dire, c'est que…

— Tu parles au présent.

Il éclata de rire, et cela me rassura. Je levai mes yeux bordés de larmes de joie vers le ciel gris malouin, soulagée. J'avais réussi à le convaincre.

— Je crois que ça peut marcher, en effet. Mais j'ai une dernière requête avant de signer l'accord.

— Oui, bien sûr.

— Je veux que tu cuisines.

— Je cuisine déjà !

— Je veux que tu cuisines, pour de vrai. Je convoque la presse, les politiques, quelques amis, et je veux voir la légende Adèle Duval cuisiner comme si sa vie en dépendait. Je veux que le Bristol réalise son erreur et qu'on parle partout de la femme que j'ai embrassée.

Je restai muette. Dans tout ce projet, je n'avais pas pensé à ce que mon retour en cuisine pouvait générer. J'allais de nouveau être sous les feux des projecteurs et j'avais bien plus à perdre cette fois. Si j'échouais avec le restaurant de Joséphine, je pourrais faire des adieux définitifs à ma carrière.

En me proposant cette ultime épreuve, Arnaud s'assurait que son investissement était entre de bonnes mains. Personne ne confierait un projet de cette ampleur à une fille fragile.

— C'est une façon de me tester ? demandai-je.

— Adèle, je suis convaincu par ton talent. On fait ce cocktail de dégustation, on botte le cul au Bristol, et je t'embrasse.

— Arnaud…

— Sur les lèvres et ailleurs.

— Arnaud, tu parles au présent !

— Je ne vais pas m'excuser pour ça, rit-il. Promets-moi d'y réfléchir, et je me charge du reste.

— D'accord.

— On se voit dans dix jours. Je connais un excellent restaurant indien, je t'invite.

Je hochai la tête comme une imbécile, avant de réaliser qu'il ne me voyait pas. Ce mec était en train de me faire perdre le contrôle et la tête. Il venait d'accepter d'être mon associé, me proposait de passer une journée avec lui et promettait de botter les fesses du Bristol et de m'embrasser. J'avais le droit d'être un peu chamboulée.

— Rappelle-moi quand tu as pris ta décision pour le cocktail.

— Euh… oui, d'accord. Je te tiens au courant, bégayai-je avant de raccrocher.

Seule dans la rue, je remontai en direction du restaurant pour retrouver Sonia et Judith. J'étais à la fois heureuse et terrifiée, soulagée et angoissée, libre et… liée à Arnaud. En quelques jours, Joséphine venait de changer ma vie, et c'était sûrement le plus beau cadeau qu'elle pouvait me faire.

— Mais qu'est-ce que tu fichais dehors ? m'interrogea Judith.

— Il pleut, Adèle, tu ne sens rien ? renchérit Sonia.

Un fou rire incontrôlable me secoua. Mes deux amies, incrédules et un peu inquiètes, m'attirèrent à l'intérieur du restaurant. Je commençais vraiment à croire à cette histoire de pluie qui ne mouille pas.

Chapitre 16

— Louise, vous annulez tous mes rendez-vous de la semaine et vous me dégotez un billet de train pour Saint-Malo, demandai-je à mon assistante en ouvrant la porte de mon bureau.

— Maintenant ? s'étonna-t-elle.

— Maintenant !

Je rassemblai mon ordinateur, quelques dossiers et attrapai surtout les documents concernant le restaurant d'Adèle. Je l'avais appelée quelques heures auparavant, et nous avions convenu de nous revoir. Nous étions aussi tombés d'accord sur le restaurant. J'aurais dû me sentir satisfait. Mais, depuis que j'avais raccroché, je n'arrivais pas à penser à autre chose qu'à elle. Je l'imaginais sourire et s'agiter de bonheur dans la crêperie. Et cette seule image avait suffi à me faire regretter d'être à Paris, pendant qu'elle était là-bas.

Alexis n'avait pas approuvé ma décision et ne s'était pas gêné pour me faire part de son avis tranché.

— Tu ne vas quand même pas investir là-dedans ? C'est un gouffre, ce truc ! avait-il râlé tout en déchiquetant un naan.

— Elle est motivée, Alexis. Son dossier est solide. Si

le sujet avait été le rachat d'une usine, tu ne serais pas aussi soupçonneux.

— Je ne suis pas soupçonneux ! C'est toi qui n'es pas objectif. Tu veux coucher avec cette femme et…

— Ne finis pas cette phrase, l'avais-je prévenu, agacé. Adèle est brillante, elle est douée et elle mérite qu'on l'aide. Tu devrais être le premier à comprendre ça !

— Arnaud, tu viens de divorcer, tu as une fille et tu t'amouraches de la première femme qui te tombe dessus. Tu ne sais même pas si cette histoire de legs est vraie.

— Je viens de divorcer, et ma femme va sûrement déménager à l'autre bout du pays avec ma fille. Je ne m'amourache pas, Alexis. Il y a encore quelques semaines, tu me reprochais d'avoir des relations routinières, de vivre sans passion. Ce que je ressens pour Adèle…

Alexis avait attendu que je finisse ma phrase. En vain. J'étais incapable de définir ce que je vivais avec elle. Elle m'avait surpris, surgissant dans ma vie et la bouleversant complètement. Elle m'avait fait sourire comme je ne l'avais plus fait depuis que Sophie m'avait annoncé sa volonté de divorcer.

Si Adèle m'avait permis de sortir la tête hors de l'eau, cela me semblait juste de lui renvoyer l'ascenseur.

Je sortis du bureau et me campai devant mon assistante. Cette dernière pianotait sur son clavier pour faire ma réservation. Avec ma chance, j'allais apprendre que tous les trains étaient complets ou trop tardifs.

— Louise ? Mes horaires ? l'interrogeai-je en pliant une chemise propre dans une valise cabine.

— Vous avez un train dans trois heures.

— Trois heures ? Bon sang, mais c'est interminable ! gémis-je, frustré. Rien avant ?

— Celui d'avant est complet. Voyez le bon côté des choses, ça vous laisse le temps de passer chez vous pour prendre quelques affaires, puis de rejoindre la gare. Pensez aux chocolats, ça lui fera plaisir.

— Vous me prenez pour un dingue, c'est ça ?

— Vous êtes chiant, autoritaire et… dingue. Je vais le mettre sur l'annonce pour mon remplacement.

Elle tira une feuille de son imprimante et me la tendit. Je la lui arrachai presque des mains et la remerciai tout en rejoignant l'escalier. Ma petite valise à la main, j'empruntai le métro pour gagner mon appartement. Je jetai la valise sur mon lit et y glissai le nécessaire pour deux jours. Il fallait aussi que je prévienne Sophie que je récupérerais Zoé samedi matin et non vendredi soir.

Dans la salle de bains, alors que je rassemblais mes affaires de toilette, je réalisai l'ampleur de ma décision. J'allais arriver à Saint-Malo, sans prévenir, juste pour la voir. Si je commençais à connaître Adèle, j'ignorais si elle aimait les surprises. Sophie avait toujours détesté ça.

Je secouai la tête. J'étais bien trop impliqué désormais. J'étais celui qui l'avait embrassée. Et j'étais aussi celui qui, sans aucune subtilité, lui avait dit qu'il en voulait plus.

— Quitte à tout perdre, autant tout risquer, marmonnai-je.

Si Adèle ne voulait plus de moi, au moins, j'aurais tenté ma chance. Maintenant qu'elle était dans ma vie, j'étais incapable de la laisser partir.

Sur le chemin de la gare, j'appelai l'hôtel que j'avais réservé pour ma première visite. J'en profitai pour commander du champagne, espérant fêter ma collaboration avec Adèle. Le trajet en train parut durer une éternité. Profiter de ce moment pour travailler avait été un vœu pieu. Même avec des dossiers ouverts, les lignes se brouillaient, et je passai plus de temps à regarder le paysage défiler trop lentement qu'à travailler.

— Elle est en train de me détraquer, marmonnai-je.

À la gare de Saint-Malo, je me faufilai dans le premier taxi disponible et rejoignis mon hôtel. Le ciel était menaçant, mais je décidai de gagner le restaurant à pied, resserrant ma veste sur moi. En arrivant en Bretagne, j'avais presque senti ma frustration s'évaporer. Je respirais mieux, comme libéré d'un poids invisible sur mes épaules. À croire que j'étais à ma place ici.

Une fois devant le restaurant, je fus parcouru par une décharge d'adrénaline. Venir ici était une très bonne idée. J'étais sûr de ma décision, c'était la réaction d'Adèle que j'appréhendais. J'allais passer pour un fou furieux, un mec incapable de tenir dix jours sans voir une fille. Je n'avais pas éprouvé ça depuis mon adolescence. Même ma relation avec Sophie ne m'avait pas fait vivre ce tourbillon émotionnel.

Je toquai doucement à la porte du restaurant, réalisant brutalement que si Adèle n'était pas là je n'avais aucune idée d'où la chercher.

— Entre Sonia, j'ai presque fini ! cria-t-elle.

J'entrai, tout sourires, humant le délicieux parfum de la cuisine et découvrant Adèle, accroupie, en plein rangement de l'îlot de cuisine. Elle ne prit même pas la peine de se relever, pestant contre l'étroitesse des placards.

— Je vais agrandir ce truc dès que possible, râla-t-elle.

— C'est une bonne idée, répondis-je.

Surprise, elle se leva d'un bond, et sa tête heurta la large hotte qui surplombait l'îlot. Elle laissa échapper un juron de douleur et colla sa main derrière la tête, à l'endroit où une bosse finirait par apparaître. Adèle se courba, soufflant et gémissant.

J'effaçai la distance entre nous et posai la main par-dessus la sienne. La respiration sifflante, Adèle m'adressa un regard noir. Ce n'était pas comme ça que j'avais imaginé nos retrouvailles.

— Je... Désolé, je voulais te faire une surprise !

— C'est réussi, grogna-t-elle.

— Laisse-moi regarder !

Elle décolla sa main prudemment, me laissant fouiller dans sa chevelure. Je pressai les doigts sur la zone douloureuse, récoltant un sifflement plaintif de la part d'Adèle.

— Désolé, m'excusai-je. Pas de saignement.

— Ça fait un mal de chien !

— Je peux te faire un bisou magique, si tu veux ! Ça marche très bien avec ma fille.

Elle pivota vers moi, frotta son crâne et m'adressai un sourire complice. J'approchai mon corps du sien et posai la main sur son cou, effleurant sa joue de mon pouce. Elle ferma les yeux et appuya le visage contre ma main.

— C'était plutôt comme ça que j'envisageais nos retrouvailles, murmurai-je.

Je me penchai vers elle et l'embrassai avec douceur. Elle accrocha les mains à mes hanches, crochetant les doigts aux passants de mon jean pour se hisser sur la pointe des pieds. Je maintins son visage entre mes mains et glissai la langue dans sa bouche. Un gémissement s'étrangla dans sa gorge, faisant vibrer tout son corps. Elle se pressa plus fermement contre moi, me faisant reculer contre l'îlot. Ses lèvres étaient pressantes et chaudes, beaucoup plus actives que lors de notre dernier baiser. Adèle réclamait ce que je lui avais volé.

— Disons que tu sais soigner tes arrivées, chuchota-t-elle contre mes lèvres.

— Et tu sais définitivement recevoir.

— Belle surprise, en tout cas.

— Je ne voulais pas attendre dix jours. Je ne pouvais pas attendre dix jours.

— C'est ce qu'on appelle une Lagardère, sourit-elle.

— Une Lagardère ?

— Je t'expliquerai. Je ne pensais pas que tu étais adepte de ce genre de pratique, monsieur Jargonnage-financier-et-rendez-vous-millimétrés.

— J'ai revu ma position sur un certain nombre de choses. Sûrement l'influence d'un esprit libre.

Sa fossette apparut sur sa joue droite, pendant que je chassais ses cheveux fous autour de son visage. Auprès d'elle, je respirais mieux et j'avais l'esprit plus clair.

— Il faut que je finisse de ranger, expliqua-t-elle en empilant deux assiettes.

— Tu as cuisiné ce soir ? Ma question est très intéressée, précisai-je en entendant les protestations de mon ventre.

— Je faisais des essais pour samedi soir.

— Toute seule ?

— J'aime être seule. C'est reposant, en particulier pour cuisiner.

— C'est pour ta prestation privée. Encore un homme que tu tentes de séduire ?

— On sous-estime la cuisine comme facilitateur de négociations et de terrains d'entente. Tu ne serais pas un peu jaloux ?

— Ça fait partie des choses sur lesquelles ma position a évolué.

Je ne m'étais jamais considéré comme jaloux, encore

moins comme possessif. Avec Sophie, nous avions des activités communes, mais nous avions aussi des passions différentes. Je n'avais jamais redouté qu'elle me trompe ou qu'un autre homme la séduise. Avec Adèle, je me découvrais un tempérament excessif – débouler ici en était la preuve – et possessif – qu'elle cuisine pour un autre ne me plaisait pas.

— Je cuisine pour un couple d'amoureux qui s'ignorent.

Elle rangea des saladiers sur un coin du minuscule plan de travail, et j'en profitai pour poser les mains sur ses hanches et nicher les lèvres dans son cou. Excessif. Encore. Elle me laissa faire, basculant la tête en arrière pour m'offrir son cou.

Elle se dégagea finalement et déboutonna sa veste de cuisine pour la plier. Elle ajusta son pull noir sur sa poitrine, laissant apparaître un début de décolleté, puis passa les mains dans ses cheveux, les remettant difficilement en place.

— Tu joues les marieuses ? demandai-je.

— La cuisine rapproche, sourit-elle. C'est pour ça que je ne peux pas laisser la crêperie fermer.

Je croisai les bras sur ma poitrine, ravi d'entendre la Adèle combative. La lueur familière de la passion éclaira son regard, et son sourire illumina la pièce. Pour ce seul sourire, j'aurais pu faire Paris–Saint-Malo tous les jours, en espérant qu'il me soit réservé chaque matin.

— Raconte-moi, l'encourageai-je.

— Quoi ?

— Le restaurant, ce que tu imagines.

— Tu as déjà eu toute une étude chiffrée, plaida-t-elle. Je pensais que ça te suffisait !

— Les chiffres donnent une certaine vérité. Ce que je

veux entendre, c'est comment tu vois les choses, l'ambiance, les discussions. Est-ce que tu vas changer la décoration ? Est-ce qu'il y aura de la musique ?

Adèle hésita quelques secondes, avant de hausser les épaules. J'attendis patiemment.

— Eh bien, je veux agrandir l'îlot, pour commencer, pour faire comme un fer à cheval, autour duquel on pourrait manger. Je... Je vais changer l'éclairage pour quelque chose de plus intime et plus doux. Des chaises plus confortables, des murs blancs, qui font ressortir le sol en granit.

Adèle marchait dans le restaurant, le sourire aux lèvres, les doigts effleurant tour à tour les chaises, les murs et les cadres photos. Elle repoussa trois tables les unes contre les autres et pivota vers moi.

— Et là, une grande table, façon repas de famille. Je pourrais faire des plats à partager, tu vois ?

— Je vois, approuvai-je.

— Et la petite salle du fond, en faire comme une alcôve. Pour les événements spéciaux. Ou peut-être que j'en ferai une seconde cuisine pour y mettre un four, je ne sais pas encore. Tu veux que je te parle de l'extérieur, aussi ?

Elle parvenait à peine à dissimuler son enthousiasme. Je retrouvais son côté pétillant et mutin, comme une enfant qui ne pouvait pas garder un secret.

— Viens, dit-elle en me prenant la main.

Dans la rue, Adèle me posta sur le trottoir opposé, se fichant de la pluie fine et de la nuit tombante.

— Je vais faire mettre des glycines ici et là. Comme ça, à la saison prochaine, on pourra peut-être prévoir quelques tables dehors, abritées. Et, pour l'hiver, je vais ajouter un éclairage avec de fines guirlandes, ça donnera un air... Quoi ? s'interrompit-elle.

— Rien, je n'ai rien dit, me défendis-je.

— Tu as ton regard moqueur et incrédule. Le même regard que tu as eu quand je t'ai parlé du restaurant pour la première fois.

— Tu te trompes, assurai-je en la rejoignant à la porte de la crêperie. Je ne me moque pas, je suis... ébahi. Et fier d'être à la fois ton investisseur et le type qui va t'embrasser dans deux secondes.

J'abaissai la bouche vers la sienne, lui volant un baiser furtif. Ses lèvres étaient fraîches de pluie, et je sentis Adèle frissonner contre moi. Je repoussai l'image de mon corps nu contre le sien la réchauffant, tous deux enroulés dans une couette épaisse.

— Et est-ce que tu es convaincu ?

— Autant que tu es frigorifiée, souris-je. Prends ma veste et allons grignoter quelque chose. Je meurs de faim.

— Il y a une petite crêperie sur le bord de la plage, on pourra prendre un truc à emporter.

Je réprimai mal une moue déçue. J'avais envisagé attirer Adèle dans ma chambre et commander quelques pâtisseries pour accompagner le champagne. Je laissai Adèle fermer à double tour le restaurant. Elle ressortit avec ma veste sur elle, bien trop grande et trop large.

— C'est toi qui vas tomber malade, commenta-t-elle en nous dirigeant vers le bord de mer.

— Tu vas être obligée de te serrer contre moi. Comme ça, par exemple, fis-je en l'attirant vers moi.

Elle étouffa un cri de surprise et trébucha sur un pavé. Je la retins in extremis par la main et m'assurai qu'elle allait bien.

— Désolée, c'est juste que... Disons que ce genre de démonstration, c'est un peu nouveau pour moi, murmura-t-elle.

— Pour moi aussi.

J'entrelaçai les doigts aux siens et attirai le dos de sa main contre mes lèvres. Je croisai le regard perdu d'Adèle, et un sourire incertain éclaira son visage. J'étais en train de l'effrayer avec mon désir trop présent.

— Tu as été marié, je pense que tu es un peu plus expérimenté, non ?

— C'est le moment où je passe soit pour un hypocrite, soit pour un beau parleur, c'est ça ?

— Parce que...

— Ce que j'ai vécu avec Sophie n'a rien à voir avec ce que je vis avec toi. Déjà, tu cuisines mieux, plaisantai-je.

Je récoltai une tape sur le bras, tandis que nous descendions la volée de marches jusqu'à la plage. La nuit n'était pas encore tout à fait installée, et nous profitâmes de l'éclairage des réverbères de l'avenue en surplomb.

— Je ne sais pas comment l'expliquer. C'est comme si, pendant des années, j'avais été dans le noir et que, soudain, une fille aux cheveux fous avait allumé la lumière.

— Ma seule passion a toujours été la cuisine.

J'eus la sensation qu'elle me mettait en garde. Adèle était venue vers moi pour le restaurant et uniquement pour le restaurant. J'étais un avantage collatéral, une rencontre fortuite, à qui elle laissait une opportunité. J'avais été tellement odieux avec elle que je comprenais sa prudence. Je devais me racheter, lui montrer qu'elle m'avait touché comme personne ne l'avait fait auparavant.

— Je sais, admis-je. C'est pour ça que j'ai accepté de devenir ton associé.

— Parce que j'ai su faire des histogrammes ? rit-elle.

— Aussi. Mais c'est surtout quelque chose que tu m'as dit lors de notre premier déjeuner ensemble, dans cette crêperie parisienne riquiqui. Tu m'as dit que tu aimais faire partie de la vie des gens et que tu voulais que j'en fasse autant.

— Arnaud, tu m'as forcée à te faire un dossier financier complet, alors que tu étais convaincu depuis le début ?

— J'ai conscience que j'aggrave mon cas, avouai-je, embarrassé. Mais je t'ai vue faire. Devant l'usine, dans ce restaurant, quand tu es venue dans mon bureau... Tu sais, la plupart du temps, les gens disent de moi que je suis chiant et autoritaire, et j'aimerais bien qu'on dise aussi que je leur ai apporté un peu de joie. Et puis, il y a eu toi.

— Moi...

— Et ton jus de coquillage, ajoutai-je pour détendre l'atmosphère. Il aurait pu me faire pleurer de joie !

— Meilleure surprise de l'année, hein ? fit-elle en rivant ses yeux noisette aux miens.

— Meilleure surprise de ma vie, rectifiai-je en prenant son visage en coupe.

Je déposai un baiser sur ses lèvres, et Adèle entoura ma nuque de ses bras. Elle m'attira contre elle et, très vite, sa langue caressa la mienne. Ses cheveux volèrent autour de nous, et même le bruit des vagues ne me parvint plus. Adèle frémit contre moi et, à travers le tissu de ma chemise, je devinais ses mains glacées.

Je nichai les lèvres dans son cou gelé, remontant lentement vers son oreille.

— On pourrait parler histogrammes au chaud, chuchotai-je.

— Tu veux vraiment parler ? demanda-t-elle d'une voix rauque.

Nous échangeâmes un sourire complice et saturé de désir. Adèle me vola un nouveau baiser, me tirant un gémissement d'excitation. Il faisait bien trop froid pour faire l'amour sur la plage, pourtant j'étais sur le point de céder, laissant mes mains glisser sur ses fesses.

— Je ne veux pas te faire l'amour ici, chuchotai-je.

— Vraiment ?

— Eh bien, disons que sur une plage des Caraïbes je n'aurais pas dit non, mais avec ce froid on risque une pneumonie.

— Sans compter la pluie, ajouta-t-elle en pinçant les lèvres.

Je relevai les yeux vers le ciel, constatant, en effet, qu'il pleuvait. Je n'avais rien senti du tout. J'entendis Adèle rire, puis elle me prit la main et m'entraîna sur la plage, à grandes enjambées. Ses cheveux humides ondulaient davantage, et le bas de son jean était couvert de sable.

— Tu es au même hôtel que la dernière fois ?

Je hochai la tête, parvenant péniblement à la suivre. Elle tendit la main, et nous marchâmes jusqu'à mon hôtel dans un silence électrique et entrecoupé de quelques baisers. Nous grimpâmes jusqu'à ma chambre, et, une fois la porte refermée, Adèle et moi nous dévisageâmes de longues secondes. J'avais envie d'elle depuis que j'étais entré dans le restaurant. Mais maintenant, alors que nous étions enfin dans cette chambre d'hôtel, mon histoire avec Adèle semblait irréelle. Nous n'étions plus dans le fantasme, ni dans de banales paroles échangées pour faire monter le désir.

Maintenant, le désir, l'envie, la passion étaient là et

emplissaient tellement la pièce que nous étions incapables de bouger.

— Jolie chambre, lança-t-elle en retirant ma veste.

J'ôtai mes chaussures pleines de sable et fut imité par Adèle. Nous étions nerveux tous les deux, jetant des coups d'œil au lit, comme s'il allait nous attaquer. Je me sentais ridicule et je repensai à ce que m'avait confié Adèle : elle n'avait pas l'habitude des relations amoureuses.

Elle me tourna le dos et dirigea son attention vers la grande baie vitrée. Je profitai de ne plus subir son regard paralysant et effaçai la distance entre nous. Je posai les mains sur ses hanches et embrassai sa nuque. Contre moi, Adèle se détendit. Mes doigts se faufilèrent sous son pull et remontèrent sur son ventre. Je suçotai la peau de son cou, ravi d'entendre Adèle soupirer de plaisir.

J'attirai son corps contre le mien, caressant sa peau tout en remontant vers sa poitrine emprisonnée dans un soutien-gorge. Mes dents éraflèrent son cou, et Adèle se cambra contre moi, frottant les fesses contre mon entrejambe tendu. Je sifflai de frustration et décidai de me venger en sortant ses seins de leur carcan.

— Je vais te retirer ton pull, chuchotai-je contre sa nuque.

Je m'exécutai, découvrant le reflet d'Adèle dans la baie vitrée. Elle était superbement indécente, avec sa poitrine nue, ce délicieux sourire sexy sur les lèvres et son souffle court.

— Je vais aussi te débarrasser de ça, dis-je en faisant rouler les bretelles de son soutien-gorge sur ses bras.

Elle hocha la tête, et je dégrafai son soutien-gorge pour le faire tomber au sol. Adèle se tourna finalement vers moi, me laissant enfin la contempler à moitié nue. Je l'embrassai doucement, mes mains caressant sa peau douce et encore fraîche. Un voile de chair de poule couvrit ses épaules, et Adèle s'écarta de moi, les yeux pétillants de malice.

— Mon tour, murmura-t-elle.

Elle tira ma chemise emprisonnée dans mon jean et déboutonna chaque bouton avec une cruelle lenteur, le regard planté dans le mien. Elle ne me toucha pas une seule fois, y compris quand elle s'assura que mes manches étaient bien défaites. Elle repoussa la chemise de mes épaules et, enfin, posa les paumes contre mon torse nu. Ses doigts parcoururent mes pectoraux, avant de descendre sur mon ventre. Je me crispai, excité et pressé de l'étendre sur le lit derrière nous.

— Tu m'avais caché tes talents de sportif, constata-t-elle avec un sourire.

— Aurais-je enfin trouvé le moyen de t'éblouir ?

— Peut-être.

Elle déboutonna mon jean, mais je ne lui laissai pas le temps de continuer. Je capturai son poignet entre mes mains et attirai sa bouche contre la mienne. J'enroulai les bras autour de sa taille et je reculai jusqu'à ce que l'arrière de mes genoux touche le bord du lit. Notre baiser s'amplifia, entrecoupé de gémissements et du son délicieux du frottement de sa peau contre la mienne.

Je fis pivoter Adèle, et elle tomba sur le lit dans un hoquet de surprise. Je rampai au-dessus d'elle, embrassant sa gorge, avant de tracer un chemin brûlant de baisers jusqu'à sa poitrine gonflée de désir. Quand ma bouche se posa sur la pointe tendue de son sein, Adèle émit un couinement irrésistible et se cambra sur le lit. Je jouai longuement avec son sein, l'étirant entre mes lèvres et le caressant avec la langue avant de passer à l'autre.

Adèle se tortillait sous moi, gémissant de plaisir. Quand je sentis ses jambes s'enrouler autour de ma taille, je compris qu'elle voulait me débarrasser de mon jean.

— Je veux te sentir, râla-t-elle.

Je l'aidai de mon mieux, retirant mon jean et mon boxer d'un seul mouvement. Mon sexe tendu se colla contre sa cuisse. Je retrouvai ses lèvres, et Adèle reprit le dessus, son corps à moitié nu et totalement parfait au-dessus du mien. Ses ongles éraflèrent mon torse, et très vite sa main vint entourer mon sexe douloureux.

— Putain, grognai-je en basculant la tête en arrière.

Je brûlais d'être en elle et de m'y perdre pour la nuit, au moins. Je redoutais le moment où je devrais laisser Adèle ici, pour reprendre mes activités à Paris.

— Tu es en train de me détraquer, marmonnai-je pendant que sa main coulissait sur mon sexe bandé.

— Je sais, sourit-elle contre ma bouche.

Je parvins à nous redresser, tirant sur son jean encore sur elle. J'avais eu un avant-goût de son adorable fessier rebondi en le caressant sur la plage. Maintenant, je voulais sentir sa peau contre la mienne et presser ses fesses dans mes paumes jusqu'à y laisser une trace possessive. Elle libéra mon sexe et s'allongea sur le lit, retirant son jean. Elle crocheta sa culotte noire, mais je l'arrêtai d'un geste.

— Laisse-moi faire.

Elle leva les mains, me donnant une autorisation silencieuse. Je recouvris son corps frissonnant du mien. Elle était encore gelée de notre balade sur la plage.

— Tu es un véritable glaçon, la taquinai-je en nichant la tête dans son cou.

Nos jambes se mêlèrent, et je respirai son parfum, un curieux mélange de sel et de chocolat. Je glissai le long de son corps, embrassant sa gorge, ses seins, son ventre et atteignant enfin son sous-vêtement. Je longeai son élastique, effleurant à peine sa peau. Adèle se tendit et tenta d'agripper mes épaules, en vain.

J'embrassai son sexe par-dessus sa culotte, récoltant un soupir de satisfaction. J'appuyai plus fermement la bouche sur elle et fut de nouveau récompensé. Mon sexe, déjà tendu, me fit encore plus mal. Je voulais me glisser en elle, tout oublier et simplement regarder ses yeux briller de joie et de plaisir.

Je la débarrassai de sa culotte et laissai mes doigts découvrir ses jambes. Une cicatrice au genou, un grain de beauté sur le mollet, une marque de naissance à l'intérieur de la cuisse droite et un long frisson qui secoua son corps. Ma bouche refit le chemin inverse : son ventre, ses seins ronds et tendus, sa gorge offerte et enfin sa bouche gourmande.

— Il faut que tu me racontes ta cicatrice au genou, murmurai-je.

— Maintenant ? s'écria-t-elle.

— Non. Pour l'instant, j'ai prévu autre chose pour nous deux. Je vais me perdre en toi jusqu'à ce que tu cries mon prénom.

— Vraiment ?

Elle se dandina sous moi, et je réprimai un grognement de protestation quand mon sexe frotta contre sa cuisse. Elle m'adressa un sourire ravi et releva les genoux pour intensifier le contact entre nos deux bassins.

— Vraiment, assurai-je. Et quand j'aurai terminé je reviendrai à la charge. J'ai hâte de te voir au-dessus de moi.

Mon sexe dur caressa le sien. Son intimité était humide, chaude. Parfaite. Adèle se cambra et, le souffle court, lança :

— On m'avait bien dit que tu étais un homme de projet.

Je déposai un baiser sur ses lèvres et dégageai les quelques cheveux fous égarés sur son visage. Adèle perdit son air mutin et me fixa avec intensité. Elle était tout aussi consciente que moi que cette nuit allait changer radicalement notre relation. Il y avait le restaurant, oui. Mais, surtout, il y avait elle, qui était en train de chambouler mon monde.

Mes doigts glissèrent entre ses cuisses, et je la caressai longuement, jusqu'à ce qu'Adèle, les yeux clos, s'abandonne totalement. Ma respiration était hachée et lourde ; je glissai sur le lit, près d'elle, admirant son corps réagir à mes caresses. Elle ondulait sur le lit, soupirant son plaisir, mordillant ses lèvres pour retenir un cri.

— Arnaud, murmura-t-elle.

Son bassin vint à la rencontre de mes doigts, réclamant plus. Son corps s'était réchauffé, et elle se serra contre moi, alors que son sexe palpitait autour de mes doigts. Elle embrassa mon épaule, puis la mordit tandis que son corps, parcouru de secousses, s'enroulait autour du mien.

Je tendis la main vers le chevet et en sortis un préservatif. Je le déroulai sur mon sexe et attirai Adèle face à moi. Sa jambe crocheta ma hanche, et je soudai le front au sien. Lentement, mon sexe s'enfonça en elle. À bout de souffle, je m'arrêtai et trouvai le regard noisette d'Adèle. Les joues rouges et aussi essoufflée que moi, elle pressa son corps chaud contre le mien, sa poitrine s'écrasant contre mon torse.

Puis, le sourire aux lèvres, elle bougea, se redressant un peu pour mieux plonger sur moi. Je grognai de plaisir, et elle réitéra son mouvement. Nos respirations lourdes se mêlèrent, et Adèle me fixa avec détermination ; elle voulait être à la manœuvre et dominer la situation. Très vite, je repris le contrôle.

J'agrippai sa cuisse et attirai son corps brutalement contre le mien. Mon sexe coulissa en elle et, malgré son envie de lutter, elle finit par me laisser faire. Son corps vibrait contre moi, bougeant avec volupté contre le mien. C'était une danse parfaite, au rythme cadencé, à la chaleur intense. Dans cette position, Adèle me chevauchait presque. Je la basculai sur le dos, et elle noua les chevilles autour de ma taille.

Je la pénétrai avec plus de force, allant et venant en elle avec passion. Adèle agrippa la tête de lit derrière elle, se cramponnant alors que son bassin se soulevait au rythme du mien. Elle poussa un gémissement lourd, et sa respiration devint erratique. Elle chuchota mon prénom, et je sentis son intimité brûlante se resserrer autour de mon sexe. Je poussai un râle de plaisir et, accompagné par les murmures d'encouragement d'Adèle, je jouis en elle avant de m'effondrer, à bout de souffle, près d'elle.

Sa respiration s'apaisa, et je me levai pour me débarrasser du préservatif dans la salle de bains. À mon retour dans la grande chambre, Adèle avait enroulé la couette autour d'elle. Elle tapota la place près d'elle, m'invitant à la rejoindre.

— Tu sens encore le chocolat, lui dis-je en la serrant contre moi.

— C'est le dessert pour samedi soir. Le chocolat a une tendance naturelle à rapprocher les gens.

Elle déposa un baiser sur mes lèvres gonflées. Son corps était chaud, doux, une véritable invitation à la luxure. Mes mains s'égarèrent sur ses fesses.

— C'est donc pour ça que tu m'as fait une crêpe au chocolat lors de notre dîner.

— Peut-être.

— Et tu les connais ? Ceux de samedi soir, précisai-je en voyant qu'elle ne comprenait pas.

— Oui.

— Ils sont ensemble ?

— Presque. Mais, si je te raconte, tu deviens complice du plus grand plan d'évasion de tous les temps.

Sa fossette apparut et je sus, à ce moment précis, que j'étais tombé amoureux de cette femme et de la douce folie qu'elle était en train d'instiller dans ma vie.

Chapitre 17

Après avoir paressé au lit toute la matinée, Arnaud et moi avions passé l'après-midi ensemble. Sa main dans la mienne, je lui avais fait visiter Saint-Malo, et nous avions fini par rejoindre le restaurant.

— À quelle date penses-tu ouvrir ? demanda-t-il.

— Aucune idée. Après le cocktail, j'imagine. On fera les travaux au fur et à mesure, mais je ne peux pas louper la saison estivale.

— J'appellerai ma banque demain, pour débloquer les premiers fonds. Il va te falloir un peu de trésorerie pour prévoir du stock.

— Tu ne veux pas qu'on signe, d'abord ? m'étonnai-je.

— Si on attend les délais légaux, tu ne pourras pas ouvrir avant deux bons mois. J'ai confiance, Adèle.

— Merci, soufflai-je en me hissant sur la pointe des pieds pour l'embrasser.

Arnaud prolongea notre baiser, gardant mon visage entre ses mains. Pour la première fois depuis des jours, le temps était enfin ensoleillé. Il s'écarta de moi, et j'en profitai pour déverrouiller la porte du restaurant. À la faveur de la météo, j'ouvris toutes les fenêtres, laissant l'air frais et iodé prendre possession des lieux.

— De toute façon, reprit Arnaud, une fille qui déboule dans mon bureau, met le bazar dans ma vie, utilise le chocolat comme arme de négociation et met au point un plan d'évasion est forcément digne de confiance, non ?

— Je n'ai pas mis le bazar dans ta vie, corrigeai-je.

— Oh que si ! À l'instant où j'ai vu ton visage sur ce livre de cuisine, j'ai su que tu allais devenir un tantinet envahissante.

— Ta fille est en train de développer la plus belle des passions et un vrai esprit créatif et impétueux, tu ne réalises pas la chance que tu as !

— Il faudrait que je te la présente, dit-il avec un ton sérieux.

Je pivotai vers lui, sous le choc. Arnaud et moi avions passé une nuit divine. Nous nous étions parlé de nos vies respectives, nous avions fait l'amour, nous avions pris une douche commune à notre réveil. En quelques jours, cet homme avait réussi à me séduire et à me rassurer. J'avais toujours eu des relations compliquées avec les hommes. Parce qu'ils évoluaient dans le même milieu professionnel que moi, chaque histoire s'était finie en compétition acharnée. Avec Arnaud, j'avais trouvé un équilibre : il m'apportait du calme et de la sérénité, tandis que je m'appliquais à apporter un peu de fantaisie à sa vie. Le restaurant nous avait liés plus que ce que j'avais imaginé.

Arnaud dut percevoir mon trouble, car il approcha de moi et me prit dans ses bras.

— J'ai mon train dans moins d'une heure, je ne voulais pas t'effrayer, dit-il, comme pour s'excuser.

— C'est… Je ne m'attendais pas à ça, en fait.

— À quoi ?

— À moi ici, à toi à Paris. Au restaurant. À ta fille. À

Joséphine. C'est comme si, d'un coup, tout se précipitait. Je ne sais pas, ça me fait bizarre !

— Oh. Tu trouves que ça va trop vite ? s'inquiéta-t-il. Adèle, si... Je suis venu ici sur un coup de tête, parce que je ne voulais pas attendre dix jours. Je ne pensais pas que...

— Ce n'est pas ça. C'est juste qu'on va devoir trouver un équilibre. Comme dans une recette, ajoutai-je dans un rire.

Je posai les mains sur son torse, espérant l'avoir rassuré. Ma vie prenait une tournure nouvelle et imprévue. Contrairement à lui, j'avais besoin de temps pour assimiler tout ça. Arnaud était rationnel et posé, pourtant, il était capable de prendre un train à l'improviste pour me rejoindre. Je n'étais pas certaine de pouvoir en faire autant. Il courait quand j'apprenais tout jute à remarcher. J'avais trop mis ma vie entre parenthèses pour prendre le risque de tout remettre en jeu à ce moment charnière.

— D'accord, souffla-t-il. Mais je veux vraiment que tu rencontres ma fille.

— Je sais. Je veux juste... un peu de temps, d'accord ?

Il hocha la tête et m'embrassa doucement. Nous fûmes interrompus par la sonnette de la porte du restaurant. Joséphine apparut, les cheveux tirés dans un chignon et habillée d'une robe fleurie. Je secouai la tête et réprimai un rire.

— Il fait beau, se justifia-t-elle. Si je mets un pull et un pantalon chaud, il va refaire moche !

— Je n'ai rien dit, me défendis-je dans un rire.

— Évidemment que tu ne dis rien : visiblement, tu as trouvé un moyen d'avoir toujours chaud !

Joséphine plafonnait au niveau zéro de la subtilité. Elle désigna Arnaud du menton et marmonna dans sa barbe.

— Joséphine, c'est Arnaud Langlois.

Son visage ridé s'éclaira et, en une seconde, sa mauvaise humeur s'évapora. Son regard passa d'Arnaud à moi, avant de s'arrêter sur nos mains enlacées. Elle haussa un sourcil, avant de sourire.

— Arnaud a accepté d'investir dans le restaurant, expliquai-je.

— Apparemment, lâcha-t-elle en tendant la main pour le saluer.

— Arnaud, voici Joséphine, repris-je, un peu mal à l'aise. Le restaurant lui appartient.

— Plus vraiment, corrigea cette dernière. J'ai fait les papiers chez le notaire ce matin, vous allez recevoir une convocation de sa part pour finaliser la transaction.

— Enchanté, répondit Arnaud en prenant la main de Joséphine dans la sienne.

J'en profitai pour libérer ma main et m'éloignai d'Arnaud. Joséphine avait tout fait pour que je reprenne la cuisine, mais elle n'avait sûrement pas prévu que j'aurais une histoire avec Arnaud. Sans que je me l'explique, son regard inquisiteur me mit mal à l'aise.

— Je suis ravie qu'Adèle ait réussi à vous convaincre, dit Joséphine avec un sourire.

— Adèle est très convaincante quand il s'agit de cuisine. Et je sais qu'elle a beaucoup de talent !

— C'est ce que je ne cesse de lui dire, râla Joséphine. Si vous voulez mon avis, elle a perdu son temps ici pendant des années. Il a fallu que je lui botte les fesses !

Arnaud me lança un regard amusé. Je subissais un procès en règle et je connaissais déjà la sentence. J'étais reconnaissante envers Joséphine pour tout ce qu'elle avait fait pour moi, mais je me demandais si elle avait vraiment compris à quel point j'avais été brisée par ma vie d'avant. J'avais eu besoin de temps pour me reconstruire.

— Je suis contente qu'elle reprenne la cuisine. Elle va éblouir ses pairs, assura-t-elle.

— Nous faisons tout pour. Avec Adèle, nous allons organiser un cocktail de lancement, disons, dans une quinzaine de jours. J'espère que vous serez des nôtres.

Joséphine rayonnait. Je comprenais maintenant à quoi tenait la force de persuasion d'Arnaud. Avec les hommes, il jouait la carte de l'expertise et de la conviction, avec les femmes, il dégainait ses bonnes manières et un sens inné de l'écoute. Il savait exactement quoi répondre et comment répondre.

— Bien sûr ! Tu cuisineras, Adèle ?

— Oui, répondis-je, incertaine.

— Il y aura une cinquantaine de personnes. De toute façon, le restaurant ne peut guère recevoir plus.

Arnaud jeta un coup d'œil à sa montre, et son sourire séducteur s'effaça. Il me lança un regard, et je compris qu'il devait partir pour ne pas louper son train.

— Joséphine, ce fut un vrai plaisir. Malheureusement, il faut que je rentre à Paris.

Il rejoignit la porte, et je le suivis, hésitant sur la façon appropriée de lui dire au revoir. Arnaud et moi ne nous étions fait aucune promesse, et son empressement m'effrayait un peu, mais je tenais à lui, et le souvenir de notre première nuit ensemble allait me hanter pendant des mois.

Ou des années.

Dans la rue, nous nous dévisageâmes comme deux adolescents embarrassés.

— Je suis contente que tu sois venu, dis-je pour briser le silence pesant qui nous entourait.

— C'était parfait, approuva-t-il.

— Je ne t'accompagne pas à la gare. Ça fait un peu trop cliché. Et j'ai des tas de choses à boucler pour demain soir.

Je me trouvais des excuses, j'en avais pleinement conscience. J'aurais pu aller à la gare, j'aurais pu voler un dernier baiser à Arnaud et j'aurais préparé la salle ensuite. Mais c'était trop dur à encaisser, et j'avais peur de finir en miettes, le cœur en lambeaux et incapable de me reprendre. Arnaud comptait. Il comptait même un peu trop, et c'était cet attachement inédit qui me poussait à prendre du recul.

— On se voit dans dix jours, lui rappelai-je.

— Je te verrai avant. Chaque soir avec ma fille, expliqua-t-il avec un grand sourire.

— La photo du livre est hideuse, protestai-je.

— Je ne trouve pas. De toute façon, tout est là !

De l'index, il tapota son front, et son regard gris prit une teinte anthracite. Je décelai une pointe de désir dans son sourire coquin, et il approcha de moi. Brutalement, l'air me manqua. Arnaud me scrutait avec envie, rendant l'atmosphère électrique. Ces dix jours me paraissaient maintenant interminables.

Dix jours sans ses lèvres.

Dix jours sans son regard gris acier qui me fascinait.

Dix jours sans ses mains sur mon corps.

Il m'attira entre ses bras et me serra contre lui. J'avais passé à peine vingt-quatre heures avec lui et pourtant je savais qu'il allait me manquer, que ses bras protecteurs autour de moi allaient me manquer, que la façon même dont il m'embrassait – en maintenant mon visage entre ses mains – allait me manquer.

— Tu me raconteras pour la grande évasion ? demanda-t-il.

— Oui, je t'appelle demain soir, si tu veux.

Il m'embrassa une dernière fois, me tirant un gémissement de plaisir. Ses dents s'attardèrent sur mes lèvres, et il finit par s'écarter, à regret. Il s'éloigna et prit la direction de son hôtel pour récupérer son bagage. De loin, il m'adressa un dernier signe de la main avant que je regagne le restaurant.

Assise à l'une des tables, Joséphine avait son cahier de recettes ouvert devant elle. En m'entendant entrer, elle leva les yeux vers moi. Si le départ d'Arnaud m'avait vraiment attristée, devant Joséphine, je ressentais plutôt de l'embarras.

— Écoute, commençai-je, je n'avais pas prévu que...

— On tombe en cuisine, comme on tombe en amour, me coupa-t-elle. C'est ce que je t'ai toujours dit. Il ressemble beaucoup à son grand-père, les mêmes yeux gris. Très mignon.

— C'est récent, tu sais.

— Je sais. C'est pour ça que tu fais cette tête !

— Quelle tête ?

— La tête que tu fais quand tu te demandes comment tu vas gérer une situation imprévue. Tu faisais cette tête à la télé quand ton poisson était trop cuit ou quand ta crème était tranchée.

— Je subissais des situations stressantes, me justifiai-je. Et j'étais jugée par des grands chefs !

— Quel genre de situation stressante vis-tu maintenant ?

— Je reprends un restaurant. Je reprends ma carrière.

Je mets en jeu tout ce que j'aime faire. En gros, je joue ma crédibilité, ma carrière et une partie de ma vie, débitai-je, agacée.

— Et tu as rencontré l'amour. Franchement, tu es une sacrée veinarde, non ?

Son ironie me tira une grimace. Je devais me concentrer sur le restaurant. Arnaud allait devoir accepter, pendant quelque temps, de passer au second plan. Je ne voulais pas que notre histoire aille trop vite, je ne voulais pas me laisser submerger par mes émotions.

— En tout cas, je suis contente que vous soyez parvenus à un accord sur le restaurant, dit Joséphine en se redressant.

Elle referma son cahier et repoussa sa chaise. De mon côté, j'allai vers la plus petite salle et réfléchis rapidement au meilleur décor possible pour samedi. Je voulais vraiment réussir cette soirée et offrir à Elisa un dîner à la hauteur. Joséphine me rejoignit et s'adossa au chambranle vermoulu de la porte. Un sourire nostalgique orna ses lèvres, et elle me tendit le cahier.

— Il te revient, je crois.

Je la scrutai, incrédule. Joséphine tenait à ce cahier comme à la prunelle de ses yeux. Qu'elle s'en sépare marquait la fin d'un cycle… et sûrement le début d'un autre. Je pris Joséphine dans mes bras, la remerciant pour ce cahier et pour tout le reste. J'effaçai les larmes qui menaçaient de déborder et serrai le cahier de recettes contre moi.

— Tu prépares le dîner pour Elisa ? m'interrogea Joséphine.

— Oui. Je pense que je vais juste laisser une table et ajouter un peu de décoration.

— On a des bougies qui traînent dans un placard, un reste de soirées à thème. Je te laisse regarder.

— Tu ne m'aides pas ? m'exclamai-je. Mais tu avais promis de me donner un coup de main.

— Tu as le cahier, tu as le restau !

— Mais je ne pourrai jamais tout faire toute seule ! grimaçai-je, exaspérée.

— Ah, tu vois, c'est exactement cette tête-là que tu fais. Ça fronce, là, entre les sourcils, expliqua-t-elle en désignant la ride du lion. Tu as le regard affolé et tu blêmis !

Les poings sur les hanches, je la fusillai du regard. Ce n'était pas le moment de faire de l'humour. Elle se moquait de moi ouvertement, alors que je paniquais. Elle continua :

— Tu sais ce qui est drôle ?

— Quoi ?

— Quand tu as débarqué dans le coin, tu as fait ta première soirée avec Elisa ici. Vous avez chanté, je crois.

Le souvenir d'Elisa et moi, hurlant dans un micro en ayant un peu trop bu, me tira un sourire. J'étais arrivée détruite et Elisa, en une chanson et quelques mauvaises blagues, avait réussi à me redonner le sourire. C'était grâce à elle que j'avais réussi à relever la tête. C'était grâce à elle que j'avais rencontré Judith et que j'avais vécu mes plus beaux fous rires.

— La boucle est bouclée, alors. Ce qui a commencé ici finit donc là !

— Ce n'est pas une fin, protestai-je.

— Si, c'est la fin de la Adèle effacée et la fin de la crêperie. Regarde-toi, tu n'es pas la même que quand tu es arrivée et, crois-moi, ça me réjouit. Je dois te laisser, Armel m'attend.

Elle quitta le restaurant. Je restai médusée, avec son cahier et mes doutes. Joséphine m'avait sauvée de moi-même et, maintenant, elle m'abandonnait. Elle avait peut-être raison, peut-être que c'était une fin.

— Armel ? m'écriai-je soudain en courant pour la rattraper dans la rue.

— On va boire un café et danser ! Je t'appelle plus tard !

— Danser ?

Elle me fit un signe de la main, et je me surpris à froncer les sourcils. Je devais avoir la fameuse mine de la fille déconfite qui perdait le contrôle : Armel et Joséphine allaient danser. Ensemble. De leur plein gré.

C'était bien une fin. La fin du monde.

— Donc, vous me confirmez que c'est bon pour ce soir ? demandai-je au médecin d'Elisa.

Assis devant moi dans la cafétéria jouxtant le marchand de journaux, le Dr Nédellec jouait avec son gobelet de café. C'était mon seul moyen de réussir à sortir Elisa de l'hôpital quelques heures. Sans lui, mon plan ne tenait plus.

— Vous m'assurez qu'un médecin sera là pour votre petite soirée ?

— Parfaitement !

— Et que vous reviendrez pour 23 heures ?

— Minuit, négociai-je.

Il leva les yeux au ciel, agacé par ma requête. J'étais à deux doigts de le supplier. Elisa avait besoin de prendre l'air et de vivre une soirée comme avant. C'était tout ce que je demandais : un sursis, une douce parenthèse dans sa vie. Elle m'avait aidée à me relever ; je devais l'aider à rester debout.

— Pas de cuite, ni de marathon ? s'assura-t-il.

— On fait juste une petite fête entre amis. Vous pouvez venir d'ailleurs, si vous voulez.

Il haussa un sourcil, surpris par mon invitation. Il but une gorgée de son café, et j'attendis patiemment sa réponse. Son téléphone vibra, mais il n'y prêta pas attention.

— Je suis à peu près certain que vous connaissez le prénom des gens que vous avez invités à cette petite fête, non ?

— En effet, admis-je.

— Quel est mon prénom ?

— Docteur, répondis-je, sans ciller. Et Nédellec, c'est votre nom. Vous voyez, vous êtes tout à fait admissible à cette soirée.

— Je m'appelle Maël, avoua-t-il dans un rire. Allons-y pour minuit, mais je vous préviens qu'elle risque d'être plus sensible à la fatigue. La foule, l'animation et l'agitation de manière générale favorisent la fatigabilité. Évidemment, pas de gras, pas de sucre.

— C'est moi qui cuisinerai, assurai-je. Et le chocolat ?

— À petite dose, d'accord ?

— D'accord. Concrètement, comment on fait pour la sortir d'ici sans que personne, elle comprise, le sache ?

— Je peux prétexter une radio de contrôle pour la descendre au sous-sol. Elle sera en fauteuil et, du coup, sûrement en pyjama.

— Je vais prévoir une tenue de soirée appropriée, déclarai-je.

— Ensuite, je l'aiderai à s'installer dans votre voiture. Mais promettez-moi que, lors de la soirée, elle sera dans son fauteuil. La faire rester debout trop longtemps risque aussi de la fatiguer.

— Très bien. D'autres recommandations ?

— On évite les sensations fortes qui pourraient déstabiliser son rythme cardiaque.

— Du genre ? demandai-je, curieuse.

— Du genre, annonce de grossesse, déménagement imminent, avis de maladie incurable.

Je hochai la tête après chacun de ses exemples. Je n'avais pas le contrôle sur la totalité de la soirée, mais je pouvais déjà exclure la grossesse et la maladie incurable. Quant au déménagement, je n'avais plus qu'à croiser les doigts. Il ajouta d'un ton plus bas :

— Demande en mariage.

— Aucune chance, souris-je.

— On ne sait jamais, si son petit ami est là.

Je secouai la tête. Il était touchant et adorable, allant à la pêche aux informations aussi subtilement que possible. Une forme de soulagement se lut dans son regard, mais je ne savais pas dire si c'était l'absence de petit ami ou la santé préservée d'Elisa qui le réjouissait.

— Un amoureux transi ?

— Non plus.

— Amoureux d'enfance ? proposa-t-il.

— Je ne crois pas. Maël, vous êtes son médecin depuis des mois. Vous savez qu'il n'y a personne.

— Je veux m'assurer qu'il n'y a aucun risque.

— Elle aime le chocolat et les pivoines, si jamais vous voulez postuler pour le rôle, précisai-je avec un sourire.

Il termina son café et jeta le gobelet dans une des poubelles de la cafétéria. J'attendis qu'il réponde à ma proposition, en vain. À nouveau, son téléphone vibra, et il le consulta. Je me levai à mon tour, prête à rentrer chez moi pour mettre les premières étapes de mon plan à exécution. Je devais bien avoir une robe élégante quelque part.

— Et bravo pour le restaurant, lança Maël.

— Pour le restaurant ?

— C'est dans le journal, avec l'annonce de votre cocktail d'ouverture.

J'écarquillai les yeux, stupéfaite. Arnaud n'avait pas perdu de temps. Je me jetai sur le journal régional, découvrant, en dernière page, ma photo et une photo du restaurant. Même si je savais qu'Arnaud avait accepté notre accord, le voir écrit noir sur blanc dans le journal le rendait désormais réel.

— Maintenant que vous connaissez mon prénom, j'espère que vous m'y inviterez, sourit le médecin en s'éloignant en direction des ascenseurs.

— Quelle heure ce soir ? criai-je, toujours sous le choc de l'article.

— 18 h 30, près des urgences.

Dix minutes avant l'heure dite, je me garai devant la sortie des urgences. Je profitai de ma courte avance pour appeler Arnaud.

— Tu me manques, gémit-il en décrochant.

— Waouh. Autant de trémolos, c'est suspect. Tu es avec une autre femme ? demandai-je dans un rire.

— Si on veut. Mais tu me manques vraiment, tu sais.

— Ça fait à peine deux jours, souris-je.

— Et ça fait deux heures que je tente de déchiffrer une de tes recettes. C'est la troisième fois que je loupe ma crème.

— Quel genre de crème ? demandai-je en imaginant Arnaud en pleine bataille rangée dans sa cuisine.

— Chiboust.

— Niveau 3. Je suis impressionnée, Arnaud.

— Tu verrais l'état de la cuisine, tu serais aussi très impressionnée, rit-il. Comment on fait ce truc ?

— C’est la température de ton sirop qui compte. S’il est trop chaud, tes œufs vont cuire ; s’il n’est pas assez chaud, ça ne tiendra pas en cuisson. Ça devrait être simple pour un type rationnel comme toi.

Il poussa un juron à faire rougir un couvent de nonnes, et j’entendis un bruit de vaisselle. J’étouffai un rire, vérifiant l’heure sur ma montre. Il me restait quelques minutes.

— Encore raté ? demandai-je en contenant mon fou rire.

— Il y a un niveau 4 ? ! s’exclama-t-il, désespéré. Un royal au chocolat ?

— C’est délicieux.

— Et tu sais faire ça ?

— Oui. Sans lire la recette, précisai-je.

— Crâneuse ! Tu n’as donc aucune pitié pour les gens que tu tortures ?

— Absolument aucune. On le fera ensemble, si tu veux.

— Adèle, si tu me dis que tu es à la porte de chez moi, je risque de ne plus te laisser partir.

— Je suis à la porte des urgences, à vrai dire. Tu sais, pour la mission évasion.

Je jetai un œil en direction des ambulances, cherchant à voir si ma meilleure amie et son médecin servant venaient dans ma direction. J’espérais juste qu’ils ne rencontrent pas un médecin trop regardant ou une infirmière soupçonneuse.

— En fait, je voulais te remercier pour l’article dans le journal, murmurai-je. Je ne pensais pas que cela irait aussi vite !

— Ce n’est que le début, Adèle, je t’assure. Ce restaurant va être un vrai succès.

Il y eut un court silence, pendant lequel je n’entendis que le souffle d’Arnaud.

— Tu me manques vraiment, dit-il finalement, la voix vibrant de sincérité. Et je ne parle pas de la pâtisserie.

— Tu me manques aussi…

Je fus surprise par mon propre aveu. Mais c'était vrai. J'avais la sensation d'avoir été sous l'eau pendant des mois, les yeux clos et les sons étouffés. Maintenant que j'émergeais, je réalisais à quel point, malgré tous les gens qui m'entouraient, j'avais été seule. Judith allait se marier, Joséphine dansait avec Armel, Sonia réussirait à décrocher des contrats, Elisa et son médecin finiraient par se trouver. Ils m'avaient tous protégée et aidée et, désormais, ils reprenaient leur vie. Arnaud avait surgi au bon moment.

La cuisine et l'amour, en même temps. Joséphine allait être fière de moi.

— On tombe en cuisine, comme on tombe en amour, murmurai-je.

— Ça doit être ça, approuva Arnaud.

Du coin de l'œil, je vis Elisa, hilare, débouler dans son fauteuil roulant sous une épaisse couverture, poussée par son médecin avançant au pas de charge en tenue chirurgicale. Je poussai un soupir. J'avais pensé à la petite robe noire réglementaire, mais je n'avais pas de chemise blanche à disposition.

Je descendis de la voiture et ouvris ma portière, prête à réceptionner mon amie. Essoufflé, le médecin parvint à ma hauteur.

— Minuit et pas une minute de plus, prévint-il.

— Eh bien, vous ferez le gardien du temps vous-même. Montez derrière, vous êtes de la petite fête, Maël !

— Oh ! une fête ! Super ! s'exclama Elisa. Enfin, la vraie vie ! Il y a aura de la vraie nourriture avec du goût ?

Je hochai la tête, et Elisa trépigna sur sa chaise en tapant des mains comme une enfant. Maël nous fixait tour à tour, perdu. Elisa se leva péniblement, et il finit par l'aider à s'installer à l'arrière de ma petite voiture, puis je repliai le fauteuil roulant dans mon coffre. Malgré son grand sourire et quelques couleurs sur ses joues, je remarquai tout de même la petite grimace de douleur qui déformait ses traits.

— Adèle, je suis de garde, je ne peux pas...

Il paraissait déchiré par le doute, son regard passant d'Elisa à la porte de l'hôpital. Le choix qui s'imposait à lui depuis des semaines – le choix entre l'éthique et son attirance pour Elisa – se matérialisait sous ses yeux.

— C'est arrangé, dis-je en désignant la banquette arrière.

— Comment ça « arrangé » ? Adèle, c'est... Je ne suis pas censé fréquenter les patients en dehors de l'hôpital.

— Je ne vous dénoncerai pas, promis-je alors qu'il hésitait toujours. Et vous mangerez bien. Bien mieux qu'ici ! Et j'ai suivi votre conseil, je suis allée saluer votre père. Il a été ravi de vous libérer pour la soirée.

— Quoi ? Mon père est au courant ?

— Je lui ai promis une table à l'année au restaurant, en échange d'un léger arrangement de planning. Allez, grimpez !

Il eut un dernier regard hésitant, avant de s'asseoir près d'Elisa. Il ajusta la couverture sur ses cuisses, puis, mû par l'instinct, il prit son pouls à l'intérieur du poignet. Je démarrai la voiture et nous insérai dans la circulation malouine. Dans le rétroviseur, le sourire béat d'Elisa tranchait avec le regard inquiet de Maël. J'espérais que son humeur change au moment du dîner.

— Il y a qui à cette fête ? demanda Elisa à deux cents mètres du restaurant.

— Que des gens que tu aimes, assurai-je.

Je me garai devant le restaurant et aidai Elisa à s'extirper de la banquette. Nous franchîmes la porte, et le sourire d'Elisa s'effondra. Elle devait s'attendre à une foule extatique, à des banderoles et des hourras… Il n'y avait que le calme de la salle vide et les quelques ustensiles que j'avais préparés pour ce soir.

— Votre table est par ici, dis-je en poussant le fauteuil d'Elisa.

J'indiquai la table dans la petite salle. L'endroit avait été parsemé de bougies d'ambiance, et une rose trônait au centre de leur petite table. Un silence de plomb s'abattit sur nous trois, et j'attendis qu'ils réagissent.

— J'ai une robe pour toi, soufflai-je à Elisa.

Ses épaules se détendirent, et elle essuya ses yeux bordés de larme. Dans un chuchotis, elle me remercia.

— Faites comme chez vous, Maël. On revient dans quelques minutes.

Je la guidai jusqu'aux toilettes et, avec moult précautions, je parvins à enfiler la robe noire, trop grande, sur Elisa. J'arrangeai ses cheveux de mon mieux et je lui prêtai mon rouge à lèvres pour la touche finale. Ses yeux brillaient de joie, et son visage irradiait de bonheur.

C'était exactement ce que je voulais pour eux, un moment de bonheur.

— Tu mérites cette soirée, dis-je à Elisa en déposant une goutte de parfum le long de sa gorge.

— Il est vraiment sympa, son père ? demanda mon amie, amusée.

— Aucune idée. En tout cas, il est très gourmand.

Rassieds-toi dans le fauteuil, je t'amène à ton prince charmant.

Je poussai lentement son fauteuil et Maël, qui était assis à leur table, se leva d'un bond. Il tira sur sa blouse en papier, un peu embarrassé, puis repoussa la chaise face à lui, un sourire crispé sur les lèvres.

— Je vais garder un peu de dignité et m'asseoir sur une chaise, prévint Elisa. Surtout maintenant que je porte une vraie robe.

Maël esquissa un sourire et, sans même attendre mon aide, Elisa s'installa sur la chaise face à lui. Je remisai le fauteuil hors de leur vue et revins à leur table. L'un face à l'autre, Maël et Elisa se dévoraient du regard. Loin des murs verdâtres et de la maladie, ils commençaient leur histoire.

— Pas d'émotion forte, rappelai-je à Maël avec un clin d'œil.

— Je vais essayer. Dites-moi plutôt ce qu'on mange !

Délicatement, il posa la main par-dessus celle d'Elisa, et leurs doigts s'entremêlèrent. Ils échangèrent un sourire, et je reculai pour leur laisser un peu d'intimité.

— Je vous apporte du vin ! lançai-je en m'éclipsant vers la grande salle.

Déjà dans leur monde, ils ne prirent pas la peine de répondre. Elisa, la grande combattante des fins catastrophiques, la pourfendeuse des dénouements sans intérêt, connaissait enfin un début heureux.

Chapitre 18

Je vérifiai à nouveau mon portable, espérant qu'Adèle se soit finalement libérée pour la soirée. Toute la journée, nous avions échangé des messages et nous avions fini par convenir de nous rejoindre dans un petit restaurant du 8e arrondissement le lendemain matin pour un brunch.

Adèle avait proposé de cuisiner, mais j'avais fini par décréter que, si je ne travaillais pas, elle n'avait pas à travailler non plus. Je voulais Adèle toute à moi, sans distraction.

— Et tu ne pouvais pas la rejoindre à son hôtel ce soir ? demanda Alexis alors que nous nous rendions dans un restaurant pour dîner avec sa sœur.

— Elle m'a dit que sa copine allait sûrement vouloir boire quelques verres avec elle.

Alexis me lança un regard amusé, puis secoua la tête en me voyant dégainer mon téléphone portable. Je ne savais combien de messages j'avais envoyés à Adèle aujourd'hui, mais je me rassurais en me disant qu'elle avait été tout aussi bavarde. Mon voyage express en Bretagne avait porté ses fruits, et je voulais m'assurer qu'Adèle était embarquée dans notre relation, autant que dans le restaurant. Depuis notre rencontre et malgré nos multiples échanges, elle avait toujours montré une distance prudente, comme si elle craignait les conséquences de notre proximité.

— Tu vas être sur ton téléphone toute la soirée ? m'interrogea Alexis d'une voix moqueuse.

— Bien sûr que non. Je réponds juste à son dernier message.

— Vous en êtes où, exactement ?

— On est ensemble.

— J'avais compris. Dans vos messages, c'est quoi ? Allusions cochonnes ? Déclarations énamourées ? Échanges de petites annonces pour trouver une maison à mi-chemin ? Ou est-ce qu'elle te demande de prendre du pain pour le dîner ?

— Je ne crois pas que ça te regarde, sifflai-je.

— Allusions cochonnes, donc.

— La ferme.

Alexis éclata de rire, pendant que je répondais à toute vitesse au message audacieux d'Adèle. Notre séparation longue de dix jours exacerbait son imagination. Je rêvais déjà du moment où je la déshabillerais dans le salon pour lui faire l'amour contre le mur.

— C'est juste ça ? reprit Alexis.

— Ça quoi ?

— Du sexe. Je me doute qu'après des années de mariage ronronnant tu as envie d'exotisme et de relations sans lendemain.

— Tu crois vraiment que je coucherais avec une femme avec qui je suis associé, juste pour le sexe ? Quel genre de mec ferait un truc pareil ?

Il haussa les épaules, et j'éclatai de rire devant sa mine déconfite. C'était comme prendre un enfant la main dans le pot de confiture : il affichait un mélange de honte et de vexation. Parfois, j'oubliais à quel point Alexis était un goujat de première avec les femmes, un véritable collectionneur.

— Combien d'assistantes juridiques as-tu séduites au juste ?

— En comptant celles qui ont quitté le cabinet ?

— Alexis, c'est pathologique à ce niveau, ris-je.

— Et on en parle de ta pathologie du couple ? Tu sors à peine d'un mariage et te voilà reparti dans une histoire au long cours. À mon avis, tu es complètement cinglé ! Dire que je comptais sur toi pour m'accompagner en soirée !

— Au cas où tu n'aurais rien compris : Adèle est à plus de quatre cents kilomètres de Paris. Je pense donc que je vais avoir quelques soirées de libres.

— Surtout pas ! grimaça Alexis. Au mieux, tu feras ton rabat-joie en nous forçant à rentrer pour 22 heures ; au pire, tu passeras tout ton temps sur ton téléphone à envoyer des messages à Adèle. Honnêtement, tu feras fuir tout le monde !

— Et c'est moi le rabat-joie ? ironisai-je.

— Au fait, tu as regardé le dossier que je t'ai rapporté ? Mon pote fiscaliste a fait un super boulot. Ça mérite que tu t'y penches… histoire que tu ne fasses pas n'importe quoi.

— Être avec Adèle ne signifie pas que je vais faire n'importe quoi ! Je sais faire la part des choses.

— Dit le mec qui vient d'envoyer trois messages en quinze secondes. Je suis avocat et, en plus, je suis ton meilleur pote, ce qui fait deux bonnes raisons de te prévenir. Fais gaffe à toi et ne te laisse pas emporter par cette histoire.

— Je vais me répéter, mais : c'est moi le rabat-joie ?

Alexis me lança un regard sombre. Ce que j'avais pris pour de l'humour était, en fait, très sérieux. J'agrippai son bras, le forçant à nous arrêter. Je pouvais accepter qu'il se moque de moi et de ma nouvelle addiction au téléphone, mais je n'aimais pas le sous-entendu de ces dernières remarques. Adèle et moi étions amants et associés. Je pouvais admettre que ce n'était pas la situation idéale, mais j'avais le recul et l'expérience nécessaires pour la gérer.

— Quel est le problème au juste ? Tu sais quelque chose que je devrais savoir ? l'interrogeai-je.

— Arnaud, écoute, je suis juste inquiet. J'ai l'habitude de fréquenter un type posé et prudent, et là, tu acceptes de gérer un restaurant sorti de nulle part et tu t'engages avec une femme qui n'a rien à voir avec ton monde.

— Je suis un grand garçon, Alexis, souris-je en lui tapotant amicalement la joue. Autre chose ?

— Pitié, rédige un contrat de mariage ! Si tu ne le fais pas pour toi, fais-le pour ton meilleur ami, avocat.

— Allez, faut qu'on se dépêche. Et tu vas m'offrir une bière pour te faire pardonner ce discours paternaliste.

— Uniquement si tu arrives à ne pas regarder ton téléphone pendant trois minutes !

Nous rejoignîmes le restaurant, et Alexis demanda notre table. Le serveur nous conduisit à une table ronde, où cinq couverts étaient dressés. J'échangeai un regard curieux avec Alexis, avant qu'il pose la question au serveur.

— Je crois que nous ne sommes que quatre.

— La réservation a été modifiée cet après-midi, pour cinq, confirma le serveur.

— Si Judith a ramené deux copines bavardes et énergiques comme elle, la soirée va être très longue, soupira-t-il.

Nous nous installâmes, et, évidemment, je fus privé de ma bière en raison d'un nouveau message d'Adèle. Elle me prévenait qu'elle allait manger avec ses amies et me disait qu'elle avait hâte de me voir. Nous commandâmes deux verres de vin, et je me surpris à prêter attention au restaurant : l'éclairage tamisé et indirect, la décoration moderne dans des tons de gris, les photos éclatantes de couleur et une musique d'ambiance. Le lieu était plutôt chic, mais, malgré tous leurs efforts, il ne dégageait aucune chaleur.

— Enfin ! râla Alexis en se levant de sa chaise.

Je braquai le regard dans la même direction que lui. Sa sœur, Judith, apparut tout sourires, dans une robe vaporeuse et fleurie. Elle embrassa son frère avec chaleur, puis me prit dans ses bras en riant.

— Ça me fait plaisir de te voir, lança-t-elle. On me dit que tu es très occupé en ce moment ?

Je levai les yeux au ciel. J'allais sûrement subir les commentaires du frère et de la sœur une bonne partie de la soirée. Me défendre ne ferait qu'attiser leur langue de vipère.

— Et on me dit que les félicitations sont de rigueur, renchéris-je avec chaleur.

— Tu ne vas pas chercher à me dégoûter du mariage, hein ? demanda-t-elle, soupçonneuse.

— Aucunement. Je suis vraiment ravi pour toi. As-tu trouvé la robe de tes rêves ?

— Presque. J'ai trouvé la créatrice de mes rêves. Elle arrive, elle avait besoin d'une petite pause. Tu viendras, hein ?

— Je ne veux pas manquer ça !

Je considérais Judith comme ma sœur ; qu'elle se marie me touchait énormément. Derrière son tempérament libre et rebelle, Judith cachait une nature enthousiaste et joyeuse. Des rires me parvinrent, et je me figeai, fixant la porte d'entrée du restaurant. J'aurais reconnu ce rire entre mille. Devant moi avancèrent une jeune femme brune et Adèle, hilares.

Judith m'adressa un grand sourire de criminel ravi de son méfait.

— Tu le savais ? murmurai-je.

— Évidemment. Mais c'était tellement génial de la rendre dingue toute la journée.

— La copine… et les verres de fin de soirée, c'était toi ?

— J'espère être toujours sa copine. En revanche, je la libère après le dîner.

Adèle leva finalement les yeux sur moi et, comme je l'avais fait quelques secondes plus tôt, s'immobilisa. Ses yeux incrédules passèrent de Judith à moi. J'approchai d'elle, et elle finit par me sourire, avant de poser les mains contre mon torse.

— Tu savais ? demanda-t-elle.

— Non. Mais c'est une belle surprise.

Je me penchai sur ses lèvres et, très vite, le baiser que je voulais chaste et décent vira en une étreinte passionnée. Nos amis gloussèrent, et Adèle effaça une trace de rouge à lèvres de ma bouche.

— Je venais juste de me remaquiller, avoua-t-elle.

— Est-ce que ça veut dire que tu vas lâcher ton portable pendant deux heures ? s'esclaffa Alexis.

J'ignorai mon meilleur ami et me penchai à l'oreille d'Adèle. Elle avait toujours les mains sur ma chemise, et j'étais certain qu'elle devait sentir les battements fous de mon cœur. C'était comme respirer de nouveau après une trop longue apnée.

— Je peux commander un taxi, et on sera chez moi dans dix minutes, proposai-je.

— Pas de fugue ! lança l'autre amie de Judith. On a des choses à fêter !

Je me tournai vers elle et, par réflexe, tendis la main pour ma présenter. La petite brune devant moi rougit jusqu'à la racine des cheveux et prit ma main dans la sienne.

— Arnaud, enchanté, dis-je.

— Sonia, affamée, rit-elle. On a zappé le déjeuner, donc si on pouvait commander rapidement, ça m'éviterait d'attaquer une pauvre victime humaine, expliqua-t-elle en désignant notre table d'un index autoritaire.

Elle libéra ma main et tira une chaise pour s'asseoir. Du bout des doigts, je caressai la joue d'Adèle. J'avais la sensation qu'on m'avait retiré un poids, que la vie, soudainement, était plus légère et plus lumineuse.

— Je suis vraiment heureux que tu sois là, chuchotai-je.

— Prenez une chambre, ronchonna Alexis. Jeune homme, une bouteille de champagne ! commanda-t-il en interpellant un serveur.

J'aidai Adèle à s'asseoir et m'installai près d'elle. Face à moi, Alexis leva les yeux au ciel, pendant que Judith et Sonia pouffaient de rire. Je me fichais d'être ridicule. Adèle était là, et plus rien d'autre ne comptait.

— Adèle, c'est ça ? s'amusa Alexis.

— Alexis. L'avocat, le frère pénible et le meilleur ami, c'est ça ?

Ils se serrèrent la main en souriant, mais je décelais toujours une pointe de soupçon dans le regard d'Alexis. Je mis ça sur le compte d'une déformation professionnelle : à ses yeux, tout le monde était forcément coupable de quelque chose.

— Alors, ces essayages ? lança Alexis.

— Longs. Pénibles. Finalement, après trois boutiques,

Sonia a proposé de me faire ma robe. Elle est styliste à ses heures perdues.

— Et infirmière, le reste du temps.

Alexis se tourna vers elle, et je vis clairement une lueur de défi s'allumer dans son regard. La pauvre jeune femme allait subir les assauts sauvages de mon meilleur ami. Ça allait peut-être sauver Adèle d'un interrogatoire en règle.

— Sonia avait un rendez-vous avec un couturier pour présenter sa collection, expliqua Adèle. Je crois que c'est très prometteur.

— Je pense quand même que je vais devoir te traîner à mes prochains rendez-vous. Je suis trop stressée pour me présenter correctement.

— Adèle peut se montrer très convaincante, approuvai-je alors que le serveur remplissait nos coupes de champagne.

— De toute évidence, c'est son principal talent : convaincre. Tom Hanks t'a répondu ? demanda Judith.

J'arquai un sourcil et constatai qu'Alexis fixait Adèle, éberlué. Mon ami finit par jeter un coup d'œil dans ma direction, comme pour me dire « tu vois, elle est vraiment cinglée ». Je coinçai le menton dans le creux de ma main.

— Tom Hanks, donc ? demandai-je à Judith.

— Elle a écrit à Spielberg aussi. Pour la fin de ET, continua Judith.

— Je fais ça avec Elisa, se justifia-t-elle. Pour passer le temps à l'hôpital. Au départ, c'était juste une blague. On voulait protester sur la fin de *La Route de Madison*. Et c'est devenu une activité à part entière.

— Comme des lettres de réclamation, c'est ça ? demanda Alexis.

— C'est ça. Ça nous occupe, en attendant…

Le visage d'Adèle se rembrunit, et elle se réfugia dans

son verre. Autour de la table, l'ambiance retomba. Je posai la main sur la sienne, espérant faire disparaître la tristesse qui voilait son visage.

— Du coup, elle a développé ses services, expliqua Judith. Elle a aidé Armel à préparer ses discours pour le poste de président du comité des fêtes, elle me conseille pour l'écriture de mes vœux et elle coache Sonia pour son argumentaire.

— Et c'est sûrement grâce à ça que j'ai réussi mon entretien de cet après-midi.

— Pourquoi ne m'as-tu rien dit ? interrogeai-je Adèle.

— C'est juste... pour dépanner, sourit-elle. Tu aurais parfaitement réussi tes vœux sans moi, indiqua-t-elle à Judith.

Le téléphone de Sonia vibra, et elle s'éloigna pour prendre l'appel. J'en profitai pour me rapprocher d'Adèle, posant le bras sur le dossier de sa chaise. Je déposai un baiser sur sa tempe, autant pour la réconforter que parce que j'en avais envie. Alexis se lança dans une conversation animée avec sa sœur, m'offrant un moment d'intimité avec Adèle.

— Et le plan évasion ? demandai-je.

— Une vraie réussite, se réjouit-elle. Elisa et Maël...

— Maël ? la coupai-je. Je croyais qu'il s'agissait du médecin.

— Médecin qui s'appelle Maël. Je crois que c'était bien de faire ça. Ce dîner, qu'elle sorte de sa chambre, qu'il se décide à la voir comme une fille normale. Cuisiner pour eux, c'était... incroyable.

— J'en suis certain.

— Après la soirée, elle m'a remerciée avec des larmes dans les yeux, Arnaud. C'est... Je n'ai pas de mots. Fou. Délirant peut-être. Tu sais, je commence à me demander si je ne devrais pas privatiser la cuisine de l'hôpital et y préparer de vrais repas.

Elle étouffa un rire, et je la considérai un long moment. Adèle affichait un air radieux et épanoui, avec un sourire nostalgique accroché aux lèvres. J'aurais fait l'impossible pour qu'elle le garde.

— C'est une bonne idée, approuvai-je en plongeant le nez dans mon menu.

Je n'eus qu'un silence stupéfait pour réponse. Pour une fois, j'avais réussi à clouer le bec à Adèle. Je refoulai mon petit sentiment de fierté masculine, me retenant de jeter un coup d'œil dans sa direction.

— Et ça serait tout à fait conforme à l'image que tu veux donner de la cuisine, complétai-je.

— Arnaud, ça signifierait un deuxième jour de fermeture du restaurant. Je crois que ça fausserait tous ces beaux histogrammes de rentabilité.

— Je crois que le sourire que je vois sur ton visage est bien plus beau que ces histogrammes.

— Tu vis ta période romantique ? se moqua-t-elle.

— Plutôt pragmatique, répondis-je en détaillant les plats proposés par le restaurant. Si c'est un projet qui te tient à cœur, je ne ferai rien pour te retenir. Et, puisque tu t'inquiètes pour les histogrammes, je pense que si on prend en compte le bénéfice d'image que cela procurerait tu compenserais aisément une journée de fermeture.

Devant le silence d'Adèle, je levai le nez de mon menu. Cette dernière venait de prendre son verre et fixait un point, droit devant elle, les yeux dans le vague. Je suivis son regard, découvrant un homme aux tempes grisonnantes et au large sourire avancer en direction de notre table.

— Tu le connais ? l'interrogeai-je.

— Malheureusement, oui.

— Adèle Duval. Si je m'attendais ! lança l'homme joyeusement.

Son enthousiasme était feint et sa joie surjouée. Immédiatement, j'eus un mauvais pressentiment, et voir Adèle tendue et crispée près de moi me conforta dans ma première impression. Je me levai et tendis la main, en espérant détourner l'attention du malotru.

— Arnaud Langlois, me présentai-je.

— Pascal Chesnel, répondit-il.

— Il était au Bristol, ajouta Adèle d'une voix blanche.

Elle se leva finalement de sa chaise et le salua d'un hochement de tête. Son sourire et son humeur joyeuse s'étaient complètement évaporés. L'homme la détailla, et il me sembla déceler une pointe de malveillance dans son regard. Discrètement, je me décalai, me postant devant Adèle, comme pour la défendre.

— Je suis juste venu saluer une vieille amie, reprit l'importun. On dit que tu reviens dans le métier ?

— En province, oui, répondit Adèle d'une voix basse.

Elle donnait la sensation de s'excuser de cette nouvelle. Je fronçai les sourcils et capturai sa main dans la mienne, en signe de soutien. Nous échangeâmes un regard, et j'espérai qu'elle voie que j'étais de son côté. Et que je le serais toujours.

— Eh bien, on verra ce que ça donne. Tu ne vises quand même pas le Michelin, si ?

Sa question me donna envie de l'attirer à l'extérieur du restaurant pour lui refaire le portrait. Ce type était insupportable et méprisant.

— Je veux juste cuisiner, dit Adèle, les mâchoires serrées.

— On espère que tu tiendras la pression, cette fois.

— C'est un dîner privé, intervins-je finalement. Nos amis nous attendent.

J'avais été poli mais glacial. À mon regard, cet homme allait finir par comprendre qu'il me mettait en colère et que son comportement n'était pas acceptable. Ses yeux naviguèrent sur Alexis et Judith, qui assistaient à la scène avec consternation.

— Je vais donc vous demander de quitter cette table, insistai-je.

Chesnel nous toisa et ravala un ricanement en s'attardant sur Adèle.

— Bonne soirée, Adèle.

Il tourna le dos et, aussitôt, Adèle s'effondra sur sa chaise.

— Tout va bien ? demandai-je.

Adèle était encore fragile, oscillant entre son avenir au restaurant et les quelques réminiscences de son passé.

— Il a travaillé avec toi au Bristol, c'est ça ? continuai-je.

— C'était un des sous-chefs, expliqua-t-elle d'une voix monocorde. C'est lui qui a commencé à s'approprier mes recettes en me disant que, de toute façon, c'était mieux comme ça.

— Adèle, il avait tort. Et il a encore tort aujourd'hui.

Elle m'adressa un regard circonspect, comme si mon soutien lui paraissait totalement inattendu.

— Écoute, je n'y connais rien en cuisine, c'est vrai. Mais je te connais, toi. Il n'a pas vu la femme que tu es maintenant. La battante qui est venue dans mon bureau, celle qui m'a mis au pied du mur devant l'usine, celle qui m'a préparé l'un des meilleurs dîners de ma vie.

Un bref sourire éclaira son visage. Je réduisis l'espace entre nous et repoussai ses cheveux derrière son épaule pour mieux la voir.

— Le jus de coquillage, c'est ça ?

— Je parlais de toi, surtout. Même si le jus de coquillage est inoubliable, continuai-je en espérant détendre l'atmosphère.

— Tu ne crois pas que c'est dingue ? demanda-t-elle.

— Pas plus dingue que d'écrire à Tom Hanks ou à Spielberg. C'est justement ce qui me plaît dans ce projet, que ce soit dingue.

— Je pensais que c'étaient les histogrammes qui t'avaient plu, rit-elle.

— Rappelle-toi ce que je t'ai dit pendant ce dîner : il n'était pas professionnel, et je me suis efforcé de ne pas avoir l'air déjà convaincu. C'est vrai, ce qu'on est en train de faire est dingue, mais c'est parce que c'est avec toi que je le fais. Quand tu verras tous ces gens sourire en dégustant tes plats, tu seras galvanisée.

Elle poussa un soupir, et son visage blême reprit des couleurs.

— Je meurs de faim !

Tout irait bien. J'en étais certain. Je nous resservis du champagne, et la conversation reprit, comme si personne n'était venu la perturber.

— Sonia n'est pas revenue ? demandai-je.

— La voilà ! s'exclama Alexis, un peu trop ravi pour être honnête.

Sonia arborait un grand sourire et serrait son téléphone entre ses mains, comme si elle adressait une prière.

— C'était la boutique de ce matin. Ils veulent me commander quatre robes ! s'écria-t-elle, les yeux brillants.

Elle se précipita vers Adèle et, maladroitement, coincée entre deux chaises et la table, elle l'étreignit avec chaleur. Adèle la félicita en riant.

— C’est grâce à toi, merci.

— On va recommander du champagne, proposa Alexis, sans attendre.

La bonne nouvelle de Sonia effaça les derniers souvenirs du fantôme du Bristol. Sonia se rassit, extatique, et Alexis entama une conversation animée avec elle, entrecoupée de rires et d’alcool. Je me penchai vers Adèle et murmurai à son oreille :

— On dirait que c’est plus fort que toi.

— Quoi donc ?

— Faire pleurer de joie.

Chapitre 19

— Tu n'étais vraiment pas au courant pour ce soir ? m'interrogea Arnaud en nous dirigeant vers la porte de son appartement.

— Aucunement. C'était une chouette surprise.

— On a gagné presque douze heures, c'est un plus indéniable.

— Tu comptes les heures ? m'esclaffai-je.

— Si tu savais, murmura-t-il. Tu m'as complètement détraqué.

Sur son visage, il n'y avait même pas l'ombre d'un sourire. Il était sérieux, et j'en étais tellement stupéfaite que je ne sus quoi répondre. Il finit par m'adresser un pauvre sourire, et je m'en voulus de mon silence.

Cela ne ressemblait pas à une déclaration d'amour, ni même à une promesse. Mais, aux battements frénétiques de mon cœur, je compris que son aveu m'avait vraiment touchée. J'aurais aimé en faire autant. J'aurais aimé dire la même chose, lui assurer que j'étais tout aussi détraquée que lui, mais j'en étais incapable, trop tétanisée par le gouffre à mes pieds.

— Je n'aime pas être loin de toi, avoua-t-il finalement.

— Je ne te pensais pas du genre fusionnel, plaisantai-je, mal à l'aise.

— Je ne le suis pas. Mais j'aime être avec toi. La distance, le temps… Je n'ai jamais eu un tempérament très patient. Je déteste être ici, quand tu es là-bas.

Ses explications me figèrent davantage. Arnaud avait pris une place considérable dans ma vie, en très peu de temps. Cela m'effrayait. Après avoir passé des années à l'écart et loin des hommes, je ne savais pas si j'étais prête à me plonger aussi ardemment que lui dans une relation. Je vivais au jour le jour, alors qu'Arnaud semblait planifier sa vie entière autour de notre histoire.

— Et voilà mon palace, annonça Arnaud en ouvrant la porte devant moi.

Je pénétrai dans son appartement prudemment, retirant mes ballerines dans l'entrée. Je posai ma veste sur une chaise, remarquant les dossiers de travail d'Arnaud dans un coin, un mug égaré dans un autre et des feutres sur une table. En me laissant entrer dans cet appartement, Arnaud m'accueillait dans sa vie et, sans rien dire, il me demandait la réciproque. C'était ce que faisaient les gens quand ils étaient dans une relation : leurs quotidiens s'entremêlaient. Encore une chose pour laquelle je n'avais aucune expérience.

Ce n'est qu'à cet instant que je réalisai qu'Arnaud ne connaissait pas mon appartement. Je ne lui avais même pas proposé de le visiter. Je repoussai une pointe de culpabilité et me dirigeai vers la grande baie vitrée qui dominait Paris. À cette hauteur et avec les éclairages nocturnes, la vue était spectaculaire.

— Ce n'est que provisoire, je déménage prochainement.

Arnaud posa les mains sur mes épaules dénudées, avant

de les faire glisser le long de mes bras. Il entoura ma taille et admira la vue avec moi.

— J'espère que la vue est aussi belle dans le prochain !

— Elle l'est. Mais je me demande si cela vaut le coup. Sophie va sûrement avoir la garde exclusive de Zoé.

Je pivotai pour lui faire face, croisant son regard triste. Je déposai un baiser furtif sur ses lèvres et pris sa main dans la mienne.

— Tu me fais visiter ? proposai-je en l'attirant vers une autre pièce.

— Si tu veux. Voilà la cuisine, dit-il en allumant la lumière. Je l'appelle aussi la salle de torture.

La pièce était carrée et assez bien équipée ; dans le coin opposé trônait une petite table, avec deux chaises. Je repérai un tablier pour enfant suspendu à une poignée, tandis qu'un livre de recettes – l'un de ceux que j'avais publiés – attendait sur le plan de travail.

— Tu veux que je te le signe ? plaisantai-je.

— Je veux que tu arrêtes d'en écrire. Pour ma santé mentale et pour préserver ma relation avec ma fille.

— Je suis certaine que tu sous-estimes tes talents.

— Évidemment, sourit-il en me prenant la main.

Il m'attira près de lui, et je le suivis dans le salon que j'avais traversé sans vraiment le voir. Pieds nus, je foulai un épais tapis.

— Canapé inconfortable, table basse et télévision, dit-il en me les désignant tour à tour.

— Et des photos, complétai-je. Ta fille te ressemble, vous avez les mêmes yeux.

Je me penchai sur les cinq cadres accrochés au mur. Zoé souriait largement, avec son père et sa mère, au zoo, à la mer ou avec son tablier, fière de présenter un cake au chocolat.

— C'était le niveau 1 ? ironisai-je.

— Oui. Ma fille aime le challenge et, très vite, il a fallu relever notre niveau d'exigence.

À nouveau, il prit ma main et m'entraîna dans un court couloir menant à une porte. Le cœur battant, je la franchis, me retrouvant devant un grand lit aux draps bleus. Arnaud retira ses chaussures et referma la porte de sa chambre.

— Fin de la visite, murmura-t-il.

Il effaça la courte distance entre nous et prit mon visage en coupe pour m'embrasser. Je glissai les mains sous son pull en coton et retrouvai son dos musclé. Sous mes paumes, ses muscles se tendirent, et il ne résista pas quand je repoussai le vêtement par-dessus sa tête.

Nos bouches se redécouvrirent, avides et gourmandes. Nous avions été séparés pendant dix jours. Même en me concentrant sur la cuisine et la préparation du cocktail, je n'avais pas pu ignorer la douleur lancinante du manque dans le creux de l'estomac. En quelques jours, Arnaud avait pris une place considérable et presque effrayante dans ma vie.

Je le repoussai brutalement sur le lit, où il s'étala dans un rire. Sous ses yeux, je retirai mon jean et ma culotte, puis me débarrassai de mon haut en soie noir et de mon soutien-gorge.

— Tu me gâches tout mon plaisir, sourit Arnaud.

— Au contraire, je ne veux que ton plaisir.

Nous fîmes l'amour avec passion et murmures. Arnaud parcourut mon corps de ses mains, comme s'il voulait en faire une carte détaillée. Il m'invita à me laisser aller, à oublier même que l'univers existait. Il n'avait pas vraiment besoin de me le suggérer : quand j'étais avec lui, le reste du monde n'existait plus.

Les yeux fermés, je tentai de reprendre mes esprits. Je posai la main sur sa poitrine, devinant les battements de son cœur. J'avais eu quelques amants, mais aucune de nos étreintes n'avait jamais ressemblé à ce que je venais de vivre.

Je connaissais l'excitation, la pression, l'envie, le désir, la précision. La cuisine m'avait appris tout cela. Avec Arnaud, j'apprenais maintenant l'abandon et la confiance.

— Tu m'as détraquée, avouai-je contre son torse.

Je relevai les yeux vers lui, heureuse de voir un sourire complice sur ses lèvres.

— Je ne fais ça qu'en cuisine, normalement.

— Quoi ? Le sexe ? s'étonna-t-il.

— Non ! m'écriai-je, presque choquée. Le... L'oubli des limites. Le plaisir intense et... perdre le contrôle.

— Alors comme ça, je t'ai fait perdre le contrôle ?

— Je regrette déjà de te l'avoir dit.

Il tira le drap sur nous et colla le torse contre mon dos, la main sur mon ventre.

— J'aime ça aussi, chuchota-t-il dans mon cou.

— Tu aimes perdre le contrôle ?

— J'aime que tu perdes le contrôle. C'est très sexy.

Nos respirations redevinrent normales, et lentement nous sombrâmes dans le sommeil.

À mon réveil, j'étais seule dans le lit. Je jetai un coup d'œil à la fenêtre, remarquant qu'il était encore tôt ; la brume matinale ne s'était pas encore dispersée. Je passai une main sur mon visage et me rhabillai rapidement. Au loin, j'entendis la voix d'Arnaud, calme et apaisante.

Je déambulai dans la chambre, décorée de photos de sa fille, de peluches et de dossiers de travail. Avec un sourire, je vis que les éléments chiffrés que j'avais réunis pour le restaurant trônaient en haut d'une pile de documents. Je le feuilletai d'un œil distrait, remarquant quelques annotations au stylo. Sur la page de fin, une note attira mon regard.

Investissement risqué, mais foncier avec plus-value possible.

Attention particulière sur l'accord notarial. Doit préciser un partage 51/49, pour prise de décision de l'investisseur.

Prévoir un point d'étape à six mois. Délais de vente très courts.

Je fronçai les sourcils et revins plusieurs pages avant, à l'endroit où le sujet de la rentabilité à long terme du restaurant était abordée. Par prudence, j'étais partie sur une première année faible : j'avais fait une croix sur mon salaire et rogné sur mes coûts. Les années suivantes étaient plus optimistes.

Arnaud m'avait dit qu'il avait lu ce dossier, mais que sa décision avait été prise bien avant. Aussi, ces annotations ne collaient pas avec ce qu'il m'avait dit. Si, pour lui, le restaurant n'avait qu'une durée de vie limitée et finissait à la vente, il n'avait aucune raison de s'impliquer. Le restaurant aurait pu fermer, et sa vie n'aurait pas changé.

Je soulevai le dossier, en trouvai un second. D'après l'intitulé, il s'agissait d'une étude fiscale et foncière approfondie de l'emplacement du restaurant. Un début de migraine menaçait déjà mes tempes. Ces dossiers constituaient deux pièces du puzzle, qui ne coïncidaient avec aucune autre.

Arnaud m'avait assuré que je pouvais lui faire confiance. Il m'avait proposé de réaliser mes projets, il avait été conquis par ma cuisine. Pourtant, je devinais la colère me gagner. Le cœur battant, je relus les pages, encore et encore, cherchant une explication moins douloureuse que celle qui émergeait. Rien à faire, je tremblais déjà, retenant ma rage. La déception ne parvint pas à la surpasser, aussi, je serrai les poings pour retenir mes larmes

« Je vais faire comme si je n'étais pas déjà convaincu. »

Ce murmure me hantait maintenant. Le souvenir de ma vie au Bristol resurgit, amer et violent. Là-bas, j'avais été manipulée ; on s'était servi de moi, pour sauver la réputation du chef.

Dans cette chambre, avec les dossiers d'Arnaud sous les yeux, j'avais de nouveau la sensation d'être trahie.

J'avais vraiment cru qu'Arnaud croyait en moi. En ce projet.

Je me massai le front, presque nauséeuse. Le restaurant. Moi. Je me demandais jusqu'où avait été Arnaud pour mener son plan à terme. Le dossier fiscal aussi était annoté, le coin d'une page traitant de la vente et des possibilités d'optimisation fiscale était corné.

— Une déclaration en tant que legs permet de bénéficier d'un taux bien moins important. Le taux augmentera lors de la seconde année. À vigiler, lus-je d'une voix tremblante.

Je refermai le tout et retins un cri, en pressant la main contre ma bouche. Je pouvais comprendre que le restaurant n'était pas le rêve d'Arnaud, mais il aurait dû être honnête avec moi, il aurait dû me dire qu'il n'avait pas prévu une collaboration à long terme.

Mais nous avions passé deux nuits ensemble, et je m'étais abandonnée à lui. Qu'il piétine ma confiance aussi durement me touchait en plein cœur. Ébranlée, je m'assis sur le lit, cherchant à reprendre mon souffle. J'étais K-O et amère. Pourtant, la colère parcourait mes veines à toute allure, me sortant de l'engourdissement.

Je savais que je me remettrais de la fin de notre collaboration professionnelle. Je doutais toutefois que mon cœur cicatrise de cette trahison. J'avais baissé la garde, je l'avais laissé entrer dans ma vie. Il avait piétiné ma confiance et profité de ma crédulité. Je me sentais stupide : j'avais été si naïve. Encore une fois.

J'étais au bord des larmes, mais je refusais qu'Arnaud me voie dans cet état.

Même si tout mon projet était à refaire, même si je devais le mener seule, je refusais de paraître faible. Je n'étais plus cette fille du Bristol, fragile et malléable. J'avais déjà touché le fond, j'avais été misérable et détruite. J'avais détesté me sentir si vide et impuissante, comme si on vous attirait dans des eaux froides et profondes, sans possibilité de remonter à la surface. C'était pour cette raison que je nouais peu de liens. J'étais prudente et, parfois même, méfiante. Si j'avais des amies femmes, s'agissant de l'amour, je mettais une froide distance systématique avec les hommes. Je savais mon cœur fragile et trop inexpérimenté, je limitais donc la prise de risques. Arnaud avait été le seul que j'avais laissé entrer dans ma vie. Je le regrettais maintenant.

Après de longues minutes, mon cœur reprit un rythme normal. Je devais affronter la situation, mettre Arnaud au pied du mur en espérant qu'il finisse par dévoiler son vrai visage. Je rassemblai mes cheveux dans un chignon approximatif et tirai sur mon haut, prête à l'affronter.

Je me dirigeai vers la voix d'Arnaud. Je le trouvai dans le salon, seulement vêtu de son jean, arpentant de long en large la pièce avec le téléphone collé à l'oreille. En me voyant, il fronça les sourcils et couvrit le micro du téléphone.

— Tout va bien ? s'inquiéta-t-il.

— Je n'ai pas assez dormi, mentis-je.

— J'arrive. J'ai eu une petite urgence familiale.

Puis il reprit sa conversation, indifférent à ma mine défaite. J'admirai la vue matinale sur les toits de Paris. Les nuages gris s'amoncelaient, et la brume persistait, formant un halo autour des plus hauts immeubles. Je décidai de me préparer un café. Arnaud avait senti que je n'étais pas dans mon état normal, il finirait par me rejoindre.

Dans la cuisine, je tombai nez à nez avec une petite fille, la même que celle que j'avais vue sur toutes les photos de l'appartement.

— Bonjour ! chanta-t-elle, la bouche bordée de chocolat.

— Bonjour. Zoé, c'est ça ? demandai-je en ouvrant les placards à la recherche d'une tasse pour mon café.

— C'est ça ! Et toi, tu es la fille du livre !

Son enthousiasme me tira un sourire. J'avais un rôle différent en fonction de mes interlocuteurs : la fille qui avait gagné l'émission, la fille qui avait cuisiné au Bristol, la fille qui avait craqué, la fille qui écrivait.

La fille qui s'était encore fait avoir par un homme.

Être la fille du livre n'était pas le plus désagréable. Au moins, dans le regard de Zoé, il n'y avait que de la joie et de l'enthousiasme. Elle parvenait presque à chasser ma colère naissante.

— Les mugs sont dans le placard du haut, expliqua-t-elle finalement.

— Ah. Merci. Qu'est-ce que tu prépares ?

— Un royal. Niveau 4, ajouta-t-elle en levant quatre doigts de la main droite.

— Et tu vas fouetter la crème toute seule ? demandai-je.

— J'attends que papa revienne. Il est au téléphone avec maman. Elle m'a déposée tôt ce matin. Je ne savais pas que tu dormais ici.

Comme tous les enfants, Zoé n'avait aucun filtre. Les informations et les remarques s'enchaînaient sans répit. D'ici peu, son père devrait lui expliquer que je n'allais plus jamais dormir ici. Je me servis un café et en bus une gorgée.

— Je vais t'aider pour la crème. Sinon, ton chocolat va figer, et tu ne pourras plus le lier.

Le regard de Zoé s'illumina, et elle me tendit le fouet avec un grand sourire. L'avantage de cette séance de cuisine improvisée, c'était que ma colère trouvait un exutoire. Je fouettai avec énergie et détermination la crème, avant d'incorporer le chocolat délicatement. Je donnai une spatule à Zoé et lui indiquai la marche à suivre.

— Tu soulèves la crème doucement et tu tournes la spatule.

Je l'aidai pendant quelques secondes mais, très vite, Zoé prit le coup de main, et sa mousse s'annonçait réussie.

— Et maintenant ? demanda-t-elle.

— On va mettre au frais pour qu'elle prenne totalement. Ensuite, on pochera sur le biscuit. D'accord ?

Elle hocha la tête, me rappelant furieusement la gamine

que j'étais, cuisinant quand ma mère était absente. C'était par ennui que je m'étais mise à apprendre des recettes, parce que je n'avais rien d'autre dans ma vie.

Désormais, c'était une certitude : je n'avais rien d'autre dans ma vie. Rien d'autre que la cuisine.

— En attendant, on va nettoyer la table et laver les ustensiles. Tu sais, en cuisine, avoir un plan de travail propre, ça aide à avoir les idées claires, expliquai-je.

— D'accord ! chantonna-t-elle.

Elle essuya ses mains graisseuses et chocolatées sur son tablier et descendit de sa chaise. De mon côté, je récupérai tous les ustensiles et saladiers sur la table et les déposai dans l'évier.

— Zoé, va te débarbouiller, lança la voix de son père.

Je me figeai, et tout mon corps se tendit. Si j'avais imaginé avoir une conversation avec Arnaud, je n'avais pas prévu que sa fille en serait témoin. Il fallait que je profite de ces quelques minutes de solitude pour dire ce que j'avais sur le cœur. Zoé fila à la salle de bains en sautillant, pendant que je récupérais mon mug de café.

— Mon ex-femme, Sophie, l'a déposée ce matin. Apparemment, son père a fait un malaise cardiaque assez sérieux, et elle a dû partir en catastrophe.

— Pas de problème, assurai-je.

— Ce n'est pas comme ça que j'imaginais notre matinée, mais on peut toujours aller bruncher comme prévu.

Je pris une gorgée de mon café et reculai en voyant Arnaud avancer dans ma direction. Son sourire se fana immédiatement, et son regard heureux se voila d'inquiétude.

— Tu savais que j'avais une fille, dit-il, perdu.

— Bien sûr.

— Alors, qu'est-ce qui ne va pas ? Tu as l'air contrariée. Est-ce que j'ai dit ou fait…

— Comment on fait ? lâchai-je.

— Comment on fait quoi ?

— Pour nous deux ? Tu as une idée ? Je veux dire, tu feras les allers-retours pour t'assurer que le restaurant va bien et tu en profiteras pour m'attirer dans ta chambre d'hôtel ?

Arnaud pâlit devant moi et passa une main sur son visage fatigué. Ce n'était pas très juste de l'attaquer ce matin, alors qu'il avait été réveillé aux aurores par une mauvaise nouvelle. Mais je me savais incapable de jouer la comédie. Ce que j'avais vu dans sa chambre était violent et sans états d'âme, pourquoi aurais-je agi autrement ?

— Honnêtement, je n'ai pas réfléchi à ça, répondit-il. Je me suis dit qu'on improviserait.

— Séparés par plus de quatre cents kilomètres ? C'est comme ça que tu vigiles tes investissements ? En improvisant ?

— Je ne comprends pas : on parle du restaurant ou de nous ?

— Des deux. Je ne vais pas sans le restaurant, en fait ! Mais j'imagine qu'il n'y a pas de prévisions de plus-value pour moi ?

— Mais de quoi parles-tu ? Adèle, je t'ai déjà dit que tu ferais ce que tu veux pour le restaurant. Et, concernant notre histoire, eh bien, je pensais que nous aurions cette conversation plus tard. Il y a urgence ?

— Je ne sais pas. Qu'en dit ton avocat ? Que c'est risqué ?

— Adèle, ce…

— J'ai vu les dossiers dans la chambre.

Le silence qui suivit acheva de me convaincre. Arnaud

n'essayait pas de nier, ni même de se justifier. Il s'était servi de moi. J'avais été manipulée depuis le début. Les yeux rivés au sol, je l'entendis soupirer lourdement.

— Est-ce que tu comptes revendre le restaurant ? demandai-je d'une voix blanche.

— Ce n'est qu'une projection financière. Je ne l'ai même pas demandée, c'est Alexis qui me l'a fournie.

— Ça ne répond pas à ma question.

— Adèle, ce n'est qu'un scénario. Un mauvais scénario, en plus.

— Coucher avec moi était aussi un scénario ? Tu t'es dit que ça faciliterait la transaction ? Que le 51/49 passerait mieux ainsi ?

— Le 51/49 est une mesure de protection des investisseurs, objecta-t-il. C'est ce qui manquait dans ton dossier, la gouvernance.

— Nous devions être associés. La gouvernance n'était pas un sujet. On devait prendre les décisions à deux. Pourquoi as-tu fait ça ? demandai-je, en colère.

— Je n'ai rien fait, Adèle. C'est ton dossier, tes chiffres ! Je l'ai annoté et fait relire par mes experts financiers. On parle d'un restaurant, j'avais besoin de conseils !

— Tu m'as dit que tu étais convaincu ! m'écriai-je, au bord des larmes.

— Je l'étais ! C'est pour ça que je suis passé outre à ces recommandations.

— En proposant de refaire un point dans six mois ? En justifiant d'optimisation fiscale ? J'ai été idiote. Je n'ai rien vu venir. Tu voulais te servir du restaurant pour toi, pas pour moi !

— Adèle, c'est faux, soupira-t-il. Tout ce que tu imagines est faux.

— Est-ce que tu as vu ce restaurant autrement que comme un moyen de gagner de l'argent ?

Il ne répondit rien, et mon cœur se fendit ; depuis le début, le restaurant n'avait été qu'un enjeu financier. Quant à moi, j'avais été un moyen facile de parvenir à ses fins. Arnaud avait agi en homme d'affaires pendant tout ce temps, alors que je n'avais vu que l'homme séduisant et rassurant.

— Est-ce que tu m'as vue autrement que comme un moyen de gagner de l'argent ? continuai-je d'une voix faible.

— Adèle, j'ai accepté le restaurant parce que c'était toi. Pour toi. Parce que, quand on aime quelqu'un, on s'implique. On prend part à des projets un peu fous, mais qui rendent l'autre heureux.

— Je tiens au restaurant, dis-je d'une voix tremblante.

— Est-ce que tu m'as envisagé autrement que comme un investisseur ? demanda-t-il.

Sa question me fit l'effet d'un coup de poing dans le ventre. Je fixai l'homme avec qui j'avais passé deux nuits fabuleuses, me demandant à quel moment j'avais loupé son côté autoritaire et sans pitié.

— Tu me tiens à distance en permanence, ajouta-t-il. Ce dossier que tu as vu t'offre un parfait prétexte pour m'éloigner, non ? Maintenant que tu as le restaurant, tu n'as besoin de rien d'autre. Et, de toute évidence, tu tiens plus au restaurant qu'à moi. Si tu penses être manipulée, imagine ce que je ressens maintenant.

— Ce n'est pas...

— Tu l'as dit toi-même, me coupa-t-il. Être seule ne te pose aucun problème. Y a-t-il autre chose dans ta vie que la cuisine ?

— Tu me demandes de choisir ?

— On ne peut pas avoir deux passions, Adèle. De toute façon, tu as déjà fait ton choix.

Je n'avais plus la force de répondre. La cuisine était toute ma vie depuis longtemps. C'était aussi ce qui nous avait rapprochés. Qu'il me reproche d'être investie était presque risible. Je n'eus pas le temps de m'appesantir. Zoé revint dans la pièce, les mains encore humides.

— On maintient le cocktail de lancement, et ensuite je t'enverrai les papiers pour te céder ma part.

— Arnaud, ce n'est pas...

— Je crois que c'est mieux comme ça, non ? Ça t'évitera de croire que je me sers de toi, et moi, ça m'évitera de faire des efforts surréalistes pour te prouver que je t'aime.

— Tu m'aides pour le gâteau ? intervint Zoé.

Arnaud et moi échangeâmes un regard. Dans ses yeux gris, je ne vis que de la déception et un peu de rancœur. Quant à moi, j'avais la sensation de toucher le fond, dans ces fameuses eaux glacées et profondes de la tristesse. Il avait dit tout haut ce que beaucoup pensaient tout bas. Si j'en avais eu la force, je lui aurais dit qu'il avait raison : je gardais les gens à distance.

Il avait été le premier à s'acharner et à me faire succomber.

— Adèle a des choses à faire. Je vais t'aider, mon cœur.

La petite fille leva les yeux vers moi, et mes dernières barrières cédèrent. Je sentis les larmes couler sur mes joues, de tristesse, de déception et de colère. Je sortis de la cuisine et retrouvai mes chaussures dans le salon. Arnaud ne prit même pas la peine de me suivre. Je quittai son appartement avec une sensation diffuse de vide et de regret.

Ce n'était pas la première fois que je ressentais ça. Mais c'était la première fois que j'avais le cœur brisé.

Chapitre 20

— Ta fille a encore grandi, commenta ma mère avec un sourire.

Nous marchions dans le grand jardin de la maison familiale de Rambouillet. Zoé jouait sur mon ancienne balançoire, grimpant à la corde à nœuds pour ensuite glisser sur le toboggan.

— Je sais. Sophie va déménager, dis-je un ton plus bas. Et elle va garder Zoé.

— Tu la verras pour les vacances ?

— Oui. Seulement.

Ma mère tourna la tête vers Zoé. Je remarquai son chignon parfaitement tiré. Elle portait l'un de ses gilets fétiches – blanc cassé en laine – et avait des boucles d'oreilles en perle. Je n'avais jamais vu ma mère autrement qu'apprêtée, prête à recevoir un ambassadeur comme sa voisine aide-ménagère. Nous rejoignîmes la terrasse et nous nous installâmes autour de la table de jardin.

— Ton père n'a pas été très présent non plus, quand tu étais jeune.

— C'était son choix, lui rappelai-je.

— Il avait une entreprise à faire tourner. Est-ce que tu gardes un mauvais souvenir de ton enfance à cause de ça ?

— Non, admis-je. Mais j'aurais préféré voir Zoé plus souvent.

— Sophie refait sa vie. Peut-être que tu devrais aussi songer à refaire la tienne, non ?

Ma mère me servit du thé, et j'ignorai son sourire entendu. Elle avait toujours soutenu mon mariage avec Sophie et, même quand je lui avais annoncé notre divorce, elle avait cru à une réconciliation. Aussi, ses remarques sur ma vie amoureuse me surprirent. J'étais encore sous le coup de ma dispute avec Adèle, me rejouant sans cesse la scène en espérant avoir le dessus et, surtout, en cherchant à comprendre comment nous en étions arrivés à nous crier dessus.

— Tiens, au fait, j'ai quelque chose pour toi, annonça ma mère en se levant.

Mon regard se perdit sur Zoé, chantant et dansant dans le jardin fleuri de ma mère. Le jardinage avait toujours été le grand passe-temps de cette dernière, qui s'était accru à la mort de mon père. J'imaginais que ça occupait son esprit et apaisait la douleur. Voilà ce qui me restait à faire : trouver un moyen d'estomper ma douleur et le manque.

J'avais plongé dans ma relation avec Adèle corps et âme, avec passion et une impatience inédite. Notre rupture était à la hauteur de l'intensité de nos débuts : pénible, douloureuse et lancinante. À croire qu'on me pressait le cœur pour en extraire les dernières forces. Depuis une semaine, je dormais peu et mal. J'étais autoritaire et intransigeant, lunatique même, parfois.

Je n'avais eu aucun échange avec Adèle depuis son départ dimanche matin. J'avais fait le strict nécessaire pour qu'elle puisse préparer le cocktail et effectuer quelques travaux de décoration. De son côté, elle s'était contentée d'un SMS laconique, me remerciant pour le virement. J'avais longuement hésité avant de lui répondre, sans passer à l'acte.

Alexis m'avait conseillé un confrère, spécialisé en patrimoine. Les documents étaient prêts, conservés dans une enveloppe que je devais lui donner le soir du cocktail. D'ici deux jours, Adèle et le restaurant appartiendraient au passé. Je reprendrais ma vie, sans Sophie, sans Zoé et sans Adèle.

À croire que toutes les femmes qui y entraient finissaient fatalement par en sortir. Adèle m'avait au moins appris une chose : je n'étais pas fait pour ce genre d'histoire, un peu folle et trop bouleversante. La passion était un paramètre que je ne savais pas gérer et qui me faisait perdre le contrôle. Je me réjouissais presque que Zoé n'ait pas eu le temps de vraiment connaître Adèle. C'était déjà un sujet de moins à gérer.

— Je me suis dit que ça ferait plaisir à ta fille, lança ma mère en déposant un lourd sac devant moi.

J'ouvris le sac et découvris un nouveau livre de cuisine. Je le tournai, me retrouvant nez à nez avec le visage d'Adèle, son grand sourire et cette fossette familière. Cette seule photo suffit à rouvrir la plaie. Adèle me manquait. Son sourire, son enthousiasme, ses fêlures, cette folie douce qui l'animait en cuisine. J'étais presque effrayé par ce que je ressentais ; en quelques jours, Adèle avait semé un beau bazar dans ma vie.

— Elle m'a dit qu'elle avait fait toutes les recettes de son autre livre, continua ma mère.

— En effet, marmonnai-je.

— Elle m'a aussi dit qu'elle avait vu Adèle. Chez toi…

Je glissai le livre dans le sac, le cachant comme s'il

s'agissait d'une preuve accablante. À croire que des âmes malveillantes – celles qu'on appelle hasard et cuisine – prenaient un malin plaisir à triturer mon cœur à vif. Je bus une nouvelle gorgée de mon thé, observant Zoé courir derrière le chat.

— J'ai tout l'après-midi, m'encouragea ma mère.

Je jetai un coup d'œil vers elle. Elle n'avait sûrement pas besoin de savoir que mon grand-père avait eu une vie avant de se marier. Aussi, j'optai pour la version courte.

— Adèle Duval m'a proposé d'être investisseur dans son restaurant. Nous devions être associés.

— Tu as refusé ?

— Disons que j'ai changé d'avis. Je crois qu'Adèle aime bien trop son indépendance pour qu'on travaille ensemble.

— Et elle venue te dire ça chez toi un dimanche matin ?

— Maman !

— Je demande ! s'excusa-t-elle. Personne ne t'empêche de retomber amoureux.

— Non, personne, répondis-je, un peu amer.

Personne. Sauf la femme que j'aimais. Je persistais à croire qu'Adèle avait tout fait pour me repousser. Cette histoire de dossiers n'était qu'un prétexte pour couper les ponts. Elle était venue à moi, contrainte et forcée, et elle aurait fait n'importe quoi pour prendre la fuite. Même se mentir à elle-même.

— Ce n'était pas assez rentable ? m'interrogea ma mère.

— Je n'ai pas regardé, avouai-je.

— Quoi ? Mais...

— J'avais pris ma décision bien avant de regarder le dossier qu'elle a préparé, les recommandations de mon directeur financier ou les éléments fiscaux qu'Alexis m'avait donnés

— Pour un restaurant ? s'étonna-t-elle. Mais enfin, Arnaud, c'est à des kilomètres de ton activité habituelle, non ?

Je me surpris à sourire, songeant de nouveau à Adèle déboulant dans mon bureau avec son air mystérieux et ses réponses ambiguës à mes questions. Elle m'avait touché et ému. Elle était arrivée dans ma vie quand j'en avais eu besoin.

— Et puis elle n'est pas un peu fragile ? reprit ma mère, de plus en plus curieuse.

— Fragile est le dernier mot qui lui convient, objectai-je avec un sourire. Elle est brillante, maman. Mais je crois qu'elle a besoin de cheminer seule, pour un temps.

— Et il était où ce restaurant ?

— Saint-Malo.

— Et tu comptais avoir une histoire avec une femme qui habite à plus de quatre cents kilomètres ?

Je me tournai vers ma mère. Elle n'avait aucune idée de ce que je ressentais. À chacune de ses remarques, à chaque question, j'éprouvais le besoin de défendre Adèle et notre histoire. C'était idiot, au vu des circonstances, mais c'était plus fort que moi.

— Ce n'est pas cette distance-là qui nous a séparés. Je te l'ai dit, elle a besoin de son indépendance. Je fais ce que je dois faire pour son lancement, et ensuite nous vivrons notre vie séparément.

— C'est mieux pour toi, assura ma mère.

C'était exactement ce que je me répétais depuis dimanche matin. C'était mieux pour moi, mieux pour Zoé, mieux pour mon entreprise, mieux pour ma vie. Mais répéter cette phrase ne la rendait pas plus vraie. Ce que je ressentais pour Adèle allait au-delà de mes tentatives pour me convaincre du bien-fondé de notre rupture.

La laisser partir allait me demander du temps et quelques nuits blanches.

— Tu récupères Zoé quand ?

— Eh bien, je rentre dimanche matin, donc, vers midi. Il y a tout ce qu'il faut dans son sac. Et évite de trop la gâter, hein ?

— Depuis quand donnes-tu des ordres à ta mère ? Tu me raconteras le cocktail ? Ça fait bien longtemps que je n'ai pas eu quelques mondanités, soupira-t-elle.

— Promis, maman.

— Quand tu reviendras, on ira au restaurant près de la forêt. Je t'invite, ajouta-t-elle après une pause.

Cette seule phrase suffit à me faire replonger dans mes pensées tristes. J'imaginais que cela se passerait comme ça, pendant un temps : chaque phrase me ferait penser à Adèle.

Manger une crêpe au chocolat deviendrait compliqué.

Adèle était devenue une mosaïque de souvenirs, la plupart doux, certains amers. C'était sa propre recette : de la force saupoudrée de créativité. Et c'était exactement pour cette raison que nous nous étions séparés. Elle avait son propre monde, solitaire et exigeant, un monde où personne ne pouvait vraiment entrer, et encore moins rester.

Adèle n'avait pas compris ma colère. Peut-être n'avait-elle jamais connu de tels affrontements. Les gens allaient et venaient dans sa vie, sans rien exiger. Elle avait des occupations, mais aucune ne l'impliquant réellement. Adèle aidait, lançait des opérations évasion, rédigeait des argumentaires pour Sonia mais, dès qu'il s'agissait d'elle, elle se renfermait dans son monde.

— J'y vais, annonçai-je en me levant de table.

J'embrassai ma mère avec tendresse et courus vers Zoé pour la prendre dans mes bras. Je lui recommandai de rester sage et lui rappelai le déroulé de son week-end.

— Tu diras à Adèle que j'ai réussi le royal ? m'interrogea-t-elle.

— Je lui dirai.

— Elle reviendra à la maison ?

— Je ne sais pas, Zoé. Mais je crois que mamie t'a acheté un livre avec de nouvelles recettes. Tu pourrais en préparer avec elle ce week-end, non ?

Elle hocha la tête, et je me réjouis d'être parvenu à changer facilement de conversation. Je la laissai à ma mère, espérant qu'à mon retour mon humeur serait meilleure. J'avais encore Adèle dans la tête mais, à l'issue du cocktail, plus rien ne nous lierait.

Le trajet en train me parut encore plus long que lors de mon dernier voyage. Je renonçai même à l'idée de travailler, trop englué dans mes pensées déprimantes. À l'hôtel, les souvenirs de ma première nuit avec Adèle remontèrent à la surface. J'avais hérité de la même chambre. Le hasard m'en voulait vraiment.

Devant le miroir, je remarquai ma mine fatiguée, mais renonçai à l'idée de raser ma barbe de quelques jours. C'était comme si toutes mes forces m'avaient quitté. Je n'étais pas certain de les retrouver à l'issue de ce week-end. Cette soirée de cocktail allait être éprouvante.

Comme lors de mes dernières visites, je rejoignis le restaurant à pied. Comme prévu, Adèle avait décoré la devanture avec de fines guirlandes lumineuses et un début de tapis rouge. La porte du restaurant était ouverte, et je découvris la salle. Toutes les tables avaient été retirées, laissant place à un grand buffet appétissant. Aux murs, je découvris des photos et même le premier menu du restaurant.

— Salut, fit la voix d'Adèle, me tirant un sursaut.

— Salut.

La voir me fit encore plus mal. Elle n'avait pas l'air particulièrement fatiguée, ni éprouvée. De toute évidence, elle vivait notre rupture mieux que moi. Je devais faire pâle figure à ses côtés, et cette seule idée me déprima un peu plus. Un silence embarrassant tomba entre nous.

Nous nous étions dit tellement d'horreurs que nous ne savions plus comment nous parler convenablement. Je me sentais un peu minable. Je détaillai sa tenue de cuisinière : une veste noire avec son nom brodé, au-dessus d'un pantalon gris. Elle avait démêlé sa longue chevelure, et je devinais une trace de maquillage sur ses lèvres.

Elle croisa les bras sur sa poitrine, son regard papillonnant partout avant de se poser sur moi, incertain. Mon cœur sembla se racornir davantage. Elle était époustouflante.

— Tu es un peu en avance, dit-elle finalement.

— Je voulais être présent quand la presse arrivera. Il y a aussi quelques investisseurs qui vont venir.

— Ça peut servir. Merci en tout cas, ajouta-t-elle après une courte pause. De ne pas avoir totalement changé d'avis.

— Je n'ai pas changé d'avis d'un pouce, rétorquai-je. Tu as du talent, je ne fais que t'aider à le mettre en lumière.

Elle osa un léger sourire, qu'elle finit par pincer, toujours mal à l'aise. Finalement, peut-être que cette rupture précoce avait été salutaire : notre relation n'avait pas vraiment duré et n'avait pas impacté le fonctionnement du restaurant.

Si nous avions tenu un mois, les dégâts auraient été plus conséquents.

— Je suis contente que tu sois venu, murmura-t-elle. Comment va Zoé ?

— Bien. Elle a reçu un nouveau livre de cuisine.

— Des heures de torture à venir, s'esclaffa Adèle.

— Dans la mesure où ta photo est encore sur le livre, je ne peux qu'être d'accord. Juste pour ma gouverne, tu en as écrit combien ?

— Seulement trois. Il y en a un dernier, sur les plats d'exception.

— Public averti, donc ?

— Plutôt. Mais appelle-moi. Je veux dire, précisa-t-elle en me voyant écarquiller les yeux de surprise, si tu bloques sur une recette.

— Je n'y manquerai pas. Tu me fais visiter un peu ?

Elle accepta avec enthousiasme, et je la suivis légèrement à distance pendant qu'elle nous dirigeait vers la petite salle.

— On va faire repeindre les murs et installer des tables modulables. Cet espace sera privatisable.

— Bonne idée.

— Et dans la salle principale, comme tu le vois, on pourra mettre des tables ici, le long de la grande fenêtre. Je me suis dit que le buffet matérialiserait pour la soirée.

— Et les photos ?

— Oh ! ce sont de vieux clichés. Certains appartiennent à Joséphine, comme l'ouverture du restaurant. Ou les premières grandes tablées. Ici, tu sais, c'est plus une maison de famille qu'un restaurant.

Nous nous arrêtâmes devant une photo de groupe en noir et blanc. Une femme dans la fleur de l'âge riait aux éclats avec un homme. La photo était un peu floue, mais une sorte de bienveillance et de gentillesse s'en dégageaient.

— C'est Joséphine, à gauche. Et Armel, à droite. La dernière fois que j'ai entendu parler d'eux, ils devaient aller danser.

— Et c'est une mauvaise chose ? l'interrogeai-je, sans comprendre.

— C'est... stupéfiant, en fait. Ils passent leur temps à se chamailler.

— L'amour trouve toujours un chemin, murmurai-je. En tout cas, c'est ce que les gens disent.

— Ici, il y a aussi un vague dicton sur les saints de glace, des rumeurs sur de la pluie qui ne mouille pas et une légende sur le pouvoir qu'aurait la marée descendante sur les nuages.

— Est-ce que c'est vrai ? l'interrogeai-je dans un rire.

— Parfois, sourit-elle.

Nous échangeâmes un regard. Je retrouvais l'aura mystérieuse et envoûtante d'Adèle. En la voyant ici, dans cette proximité contrainte et gênante, je réalisais que je l'avais quittée pour les mêmes raisons que celles pour lesquelles je l'avais appréciée : Adèle était indépendante et secrète, jaugeant ses vis-à-vis avant de leur offrir une place de choix dans sa vie.

— Et juste ici, c'est une photo avec Judith, donc. Et Elisa, expliqua-t-elle.

— La mission évasion...

— Mission réussie. L'amour trouve toujours un chemin, murmura-t-elle d'une voix éraillée d'émotion.

— Comment va-t-elle ?

— Le traitement la maintient, répondit-elle en haussant les épaules. J'ai tenté de la faire venir ce soir, mais elle se sentait fatiguée. Et celle-ci date de cet après-midi, quand Sonia m'a aidée pour la mise en place.

Le silence s'installa de nouveau entre nous. En quelques photos, Adèle venait de me parler d'elle et de ses proches. Cela revenait à m'ouvrir une partie encore inaccessible de son cœur. Voilà à quoi Adèle se résumait : quelques amis et un restaurant. J'ignorais si j'avais vraiment ma place dans cet univers.

— Et qu'as-tu préparé ? l'interrogeai-je finalement.

Le retour à un sujet moins intime l'aida à retrouver une contenance. Son visage s'illumina, et elle se lança dans une grande explication culinaire. Je la fixai, émerveillé par le mouvement de ses bras, ses yeux pétillants et sa joie de vivre communicative. Après trois minutes d'explication, elle s'arrêta, à bout de souffle.

— Quoi ? fit-elle.

— Rien. Tu es… très convaincante, je t'assure. Tu vas les épater.

— Merci, murmura-t-elle. Je vais tout faire pour. Ton nom sera cité.

— On se fiche de mon nom. Je te l'ai dit, je suis content d'aider. D'ailleurs, en parlant de nom, tu as trouvé comment l'appeler, ton restaurant ?

— J'hésite. Est-ce que tu crois qu'en tant que grand gourou du marketing tu pourrais m'aider ?

— Dis toujours. Ma contribution sera gratuite.

— Eh bien, je me suis basée sur ce que j'entends. Tu sais, les expressions dont on vient de parler.

— Appeler ton restaurant « la pluie qui ne mouille pas » n'est pas forcément très vendeur, intervins-je, dubitatif.

Je récoltai un éclat de rire, qui vibra jusqu'au plus profond de mon être. J'aurais fait n'importe quoi pour la sentir rire contre moi et river mes yeux aux siens. Adèle n'avait aucune conscience de l'effet qu'elle avait sur moi, du pouvoir d'attraction fascinante qu'elle exerçait.

— C'est une idée, dit-elle finalement. Non, j'ai pensé à quelque chose que Joséphine m'a dit au sujet de la cuisine. Que c'était comme le vélo. Alors je pensais l'appeler comme ça « C'est comme le vélo... ». Ça ferait un petit écho à mon histoire, non ?

— En effet, admis-je. Belle idée.

— J'en ai une autre. Sur quelque chose que, toi, tu m'as dit, avoua-t-elle un ton plus bas.

— Adèle, j'ai dit des tas de choses, répondis-je sur un ton d'excuse. Ce qui s'est passé dimanche dernier...

— Ce n'est pas au sujet de dimanche dernier. C'est... Tu m'as dit que j'étais douée pour ça, pour faire pleurer de joie. Alors, pourquoi pas « des larmes de joie » ou un truc du style ?

— « Et de joie, pleurer. » Ça résume ton idée de la cuisine.

— Je trouve aussi. Et... Disons que ça fait moins rappel du passé, aussi. Qu'est-ce que tu en penses ?

— Je pense que c'est ta cuisine qui va attirer les foules ici, le nom n'a pas tant d'importance.

Elle riva les yeux au sol, embarrassée par mon compliment sincère. Le silence revint, aussi frais qu'une bourrasque iodée. J'approchai d'Adèle et pris sa main dans la mienne. Elle hoqueta de surprise et écarquilla les yeux de stupéfaction quand j'embrassai le dos de sa main. Émue, elle me laissa faire et chassa d'un clignement de paupière les larmes qui menaçaient de couler. Égoïstement, cela me rassura. Je n'étais pas le seul à souffrir de notre séparation brutale.

— Adèle ?

La voix de Judith résonna dans le restaurant, et nous nous écartâmes l'un de l'autre à regret. En présence d'Adèle, j'en avais presque oublié toutes les bonnes raisons qui me poussaient à rester éloigné. Rien n'avait vraiment changé en une semaine. Certes, la distance n'aidait pas. Mais sa passion dévorante pour la cuisine ne me laissait aucune chance. Le restaurant passait avant tout le reste. Mes efforts resteraient vains.

— Oh ! pardon, je ne voulais pas déranger, s'excusa Judith en nous rejoignant.

— Tu ne déranges pas, assurai-je en l'embrassant sur la joue.

— J'ai croisé deux journalistes dans l'entrée, je pense qu'il faut lancer les hostilités !

Adèle me regarda, comme pour me demander la permission. Je lui répondis d'un sourire et, alors qu'elle se dirigeait vers l'entrée, je réalisai que cette soirée marquait la fin de notre histoire.

En trente minutes, le restaurant fut rempli. Des journalistes, quelques notables malouins, des proches envahirent le lieu. Adèle refusa le discours réglementaire, mais prit plaisir à présenter les petits-fours et autres gâteaux qu'elle avait préparés. Souvent, je captais son regard pétillant et ses éclats de rire. Très vite, la salle fut pleine comme un œuf, et je répondis aux questions des journalistes, les avisant de mon rôle strictement financier dans cette affaire.

Au fur et à mesure de la soirée, la foule s'attarda sur les photos accrochées au mur. Alors que je les admirais une nouvelle fois, je tombai sur Joséphine.

— Arnaud, dit-elle en tendant la main vers moi.

— Joséphine. Vous avez vraiment un très beau restaurant.

— J'avais, corrigea-t-elle. Je voulais vous remercier d'avoir accepté.

— Ma contribution va être très courte, lui rappelai-je en lui proposant de boire un verre.

— C'est déjà plus que ce que j'imaginais. Je voulais qu'elle reprenne la cuisine. Je ne pensais pas qu'elle réussirait à vous convaincre.

— Pourquoi n'aurait-elle pas réussi ?

— Parce qu'elle n'était pas convaincue elle-même. Mais, de toute évidence, elle a trouvé la ressource.

Nos regards convergèrent vers Adèle, en pleine discussion avec un journaliste. Elle rayonnait, expliquant avec passion sa cuisine. Joséphine secoua la tête et approcha de moi.

— Elle finira par comprendre, vous savez.

— Comprendre quoi ?

— Que c'est très bien de cuisiner seule, mais que manger à deux est nettement mieux.

Joséphine m'adressa un dernier sourire, avant d'être rejointe par un homme assez âgé. Ce dernier m'adressa un regard sévère, puis me détailla. Joséphine leva les yeux au ciel, avant de râler :

— Vas-tu arrêter de faire ton jaloux ! Il est amoureux d'Adèle, de toute façon.

Instantanément, Adèle trouva mon regard. J'ignorais si elle avait entendu Joséphine, mais elle me scruta longuement, et mon cœur s'emballa aussitôt.

Je détournai les yeux et passai le reste de la soirée à attendre que la foule se disperse. Pour une raison qui m'échappait, je voulais être le dernier à quitter les lieux. Je devais remettre l'enveloppe avec les papiers à Adèle, mais, surtout, je voulais lui faire mes adieux en tête à tête.

Vers minuit, Judith embrassa Adèle et m'offrit un salut de la main. Nous étions désormais seuls dans le restaurant.

— Une vraie réussite, lançai-je.

— Apparemment. Il ne reste plus rien à manger.

— J'ai attendu qu'on soit seuls, dis-je en avançant vers Adèle. Je voulais te donner ça.

Je lui tendis l'enveloppe, scellant ainsi la fin de notre collaboration. Elle osa un petit sourire, entre satisfaction et déception.

— Je vais devoir trouver un autre investisseur, dit-elle dans un soupir.

— En effet. Cette soirée suffira à les faire venir à toi, affirmai-je, ignorant les ratés des battements de mon cœur et la voix stridente de ma conscience qui me hurlait de ne pas baisser les bras.

— On pourrait s'embrasser ? tenta-t-elle.

Un air de déjà-vu me saisit et me fit sourire. Peu à peu, la colère s'estompait. Bientôt, il ne resterait de notre histoire que les souvenirs agréables.

— Bien sûr, dis-je en déposant un baiser furtif sur sa joue.

— Rentre bien, murmura-t-elle alors que je quittais le restaurant.

— À bientôt, Adèle. Prends soin de toi.

Dehors, la pluie s'était mise à tomber, glaciale et drue. Je remontai le col de ma veste, songeant à mes derniers échanges avec Adèle. Je me surpris à sourire, levant les yeux vers les nuages.

— La pluie qui ne mouille pas ! N'importe quoi !

Chapitre 21

Je toquai doucement à la porte de la chambre d'Elisa. Habituellement, je venais lui rendre visite quand les horaires étaient largement dépassés et, en déboulant en milieu d'après-midi, je craignais de la déranger en pleine sieste.

— Elisa ? fis-je à voix basse.

— Adèle ? répondit-elle, surprise.

J'entrai dans la chambre, la découvrant en pleine lecture du journal local. Elle le replia et se redressa sur le lit. À ma grande joie, elle semblait en forme, les joues légèrement rosées et le sourire aux lèvres.

— Tu viens pendant les créneaux autorisés, maintenant ?

— Je crois que j'ai besoin de reprendre une vie normale.

Elisa m'adressa un sourire complice, et je remarquai quelque chose de différent chez elle. J'eus besoin de quelques secondes pour mettre le doigt dessus avant de retenir difficilement un rire.

— Tu t'es lissé les cheveux ?

— Sonia m'a aidée, avoua-t-elle en passant une main sur sa chevelure.

— Une occasion particulière ? la taquinai-je en m'asseyant au bout de son lit.

— Ma balade quotidienne dans le parc. Je sais que je

prends un risque, vu qu'il va pleuvoir. Mais bon, je me suis dit que ça ne sera jamais pire que de me faire embarquer par surprise dans un dîner romantique en tête à tête sans avoir pris une douche !

— Qui pourrait faire un truc pareil ? plaisantai-je.

— Apparemment, une fille que je dois remercier. C'était génial, sourit-elle, le visage épanoui. Merci beaucoup.

Elisa prit ma main dans la sienne et la pressa doucement. Sa sincérité me toucha. L'ouverture du restaurant, ma rupture avec Arnaud, la pression médiatique et ma courte nuit exacerbaient mes émotions. Les larmes vinrent par surprise, et je pinçai les lèvres pour tenter de me reprendre.

Devant Elisa, je n'avais pas le droit de pleurer. Je me l'interdisais depuis son hospitalisation.

— Tu me prêtes ton mascara waterproof ? lança-t-elle.

Elle parvint à me tirer un rire, et j'effaçai les larmes de mes joues tout en sortant mon mascara de la petite trousse de maquillage de mon sac. Elisa m'adressa un sourire réconfortant et serra ma main un peu plus fort dans la sienne.

— Quand je pense que c'est toi qui es censée me soutenir et faire graver mon épitaphe. Tu sais que j'hésite toujours entre « beauté ténébreuse » et « Pénélope du rein » ?

Malgré moi, un nouveau rire me secoua. Je me promis d'aller dormir en rentrant et d'oublier la douleur sourde qui ne me quittait plus depuis une semaine. Arnaud occupait la plupart de mes pensées, m'empêchant de trouver le sommeil, et voir Elisa si radieuse me ramenait à mon triste état. J'avais la sensation que les jours se traînaient et que mon corps pesait des tonnes, écrasé par le chagrin et la culpabilité.

J'échangeai un sourire avec Elisa et pris une profonde

inspiration. J'étais ici pour elle, pas pour me répandre en larmes sur son lit.

— Je suis vraiment contente pour toi, soufflai-je.

— Je sais. Et je suis aussi vraiment contente pour moi, parce que je crois que l'une des infirmières l'avait en cible et que je suis beaucoup mieux coiffée qu'elle !

— Et beaucoup plus drôle, renchéris-je.

— Mais, apparemment, moins irrésistible que toi, continua-t-elle en me montrant le journal.

J'étais à la une du journal local, sous un titre annonçant mon retour réussi en cuisine. Les critiques avaient été unanimement élogieuses, et j'étais parvenue à effacer les derniers doutes qui m'habitaient. Réaliser que j'étais capable d'inventer à nouveau une recette et de faire plaisir autour de moi m'avait rassurée.

Malgré tout, le seul souvenir persistant de la soirée était le départ d'Arnaud. Je n'avais pas su le retenir alors que tout mon corps me hurlait de le faire. La déception était encore présente, mais j'avais toujours la sensation que je ne pouvais plus lui faire totalement confiance.

Il me manquait. Pourtant, je me sentais incapable de le lui avouer. Nous nous étions dit des choses atroces, des choses que j'avais regrettées dès que j'avais quitté son appartement. Cette dispute m'apparaissait insurmontable.

— C'était chouette, dis-je. Finalement, je suis contente que Joséphine m'ait forcé la main. C'était ce qu'il me fallait : un bon coup de pied au derrière.

— Et tu rouvres quand officiellement ?

— Il me faut un mois ou deux. Le temps de faire les travaux et de refondre la carte.

J'espérais que ce travail intense me ferait oublier Arnaud. Notre relation était terminée, mais elle avait un goût amer d'inachevé. Je n'aurais même pas su définir ce que nous étions désormais. Des connaissances ? J'étais loin d'en être certaine.

— Ça devrait te réjouir, commenta Elisa.

— Ça me réjouit.

— Tu as la tête d'une fille qui vient d'apprendre la séparation de son groupe préféré. Tu es quelque part entre le déni et l'absence.

— Je suis juste fatiguée. Et mon groupe préféré s'est séparé depuis quelque temps !

— Bien sûr. Et moi, j'ai juste un gros rhume ? Honnêtement, j'ai l'air plus en forme que toi. C'est suspect.

— J'ai beaucoup travaillé, dis-je, agacée.

— Et tu as largué Arnaud.

— On s'est largués mutuellement.

Elisa arqua un sourcil, peu convaincue. J'étais moi-même incertaine des modalités de notre rupture. Tout ce que je savais, c'était que mon cœur n'était pas totalement remis et que, régulièrement, quand je repensais à cette dispute, une vague de culpabilité me submergeait.

— Il voulait vendre le restaurant, lui rappelai-je.

— Au départ, il ne voulait pas y mettre un euro… Et maintenant, il voudrait vendre ? Peut-être qu'il a juste pris quelques informations !

— Tu es de son côté ? l'interrogeai-je.

— Je suis le public de mon couple préféré, sourit-elle.

— Et donc ?

— Et donc, je cherche un moyen de vous rabibocher, histoire que vous repreniez votre collaboration et que vous sortiez l'album de la réconciliation.

— Je pense que je vais plutôt travailler en solo, répondis-je. Comme ça, on n'est jamais déçu.

— Peut-être. En tout cas, on s'ennuie certainement ! Regarde McCartney, il n'a jamais été aussi bon qu'avec Lennon.

— Je crois que c'est trop tard pour les Beatles.

— Pour eux, oui. Pas pour toi et Arnaud.

Je la dévisageai de longues secondes. Depuis la proposition de Joséphine, j'avais eu la sensation de vivre en apnée, tout en courant un marathon. Convaincre Arnaud, reprendre la cuisine, aider Judith, organiser un dîner surprise.

Le temps était justement ce qui m'avait manqué. Si notre relation de travail avait pris du temps et m'avait permis de garder le contrôle, nous avions foncé tête baissée dans notre relation amoureuse : lui, convaincu et convaincant, moi, prête à le suivre aveuglément.

— Rassure-moi, ton groupe préféré, ce n'est pas les Beatles, hein ? me demanda Elisa, soudain incertaine de sa théorie.

— Si je te dis que c'est les Bee Gees, ça va calmer tes ardeurs de psy ?

— Non. Ça m'amènera juste à revoir ton statut d'amie. Les Bee Gees ? Sérieusement ?

— Oasis, rectifiai-je.

— Tu m'en vois soulagée. Et pour notre amitié, et pour ton histoire avec Arnaud.

— Il n'y a plus d'histoire avec Arnaud. C'est… On s'est dit des choses bien trop horribles. Et je ne suis toujours pas sûre de pouvoir lui faire confiance. Ma carrière et le restaurant sont trop…

— Arrête avec ça ! me coupa-t-elle, sèchement.

Son ton sévère me surprit. En une seconde, notre conversation badine au sujet de la musique venait de prendre un tour sérieux. Elisa me dévisagea, puis secoua la tête. Son sourire si présent depuis mon arrivée disparut, au profit d'une mine plus triste et inquiète.

— Tu parles à une fille dont l'espérance de vie est limitée, Adèle.

Ma gorge se serra, et la fameuse vague de culpabilité que je connaissais me fit, cette fois, l'effet d'une lame de fond. Je suffoquais presque, accablée par ce qu'elle me disait. Je ne l'avais pas oublié… mais j'avais tout fait pour faire comme si.

Nous avions ignoré l'éléphant au milieu de la pièce, considérant cette chambre d'hôpital comme un lieu normal de discussion.

— Je suis DiCaprio, lança-t-elle. Je suis la pauvre fille qui meurt dans l'eau glacée.

— Alors qu'il y a de la place sur cette maudite planche, complétai-je, crispée.

— Je ne sais pas, en fait. Toutes ces fins qu'on refait, en permanence, Adèle… Je sais que ça ne sert à rien, je sais que ce n'est qu'un prétexte. Mais c'est ce que je voudrais vivre, vivre une autre fin. Et c'est ce que tu dois faire aussi.

— C'est ce que je fais, plaidai-je.

— Tu t'enfermes. Tu te caches derrière ce que tu aimes pour fuir l'inconnu. Tu l'as fait en venant ici avec moi et tu vas le refaire avec le restaurant. Ce… Adèle, ce n'est pas ça la vie. La vie, c'est prendre des risques, tenter des choses, tomber et se relever. C'est aussi avoir mal, parfois. Tu ne peux pas te protéger de tout éternellement. Et surtout pas de l'amour. Tu aimes Arnaud, et ce n'est pas en le repoussant que cela va s'estomper.

— Tu veux refaire la fin de mon histoire ?

— Je veux que tu comprennes que tu es en train de tout gâcher. C'est assez typique des films de ce genre : un malentendu entraîne le couple vers des abîmes de douleur avant qu'ils réalisent qu'ils sont faits l'un pour l'autre.

— Ce n'est pas aussi simple.

— Ça l'est, crois-moi. Beaucoup plus que d'espérer un rein. Va le voir, Adèle. Il faut que vous parliez. C'est aussi ce que devraient faire les frères Gallagher. Ils sont nuls en solo !

— Tu crois vraiment que... enfin...

— Je crois que tu dois essayer. Il t'a aidée. Et peut-être qu'il a envisagé de vendre, à un moment... mais c'était avant toi et...

— ... avant le jus de coquillage, souris-je.

— Je refuse les fins cruelles ! me prévint-elle en levant un index menaçant vers moi. Tu m'entends ? Tu n'as pas le droit ! Je suis mourante, tu dois exaucer mes volontés !

— Du chantage affectif ? m'exclamai-je.

Elle ne répondit rien et se contenta de me donner un coup de pied dans les fesses pour que je me lève. Je fis un bond, partagée entre sidération et admiration. Si Joséphine m'avait mise au pied du mur pour le restaurant, Elisa était en train de faire de même avec ma vie amoureuse.

— Va le voir ! continua-t-elle. Si ton cœur explose quand tu le verras, c'est que j'ai raison.

— Ah. C'est donc ça, ça explose ?

— Normalement. Allez, vas-y ! De toute façon, j'ai ma balade de l'après-midi. Je me suis lissé les cheveux, ce n'est pas pour te consoler. Apporte-moi mon fauteuil, s'il te plaît.

À l'instant où j'approchais le fauteuil, des coups résonnèrent à la porte. Le Dr Nédellec apparut, un sourire aux lèvres. Elisa glissa du lit pour s'asseoir et arrangea ses cheveux. Ce simple geste me fit sourire et oublier ma rancœur envers Arnaud. Elle avait raison sur un point : je contrôlais la fin de l'histoire. J'étais responsable de la façon dont elle se terminerait et je devais faire au mieux, pour ne pas recevoir un jour la lettre de réclamation de deux filles remontées à bloc à cause de mes choix.

— Tu es ravissante, lança Maël à Elisa.

— Elle a lissé ses cheveux, lui fis-je remarquer.

— Elle est jalouse car elle n'arrivera jamais à tirer quoi que ce soit de sa tignasse, répliqua Elisa aussitôt.

Le médecin empoigna le fauteuil et la dirigea dans le couloir. Je les suivis, échangeant avec eux sur la météo et la soirée d'ouverture du restaurant. Maël me félicita à nouveau, pendant qu'Elisa demandait l'autorisation pour une nouvelle soirée de liberté.

— Bientôt, tu seras sortie d'ici, et on pourra aller dîner tous les soirs, assura le médecin.

— Des promesses, comme toujours, rit-elle.

— Ne lui enlevez pas son statut de mourante, ça lui permet toutes sortes de menaces et de déviances !

— Mourante ? répéta-t-il d'une voix blanche en s'arrêtant net. Mais enfin, pourquoi dis-tu un truc pareil ?

Ils échangèrent un regard, et Elisa haussa les épaules. Je les observai en train de se dévorer des yeux, comme si chaque minute avait son importance. C'était saisissant : même entourés de monde, même au milieu d'un hôpital affreux, ils n'existaient que l'un pour l'autre.

— Adèle, on a trouvé un donneur.

Nous nous scrutâmes. J'étais incrédule et sonnée ; Elisa était parvenue à changer sa fin, et des larmes de joie brûlaient mes yeux.

— Et merde ! râla Elisa. Comment je vais pouvoir jouer sur la corde sensible, maintenant ?

Sa voix étranglée trahissait son émotion. Je me précipitai sur elle et l'étreignis avec force. Nous pleurâmes de longues minutes, l'une contre l'autre. Nous évacuions notre chagrin des derniers mois, nos espoirs volés, nos lettres inachevées – Kevin Costner ne saurait jamais qu'il était un garde du corps un peu lâche, et les scénaristes d'*Urgences* ne recevraient jamais nos mouchoirs trempés de larmes après la mort de Mark Greene –, nos discussions improbables, nos rendez-vous nocturnes, nos dîners improvisés.

Rien n'allait me manquer mais, pourtant, nous tournions une page importante.

— Ton mascara est vraiment génial, lâcha Elisa alors que je me détachais d'elle.

— C'est vrai. Il est encore plus performant sur les larmes de joie.

— Va le voir, m'intima-t-elle tandis que je tamponnais mes yeux. Avec un peu de chance, il est encore à son hôtel.

— Et je lui dis quoi ? demandai-je, toujours sous le coup de mes émotions.

Tout se bousculait : ma douleur sourde, ma joie intense pour Elisa, ma fatigue persistante, mes doutes envahissants. J'avais quitté Arnaud, comme j'avais quitté le Bristol : sans un regard en arrière, avec mon amertume et une volonté ferme de tourner la page. Peut-être qu'Arnaud méritait mieux.

Notre histoire méritait sûrement mieux que mon intransigeance et mon manque de confiance en lui.

Je détestais la manière dont nous nous étions quittés. J'avais détesté me retrouver dans la rue, frigorifiée et bouleversée. Et j'avais encore plus détesté me sentir vide et à bout de forces. Qu'il souhaite vendre le restaurant sans rien me dire m'avait mise en colère, mais il avait raison sur un point : je ne lui avais laissé aucune chance. Trop obsédée par la cuisine, trop embarquée dans le restaurant, trop marquée par mon expérience horrible du Bristol, et beaucoup trop en colère, j'avais élevé un mur impénétrable autour de mon cœur.

— Je détesterais écrire une lettre de réclamation pour vous deux, soupira Elisa.

Maël poussa le fauteuil et se faufila dans l'une des allées principales du jardin de l'hôpital. J'observai leurs deux silhouettes s'éloigner, songeant à leur histoire compliquée et, malgré tout, évidente. Je me sentais un peu minable, en comparaison. Ils avaient vécu un tas d'embûches et d'angoisses. Mais ils avaient trouvé le courage de les affronter et désormais ils étaient heureux.

J'aurais dû être capable d'en faire autant, de surmonter mes doutes et ma rancœur pour parler à Arnaud.

— Salut, fit une voix familière derrière moi.

Je pivotai et me retrouvai nez à nez avec Arnaud, serrant un bouquet de fleurs devant lui. Mon cœur s'affola, et je fourrai les mains dans les poches arrière de mon jean, prise au dépourvu.

— Elisa m'a demandé de venir, expliqua-t-il.

Il plongea son regard métallique dans le mien et m'adressa un sourire complice. Je savais exactement ce qu'Elisa avait fait : elle m'avait rendu la monnaie de ma pièce. Au loin, j'entendis le rire de ma meilleure amie, suivi d'une ultime remarque :

— Les fleurs sont pour moi ! cria-t-elle.

— Elle adore les pivoines, dis-je en espérant détendre l'atmosphère.

— C'est ce qu'elle m'a dit.

Arnaud posa le bouquet sur un banc et, apparemment

aussi nerveux que moi, il glissa lui aussi les mains dans ses poches. Nous ressemblions à deux adolescents embarrassés. J'observai le visage d'Arnaud ; malgré sa barbe mal taillée et ses cernes, il était toujours aussi attirant. Le col de sa chemise blanche était ouvert, et je fis mon possible pour ne pas fixer le triangle de peau qu'il dévoilait. Je me souvenais parfaitement de son parfum envoûtant et des réactions de sa peau quand mes lèvres la frôlaient.

— J'ai lu la presse, dit-il finalement. Une vraie réussite, cette ouverture.

— En effet. C'est aussi grâce à toi.

Il y eut un silence pesant, à peine troublé par les quelques murmures des promeneurs du parc. Je passai une main dans ma chevelure folle, emmêlée par le vent, cherchant une bonne façon de parler de notre histoire. Une fois encore, le restaurant prenait toute la place.

C'était exactement pour cette raison que nous nous étions disputés : parce que le restaurant prenait toute la place, parce que je n'arrivais pas à m'ouvrir à autre chose.

— Je ne crois pas. Tu n'as pas besoin de moi pour réussir, Adèle.

— Arrête, murmurai-je. S'il te plaît, arrête.

Je refoulai les larmes qui menaçaient de me submerger. Voir Arnaud devant moi me faisait mal, mais l'entendre dire que je n'avais pas besoin de lui était insupportable. Il avait fallu que nous nous séparions une semaine pour que j'en prenne conscience.

— Adèle.

— Je ne veux pas parler du restaurant, ni de cuisine, dis-je, le souffle court. C'est… Toi et… Nous n'avons rien à voir avec ça, d'accord ?

Arnaud hocha la tête et m'adressa un sourire d'encouragement. Je croisai les bras sur ma poitrine, à la recherche des mots qu'il fallait. Mon inexpérience des interactions sociales me pesait. La cuisine avait été à la fois une bénédiction et un emprisonnement.

— C'est pourtant ça qui nous lie, reprit Arnaud.

— C'est surtout ça qui nous a séparés, lui rappelai-je, la gorge serrée.

— Adèle, sans ce restaurant, je ne t'aurais jamais rencontrée. Et, sans la cuisine, tu ne serais pas la fille dont je suis tombé amoureux. Il n'y a pas toi, d'un côté, et la cuisine, de l'autre.

Il posa sa main chaude sur ma joue fraîche, me tirant un frisson. Son pouce caressa le haut de mon visage et apaisa ma nervosité.

— Je ne voulais pas vendre, Adèle. Alexis a lancé cette étude et me l'a donnée, mais je ne voulais pas vendre. Je ne l'aurais jamais fait.

— Et je n'ai jamais considéré que tu n'étais qu'un investisseur.

— Adèle, si j'en avais vraiment été un, je ne t'aurais pas donné un centime : tout le monde sait que la restauration est un domaine bien trop risqué. Je l'ai fait parce que c'était toi.

— Et j'ai cuisiné parce que c'était toi, souris-je.

Mon aveu lui tira un large sourire. J'avais toujours cuisiné pour donner du plaisir, pour offrir un moment rare et apparaître dans des souvenirs de milliers de gens, alors que le dîner que j'avais partagé avec Arnaud n'était que pour lui, pour le convaincre que notre collaboration fonctionnerait.

Ma respiration reprit plus calmement. Arnaud me fixait toujours, le regard brillant. Cela me redonna confiance.

J'avais le vague espoir que nous pouvions nous retrouver. Je fis un pas dans sa direction, formulant déjà une tirade d'excuse.

— Je crois qu'il faut passer à autre chose, proposa Arnaud. C'est pour ça que je t'ai donné ces papiers.

— Les papiers d'hier soir ?

— Tu n'as pas regardé ? s'étonna-t-il.

— Je n'avais pas vraiment la tête à ça. Je réfléchissais.

— À quoi ?

— À nous.

Mon aveu, brutal et assez inédit, le stupéfia. Il me dévisagea de longues secondes, comme s'il attendait une scène supplémentaire après un interminable générique. Finalement, un sourire s'épanouit sur son visage et il fit, à son tour, un pas dans ma direction, ne laissant qu'un faible espace entre nous.

— Voilà un sujet qu'on devrait creuser, suggéra-t-il.

— C'est… Disons que tout cela est un peu nouveau pour moi. Les relations humaines, précisai-je en bégayant.

Son sourire s'élargit, faisant resurgir son petit côté arrogant. Mon cœur reprit ses battements fous. Je devinais le parfum d'Arnaud et je finis par rendre les armes. Je posai les mains sur sa chemise et j'appuyai le front contre son torse. Sa chaleur m'enveloppa aussitôt, et le poids terrible que je ressentais depuis dimanche dernier s'envola dans l'instant.

— Tu viens de franchir le niveau 1, me félicita-t-il.

J'éclatai de rire, soulagée, et demandai :

— Et on fait comment maintenant ?

— Pour le niveau 2 ?

— Pour nos quatre cents kilomètres d'écart ? fis-je, sérieuse.

— On va improviser, d'accord ? Je viendrai, tu viendras. En tout cas, je te donne ma part, c'est tout. Je crois que tu avais raison sur un point : ce n'était pas une bonne idée de mélanger notre vie privée et notre vie professionnelle.

Sa main apaisante glissa sur ma nuque et m'attira plus fermement contre lui. J'enroulai les bras autour de sa taille, retrouvant la sérénité qui m'avait manqué pendant toute la semaine.

— Tu m'as détraquée, chuchotai-je, contre lui.

— Tu m'as fait cuisiner.

— Tu crois que ça va fonctionner ? demandai-je en relevant les yeux.

Il repoussa mes cheveux, prit mon visage en coupe en plongeant le regard dans le mien, puis, comme aimantés, nos deux corps se pressèrent l'un contre l'autre. Ses lèvres s'abaissèrent vers les miennes, et il chuchota :

— On s'embrasse ?

— Ça dépend, tu m'invites à dîner ?

— Ça peut se faire.

Je me contentai de sourire, acceptant silencieusement sa proposition. Sa bouche prit possession de la mienne, dans un baiser long et tendre. Nous effacions nos ultimes regrets et reprenions depuis le début. Étape par étape. Dîner après dîner. Ici ou à Paris.

Cela serait comme en cuisine : une question d'équilibre et de dosage.

Près de nous, la voix d'Elisa résonna. Nous nous séparâmes à contrecœur, dirigeant nos regards agacés vers elle. Arnaud glissa la main dans la mienne et, à nouveau, la normalité de ce geste me saisit. C'était simple et évident, loin des fins larmoyantes que nous chérissions autant que nous les détestions avec Elisa.

— Mais vous allez vraiment rester plantés là ? hurla mon amie.

— Quel est le problème ? demanda Arnaud.

— Il pleut ! répondit Maël en poussant, au pas de course, le fauteuil de sa petite amie.

Arnaud et moi échangeâmes un regard, avant d'éclater de rire. Au-dessus de notre tête, les nuages gris foncé s'entassaient, menaçants. À cet instant, j'eus la certitude que notre histoire fonctionnerait.

Parce que Arnaud et moi avions été réunis par Joséphine, le jus de coquillage et Oasis.

Et, surtout, par la pluie qui ne mouille pas.

Épilogue

— C'est donc ici que tu te caches ? fit la voix d'Arnaud derrière moi.

Je positionnai les bretelles de ma robe sur mes épaules et me contorsionnai pour remonter la fermeture dans le dos.

— Je ne me cache pas. Je me change.

— Laisse-moi t'aider.

Il chassa mes mains de la fermeture et, tout en la remontant, nicha la bouche dans mon cou. Puis il enroula les bras autour de ma taille et attira mon dos contre son torse musclé. Ses dents éraflèrent ma peau, me tirant un gémissement. Il m'avait manqué.

— Et ce voyage en Afrique du Sud ? demandai-je.

— Prometteur. Et toi, les inspecteurs du guide ?

— Tristes comme un jour de pluie. J'ai failli leur dire que le restaurant était complet pour les cinq prochaines années.

Arnaud me fit pivoter pour que je lui fasse face. Je déposai un baiser furtif sur ses lèvres, et il fronça les sourcils.

— Tu t'es lissé les cheveux ? demanda-t-il, soupçonneux.

— J'aime le risque en février. Je pensais que tu remarquerais d'abord la robe.

— J'ai déjà remarqué comment te l'enlever, c'est l'essentiel. Sonia est derrière cette création, j'imagine ?

— Derrière cette création et dans la salle du restaurant où on doit nous attendre.

— J'aime pourtant beaucoup cette réserve. J'y ai de très bons souvenirs.

À nouveau, ses lèvres trouvèrent les miennes. Notre baiser fut plus appuyé, et les mains d'Arnaud parcoururent mon corps, prêtes à en prendre possession. Je le repoussai gentiment, consciente que nous pouvions être surpris à tout moment. Je ne voulais pas voler la vedette à Armel et à sa soirée de Saint-Valentin.

— Tu sais danser ? demandai-je.

— J'ai de bons restes.

Nous quittâmes la minuscule réserve main dans la main pour rejoindre la grande salle du restaurant. Armel avait décidé de lancer son premier bal de Saint-Valentin ici, me forçant à vider le restaurant de tout son mobilier. Je l'avais fait avec joie : que le restaurant demeure un lieu de rencontres et de vie me plaisait. Nous aurions ainsi de nouvelles photos à ajouter sur le mur.

Le restaurant avait été décoré par une multitude de guirlandes lumineuses. Derrière l'îlot, un groupe de jazz reprenait de vieux standards. Elisa, en convalescence, et Maël étaient assis l'un à côté de l'autre, riant aux éclats devant Armel et Joséphine en pleine dispute. Armel avait sorti un vieux costume de son placard, et Joséphine prenait un malin plaisir à se moquer de son absence de sens de la mode.

— Viens par là, m'intima Arnaud en m'entraînant vers la piste de danse improvisée où quelques couples bougeaient en rythme.

Il attira mon corps contre le sien et il mena notre première danse, les yeux rivés aux miens. Dans mon dos, sa main me caressa et me fit presque oublier les deux dernières semaines loin de lui. Notre relation yo-yo – parfois ici, parfois à Paris – fonctionnait : nous avions trouvé notre équilibre et nous devions passer la semaine suivante ici, avec Zoé pour les vacances de février.

— Je suis vraiment ravi qu'Armel ait été élu, murmura Arnaud.

— Avec deux voix d'avance, précisai-je.

— Est-ce que tu l'aides toujours ?

— Je dois rédiger avec lui le discours d'ouverture de la foire agricole d'ici la fin du mois. Ensuite, j'aiderai Judith à finaliser sa lettre de rupture.

— Ah oui, Alexis m'a dit. Mariage annulé. Est-ce que je dois être triste ?

— Je ne crois pas. Elle le vit très bien. Elle a eu du mal à prendre la décision, mais je pense qu'elle est soulagée.

— Je te préviens : on danse dix minutes, et je t'entraîne à l'hôtel.

Il ponctua sa promesse d'un baiser sur mes lèvres. C'était l'indéniable avantage de notre relation à distance, les retrouvailles étaient toujours fantastiques. Le souvenir de nos dernières retrouvailles à l'hôtel de prédilection d'Arnaud me tira un rougissement.

— Je sais à quoi tu penses, chuchota Arnaud à mon oreille.

Il m'attira plus fermement contre lui, me laissant tout loisir de deviner son excitation. Je poussai un soupir de frustration, me laissant bercer par le rythme lent de notre danse. Ses doigts atteignirent le milieu de mon dos, à l'endroit où ma peau était nue. Je frissonnai et me laissai envahir par une douce vague de chaleur.

— Tu garderas tes talons, cette fois, me recommanda-t-il.

— Je ferai de mon mieux.

La musique s'arrêta, et j'échangeai un regard avec Arnaud. Deux chansons, c'était trop. Nous avions attendu pendant des jours pour nous revoir. Aussi, quand Arnaud prit ma main pour m'entraîner vers la sortie du restaurant, je n'opposai aucune résistance.

— Quelqu'un peut fermer pour toi ? demanda-t-il en m'aidant à enfiler une veste.

— Sonia m'a dit qu'elle le ferait.

Arnaud jeta un coup d'œil aux alentours, puis secoua la tête. Je n'avais pas vu Sonia sur la piste de danse et je vérifiai si je la voyais près du bar improvisé le long du mur. Elle n'y apparaissait pas non plus.

— Elle n'est quand même pas dehors, il fait un temps horrible ! m'alarmai-je.

Arnaud étouffa un rire et enroula un bras autour de mes épaules. Je cherchai encore Sonia du regard, pendant qu'Arnaud ouvrait la porte du restaurant.

— Elle est dehors, m'annonça-t-il.

— Quoi ? Mais pourquoi ?

— Alexis m'a accompagné. Il m'a dit qu'il voulait « prendre l'air en province ».

J'arquai un sourcil, découvrant Alexis et Sonia en grande discussion sur le trottoir en face de l'entrée du restaurant. Ils s'étaient abrités sous une petite devanture, mais la pluie devait certainement les atteindre.

— J'ai commencé à me douter de quelque chose quand il m'a parlé d'aller faire un footing sur la plage, rit Arnaud.

Je me contentai de sourire, les observant, en pleine nuit,

en train de discuter. Arnaud m'attira contre lui et déposa un baiser sur ma tempe. Je jetai un dernier coup d'œil à la crêperie derrière nous.

Celle qui accomplissait les miracles.

La recette immanquable du caramel beurre salé

Spoiler : Le beurre doux est une invention de Normands.

Ingrédients

- 160 g de sucre
- 115 g de beurre salé
- 100 g de crème liquide entière (plus en fonction du crémeux souhaité)
- Fleur de sel

Dans une casserole, faire fondre le beurre et le sucre tout en mélangeant. La base du caramel se forme. Pendant ce temps, faire tiédir la crème dans un bol et réserver (la crème ne doit surtout pas être froide, sinon elle va figer le caramel).

Lorsque le caramel est clair, le retirer du feu : attention à ne pas forcer ou brûler le caramel.

Hors du feu, verser doucement la crème tiède et mélanger.

On ajoute une pointe de sel, pour le goût et le joli ! Si, par malheur, le caramel durcit : pas de panique ! On remet sur feu doux (très très doux) et on remue, jusqu'à ce que la chaleur fasse son œuvre.

La recette immanquable du véritable far breton

Spoiler : Agen n'est pas en Bretagne.

Ingrédients

- 250 g de farine
- 100 g de sucre
- 4 œufs
- 100 g de beurre salé fondu
- 1 litre de lait tiède

Dans un saladier, mettre la farine puis ajouter les œufs.

Mélanger à l'aide d'une cuillère en bois pour obtenir une pâte toute lisse (sans vilains grumeaux !). Il faut mélanger longtemps, très longtemps, pour que le far soit aérien à la sortie du four (enfin, il faut essayer...). Ajouter le sucre et bien mélanger encore. Aérien, on a dit !

Ajouter ensuite le beurre salé (évidemment !) fondu et verser le lait petit à petit. Laisser reposer pendant environ 30 minutes.

Beurrer (le beurre est l'aliment de base des Bretons) un grand plat (avec du beurre salé, bien sûr) et y verser la pâte. Attention, le far va gonfler, donc on prévoit de la marge !

Enfourner pendant environ 40 minutes à 200 degrés et s'assurer de la cuisson du far à l'aide d'un couteau.

Si le far brille en sortant du four, c'est que vous avez mis assez de beurre !

Objet : la pluie n'excuse pas tout…

Cher Clint Eastwood,

Depuis de nombreuses années, vous hantez les couloirs des studios de Hollywood. Plus jeunes, nos parents nous ont abreuvées de vos westerns et de vos rôles d'inspecteur déterminé et solitaire, courant en costume trois pièces, cheveux au vent. Vous êtes comme un vieil oncle taciturne, celui qui ne répond que par oui, par non… ou par un grognement agacé. Je pense que cela fait votre charme et, sûrement, une partie de votre talent.

Bref, cessons les politesses, Clint.

Clint, malgré tout ton talent, pardon de te dire que tu as merdé.

Tu as choisi d'adapter Sur la route de Madison. *Bien. Meryl Streep y est extraordinaire. Et toi, tu n'es pas si mal, dans ton rôle d'homme bourru et incapable – comme tous les hommes – d'exprimer clairement ses sentiments.*

Mais, Clint… C'est quoi cette fin ? Nous protestons vigoureusement ! Si on admet toujours une forme de fidélité à l'ouvrage de base, on apprécie tout de même une pointe de créativité. Il fallait la faire sortir de la voiture ! Un baiser, sous la pluie, ça fonctionne toujours… Pourquoi avoir accepté qu'elle se cramponne à la poignée de sa voiture, à regarder l'amour de sa vie disparaître ? Nous imaginons qu'il fallait quelque chose de poignant, de dramatique pour marquer les esprits.

Clint, nous souhaitons donc discuter avec toi d'une fin heureuse pour ce film. Une fin qui resterait entre nous, bien évidemment, mais qui nous permettrait de visionner ton film sans redouter ces trois longues minutes de pluie et de douleur.

Nous nous tenons à ta disposition pour un rendez-vous.

Avec nos sincères et respectueuses salutations,

Elisa & Adèle

Objet : ensemble, morts ou vifs

Cher James,

Je sais, vous en avez reçu des tonnes. Des suppliques, des prières, des insultes, des menaces. Peut-être, même, avez-vous reçu des têtes d'animaux ensanglantées, de l'anthrax ou de la poudre explosive.

Du coup, notre lettre s'ajoutera à la pile de toutes les autres, mais ne ressemblera peut-être à aucune.

Pourquoi ? Pourquoi cette fin ? Pourquoi nous faire rêver pendant deux bonnes heures à coup de robes spectaculaires et de reconstitution minutieuse, si c'était pour réaliser cette… fin ?

Rose et Jack devaient finir ensemble. Parce qu'ils sont une entité presque symbiotique, parce qu'ils sont un espoir pour tous les célibataires du monde, parce qu'ils représentent une sorte d'humanité et d'énergie positive pour… eh bien, pour tout le monde. Vous comprenez donc notre incompréhension.

Combien de fois Jack sauve-t-il Rose ? Ah oui, « de toutes les façons possibles ». Donc, on va dire un sacré nombre de fois. Et, quand Rose a enfin l'occasion de lui renvoyer l'ascenseur, elle le laisse dans l'eau glacée ? Ça n'a pas de sens. Franchement, c'est presque misogyne : on fait passer l'homme pour le héros qui sauve la fille… et la fille pour une pauvre idiote, incapable de faire de la place à l'homme qu'elle aime ?

Parce que, oui, pendant des années, le public a râlé sur la taille de la porte ou sur la possibilité que deux personnes puissent flotter dessus en même temps. En fait, cette histoire de radeau de fortune n'était qu'un prétexte. Vous nous avez vendu une fin dramatique et larmoyante, pour camoufler la réalité moins glorieuse de votre personnalité.

Jack et Rose devaient finir ensemble : vivants ou morts. Mais ensemble.

Alors, oui, nous avons pleuré toutes nos larmes, nous avons usé des mouchoirs, nous avons pesté contre vous et votre cruauté. Mais, désormais, nous savons ce qui vous motive, et nos yeux demeureront secs.

Avec nos amicales pensées,

Elisa & Adèle

Objet : des actions chez Kleenex ?

Cher Tom,

Après un début de carrière assez hilarant – vos cheveux, indépendamment de vous, sont puissamment irrésistibles –, vous avez décidé de bifurquer vers des rôles plus dramatiques.

Beaucoup de critiques ont salué ce virage. Et nous ne pouvons pas dire que vos choix étaient mauvais. Philadelphia. Seul au monde. Forrest Gump. *Parfaits. Tous.*

Mais je reste persuadée que ce virage coïncide parfaitement avec l'ouverture en Bourse du capital de Kleenex. Il faut quand même bien avouer que vous savez faire dans la surenchère de larmes et de gorge serrée. L'équation semble simple : soit vous mourez, soit l'amour de votre vie meurt.

Dans Philadelphia, *vous mourez avant la fin du procès.*

Dans Seul au monde, *Wilson meurt. Oui, j'ai pleuré pour un ballon de volley-ball à moitié crevé.*

Dans Forrest Gump, *Jenny meurt. Et Bubba. Et votre mère. Franchement ?*

Et je ne parle pas du soldat Ryan ou de La Ligne Verte.

Nous sommes donc persuadées que vous vous êtes offert des actions chez Kleenex. Et que vous faites vos choix de film, en fonction du litre de larmes que nous finirons par verser. Il faut que ça change, Tom. Amusez-nous. Faites-nous rire… mais ces larmes doivent cesser. Ou alors, entamez une psychothérapie !

Avec nos amicales pensées,

Elisa & Adèle

Devoir préparatoire

Master Droit des personnes et de la famille – Travaux pratiques

Après avoir choisi un personnage dans la liste ci-dessous, vous vous mettrez dans la peau de l'avocat de la défense.

Vous devrez préparer les arguments nécessaires, au sein de votre plaidoirie, pour offrir la meilleure défense possible à votre client.

— JR Ewing
— Dark Vador
— Le Joker
— Voldemort
— Hannibal Lecter

Remerciements

Écrire un nouveau roman, c'est toujours un défi.

Comme *La Librairie des rêves suspendus*, ce livre a été largement inspiré de ce que les lecteurs et lectrices me disent en salon. Je suis toujours émue et touchée de vous entendre dire que je vous aide à aller mieux, que je vous sors de votre quotidien, que je vous fais sourire. Ce roman, il est donc pour vous. Comme Adèle cuisine, j'écris.

Comme vous le savez sûrement, c'est une activité aussi solitaire que dévorante. Mais, à chaque salon et à chaque rencontre, je sais que vous êtes là, toujours présent(e)s. Donc, pour ça, merci.

Pour votre fidélité, vos rires, vos confidences – dont je me sers hontcusement –, merci.

Pour toutes vos recommandations, vos remarques, vos réclamations, merci.

Pour tous nos échanges variés et divers, pour votre patience et votre indulgence, merci.

Sans vous, je sais que ma fin, à moi, serait différente.

Un grand merci aux équipes d'HarperCollins France pour leur soutien et leur aide. Dans ce métier solitaire, il y a une équipe de folie qui se bat pour les livres et qui me suit dans mes idées (même les tordues). Un merci particulier à : Sophie, l'Annie Lennox des éditrices, qui rit de mes blagues (même les mauvaises) et répond à mes trente-six questions par jour ; aux Chloé, à Marie, à Delphine, à Sabrina, à Emmanuelle et à tous ceux qui participent à cette chouette aventure.

Enfin, un grand merci à mon mari, soutien, ami, amant, père, homme idéal (tellement de casquettes qu'il n'y a plus de place sur sa tête !), à mes enfants, sources inépuisables de rire, à mes amis, qui dévorent trois kilos de viande en moins de dix minutes.

Voilà.

Merci.

Une nouvelle fin se dessine... J'ose croire que je ne recevrai pas trop de lettres de réclamation de toutes les Adèle et Elisa du monde (mais essayez pour voir, ça pourrait certainement m'inspirer).

À bientôt.

Retrouvez le meilleur d'Emily Blaine

www.emilyblaine.com

Harper Collins POCHE

Découvrez un extrait de

La Librairie des rêves suspendus

Entrez dans un monde
où tout devient possible…

Harper
Collins
POCHE

Chapitre 1

Je m'affalai un peu plus contre le velours noir de la banquette et étendis mes bras sur le dossier. Par-dessus la balustrade, j'admirais la foule dense se déhancher à l'étage inférieur au rythme de la musique trop forte. Des basses surpuissantes faisaient vibrer les murs sombres et les sols étincelants. Les spots colorés éclairaient alternativement des jambes nues, des poitrines découvertes et des visages luisants de sueur. Les corps se frôlaient, se touchaient parfois, des sourires lascifs s'affichaient. Je récoltai au passage un ou deux clins d'œil de filles étroitement enlacées dans un corps à corps suggestif.

J'aimais cette ambiance saturée de fragrances capiteuses, de sexe et d'effluves d'alcool. Ce qui différenciait cette boîte de toutes les autres, c'était la présence, en plus, d'un délicat et entêtant parfum d'argent dans l'air. J'étais à des années-lumière de ma première nuit en boîte : provinciale, ringarde et imprégnée d'une odeur de bière bon marché. À l'époque, c'était la seule distraction du coin. Aussi sinistre que ma vie d'avant.

Dans cette autre vie, mes perspectives professionnelles se limitaient à un poste de manutentionnaire dans un hypermarché des Charentes. Du mardi au samedi, huit heures par jour, je portais des cagettes en bois. Je les empilais, les vidais, les fracassais, les portais par piles de cinq. J'avais dix échardes par semaine, les mains en sang et un salaire si maigre que je le bouffais en dix jours. Même si je n'avais pas le même métier, j'avais finalement la même vie que mon père et j'étais en colère, effrayé de finir comme lui, voûté de fatigue, perclus de douleurs. Je détestais ma vie. Je la détestais au point de la saboter avec une rigueur méthodique : je me disputais avec mes parents, je me battais aussi souvent que possible, j'insultais ceux qui me méprisaient et je noyais le tout dans l'alcool.

Chaque matin, j'observais mon reflet dans le miroir de la salle de bains de mes parents. Une cicatrice au-dessus du sourcil droit, une dent ébréchée, des yeux sombres mais vitreux de fatigue, un corps musclé – le seul point positif de mon boulot – et un tatouage de ronce ceignant mon biceps gauche… Rien d'étonnant à ce que je colle la frousse à la plupart des gens.

Je l'admettais volontiers : j'avais eu de la chance. Une chance si énorme que j'avais parfois l'impression de vivre une vaste fumisterie. J'étais un fraudeur en puissance, un imposteur. Célèbre et riche, certes. Mais un escroc quand même.

C'était en déchargeant une palette que j'avais été repéré par une directrice de casting. Après deux auditions et un bout d'essai concluant à Paris, je m'étais retrouvé catapulté dans mon premier tournage de long métrage et dans une vie où je ne m'abimais plus les mains en travaillant. C'était ça le plus beau : j'étais payé pour jouer les mecs en colère, pour me battre contre d'autres et pour embrasser des filles qui ne m'auraient jamais jeté un œil en temps normal. Une superbe escroquerie.

J'avais fait mes adieux à mes habitudes ringardes de

province, à mes fringues à bas prix, mes bières éventées et mes amis minables. J'avais fait une croix sur mon passé et je n'avais aucune intention de retourner au pays. J'en avais presque oublié le mépris que je décelais dans chaque regard qui avait croisé ma route. Pour tous ces gens, tous ceux qui m'avaient vu porter des caisses, je n'étais rien.

Presque. Parce que maintenant, c'était moi qui dominais le monde. À tout point de vue.

Un verre de cognac à la main, je savourai ma nouvelle vie. J'avais de l'argent, j'étais admiré, j'étais reconnu. J'allais de bars en boîtes de nuit, de tournages en interviews, de défilés de mode en soirées mondaines. Très honnêtement, je n'avais pas vu les rayons d'un supermarché depuis presque dix-huit mois. Une femme de ménage, une assistante et mon agent se chargeaient de ce type de mission ennuyeuse pour moi. Mon réfrigérateur était rempli, mon bar, garni, et les baies vitrées de mon appartement donnant sur le parc Monceau étaient parfaitement nettoyées.

J'avais tout et ne regrettais rien de ma vie d'avant. Pourtant, ma rage bouillonnait toujours, à fleur de peau, prête à s'enflammer à la moindre étincelle. Ma réussite fulgurante ne l'avait en rien éteinte ; toutes ces années à ruminer contre ma vie misérable avaient laissé des traces. L'adrénaline me manquait parfois et, même loin des caméras, j'aimais toujours me battre. Après deux scandales affichés dans la presse, mon agent avait vite trouvé la parade : une salle de boxe privatisée deux fois par semaine pendant quatre heures. De quoi évacuer mon énergie destructrice, tout en gardant la forme.

Quand la presse ne se régalait pas de mes coups d'éclat, elle s'émerveillait de ma détermination, de mon envie évidente de réussir, de mon talent inné. Peut-être. En fait, je voulais juste rester ici, à surplomber le monde, à dominer la foule et à faire mon choix parmi les femmes qui s'offraient à moi. Assis dans ce canapé en velours, avec un jean de créateur et une montre hors de prix au poignet, j'étais résolu à ne laisser ma place à personne.

— Laquelle as-tu repérée ?

Je pivotai vers la voix de Simon. Sans attendre ma réponse, il s'appuya contre la balustrade, le regard perdu vers la foule. Un sourire carnassier orna ses lèvres et il but une gorgée de ce whisky infâme et hors de prix qu'il aimait tant.

— La blonde avec le short en jean ? proposa-t-il.

— Brune. Microrobe dorée.

Il plissa les paupières, tentant de trouver ma cible malgré la lumière aveuglante des spots.

— Celle qui danse avec un mec ?

Il se tourna vers moi, pendant que j'acquiesçais. Simon, acteur et second rôle de mon dernier tournage, étouffa difficilement un rire. Il termina son verre d'un trait et passa le dos de sa main sur sa bouche pour en effacer la trace.

— Mec qui n'a pas vraiment l'air d'être son frère, poursuivit-il.

— Un peu de défi ne fait jamais de mal, dis-je.

— Ce n'est pas du défi que tu cherches. Tu as juste envie de te battre.

— Ça fait longtemps que je n'ai pas mis une dérouillée à quelqu'un.

Simon esquissa un sourire, tandis que je cognais mon poing droit dans la paume de ma main gauche. La dernière fois, la presse en avait profité pour remettre en cause mon avenir dans le cinéma – j'étais trop instable, trop difficile, trop caractériel. Paradoxalement, j'avais remarqué que, tant dans mon ancienne vie que dans la nouvelle, je persistais à être scruté et jugé. Villageois ou paparazzi, rien de bien différent dans le fond.

Je bus une nouvelle rasade de cognac, suivant d'un air distrait une serveuse appétissante. Pour elle aussi, je me serais bien battu. Après ce dernier tournage éprouvant, j'avais besoin de me défouler. Cela faisait presque un mois que je n'avais pas boxé et j'étais tendu, avec la sensation que tout mon corps était sous pression, au bord de l'implosion. Je serrai le poing et pris une profonde inspiration.

— Un jour ou l'autre, ça finira mal pour toi. Pourquoi fais-tu ça ?

— Pour évacuer la pression. J'aime bien me battre. Et je fais ça discrètement maintenant.

— Les gens normaux prennent des vacances, tu sais. Tu pourrais… faire une virée au Canada ou entamer un tour du monde.

— J'y penserai, mentis-je en ravalant un rire.

Quitter le cinéma maintenant signerait la fin de ma carrière. Le monde artistique a horreur du vide. Si vous n'êtes pas sur un projet, vous n'existez pas. Prendre des vacances n'était donc aucunement à l'ordre du jour. Je fis signe à la serveuse et la gratifiai d'un généreux pourboire en échange de deux nouveaux verres. Elle m'offrit un sourire audacieux, son regard me détaillant avec intérêt.

Avec un peu de patience, j'aurais pu me faire cette fille sans même devoir la ramener chez moi. Ma voiture, une ruelle, ou les toilettes du club auraient fait l'affaire. Mais Simon avait raison, j'avais envie de me battre.

— Tu as un tournage prochainement ? demandai-je, dans le vague espoir de me calmer.

— Dans deux mois, en Grèce. J'irai avec Emma.

Je grimaçai. Je ne comprenais pas pourquoi Simon s'était entiché d'elle : cette fille un peu idiote était un véritable pot de colle et attendait des gens qu'ils lui fassent la révérence en guise de salutations. Insupportable... et hautaine : elle savait parfaitement d'où je venais et prenait un plaisir dingue à me le rappeler.

— Tu ne vas pas la demander en mariage, quand même ? m'inquiétai-je.

Sous mes pieds, le sol vibra davantage et la foule se déchaîna sous les projecteurs. La température grimpa de quelques degrés, rendant l'atmosphère étouffante. J'aperçus le visage de Simon, qui prit le temps de boire une gorgée de son verre, avant de me répondre.

— Aucune chance, assura-t-il. Et toi, ton programme ?

— Deux tournages, dont l'un en Afrique du Sud. Le réalisateur est bien barré, ça devrait être sympa comme tournage. On vise Cannes.

Simon arqua un sourcil. Il était plus dubitatif qu'étonné. Mon premier film m'avait ouvert de nombreuses portes et, chaque semaine, je recevais un scénario. Mon choix se portait toujours sur les rôles les plus âpres, j'aimais les personnages difficiles et les intrigues tordues. Je me reconnaissais dans les scénarios dangereux.

Simon, lui, alternait entre les comédies et les drames. Acteur depuis l'âge de cinq ans, il incarnait le gendre idéal et inspirait la confiance grâce à son physique de gentil garçon.

— Cannes ? Vraiment ?

— Cannes. J'ai toujours voulu me pointer à une de ses fêtes indécentes au Martinez et déclencher une bagarre générale.

— Ce qui te branche, c'est faire parler de toi.

— Oh ! tu n'approuves pas, on dirait ?

Simon était du genre prudent. Le genre de mec à aider les petites vieilles à traverser, à se nourrir de produits bio et à éviter de faire des vagues. Propre, lisse et conciliant. Tout ce qu'aimaient l'industrie et la presse – du moins en apparence. Notre amitié était un mystère, mais après quelques soirées ensemble, nous avions réussi à créer un véritable lien. Il m'apportait son expérience, je le sortais de sa zone de confort en le défiant régulièrement.

Un jour, j'avais même réussi à l'entraîner à la salle de boxe pour lui coller une raclée mémorable. Pour la première fois de sa carrière, Simon avait mis au chômage toute une équipe de tournage pendant une semaine, le temps que son nez retrouve un volume normal. Au départ, il m'en avait voulu. Puis, après avoir descendu quelques bières, nous en avions ri.

— Tu sais très bien ce que j'en pense, reprit Simon.

— Qu'un jour ou l'autre, je finirai par m'en mordre les doigts. Tu te sens obligé de me faire la morale ?

— J'ai vu des mecs tout perdre. Façon grand huit : tu dégringoles si vite que tu ne vois même plus où tu étais arrivé. Tu es un type dangereux, Max, aux limites de l'inconscience.

— Tu es un type chiant, Simon. Aux limites du cimetière. Tu devrais t'amuser un peu et arrêter d'être un gentil garçon.

— Les gens aiment les gentils garçons.

— Et tu fais tout pour qu'ils continuent de t'aimer. Ça mériterait une analyse chez un psy, dis-je avec un sourire en me levant de la banquette. Je vais te laisser, j'ai une fille à draguer.

Le regard de Simon se dirigea vers la microrobe dorée.

Je m'approchai de la balustrade, pour constater qu'elle dansait étroitement avec son petit ami, ses yeux rivés aux siens. Le défi devenait de plus en plus intéressant.

— Ça va être compliqué de lui demander son prénom, ironisa Simon.

— Ça tombe bien, je me fiche de comment elle s'appelle.

Je levai mon verre vers lui, annonçant ainsi la fin de la discussion. Je voulais cette fille et ce n'était pas son copain qui allait m'empêcher de mener mon plan à terme. J'attrapai ma veste en cuir, puis dévalai les escaliers et rejoignis le rez-de-chaussée. La musique était assourdissante et la piste de danse, pleine à craquer, m'empêchait de rejoindre le bar. Je relevai les yeux vers le premier étage. Simon leva son verre dans ma direction, avant de pointer de l'index vers ma droite.

J'acquiesçai, puis fendit la foule vers ma cible. La jeune femme brune et mince se dandinait toujours, perdue dans le son des basses. La chance me souriait : son petit ami n'était plus aux alentours, sûrement en train de se débattre avec le barman pour commander deux verres. J'approchai et fis de mon mieux pour me retrouver face à elle. Quand son regard croisa le mien, elle marqua un temps d'arrêt et cligna des yeux plusieurs fois.

— Maxime, me présentai-je en approchant ma bouche de son oreille.

Un léger sourire orna ses lèvres. Je ne reculai pas et elle reprit sa danse, ondulant lascivement pour moi. Elle colla son corps au mien, pendant que mes mains trouvaient ses hanches. Cette histoire de petit ami n'avait pas l'air de l'embarrasser. Elle ne me repoussa pas et, au contraire, noua ses mains autour de mon cou.

Ma carrière cinématographique m'avait offert du travail

et de l'argent ; elle facilitait aussi les relations. Face à moi, la plupart des gens étaient désinhibés : aucune méfiance, aucune retenue. La célébrité semblait leur faire oublier les règles sociales élémentaires. J'avais donc épousé ce mode de fonctionnement, me contrefichant du prénom, des qualités et de la vie même des filles que je sautais.

— Tu es venue seule ? demandai-je, pour faire la conversation.

Elle secoua la tête, avant de pointer son mec du doigt. Il patientait toujours au bar s'agaçant de la foule remuante.

— Je sais qui tu es, murmura-t-elle sur mes lèvres.

Ses mains glissèrent de ma nuque à mon torse. Son regard se voila et je bougeai dans un rythme lent contre elle. Avec ses longues jambes et ses lèvres appétissantes, cette fille était sexy. J'étais presque déçu qu'elle ne soit pas plus préoccupée par l'homme qui l'avait accompagnée ici. J'avais espéré un peu de résistance, un peu de jeu, voire un début d'altercation. Mais cette fille était visiblement prête à se donner sans lutte.

— Tu veux qu'on sorte ? proposai-je, déjà lassé de cette facilité.

Elle ondula à nouveau, caressant sensuellement mon corps avec le sien. Je la laissai faire, la surplombant de mon mètre quatre-vingts, pendant qu'elle se redressait. Elle leva ses yeux brûlants vers moi et mordit sensuellement sa lèvre inférieure. Mon envie de me battre était en train de s'estomper, remplacée par l'excitation et le désir ; j'envisageais sérieusement de lui faire garder ses talons pendant le reste de la nuit.

Je tournai la tête vers le bar, remarquant que le petit ami avait quitté son poste. Je le cherchai pendant quelques secondes, fermant le poing, prêt à en découdre. Avec un peu de chance, mon physique et un regard colérique suffiraient à l'éloigner et à me préserver d'un nouveau scandale.

— Sortons, m'ordonna la microrobe dorée.

Je lui saisis le poignet et visai une des sorties de secours de la boîte. Devant ma détermination à quitter la salle, la foule s'écarta. Derrière moi, les talons de la fille cliquetaient sur le sol en verre trempé. Je sentis des mains m'agripper et j'entendis mon prénom chuchoté comme un secret honteux. J'ignorai les murmures désapprobateurs et poussai la lourde porte qui donnait vers l'extérieur.

L'air frais de la nuit me saisit un court instant et dissipa un peu les effets de l'alcool. Je fis quelques pas et me retrouvai dans une impasse sombre.

— Ici ? fit la voix de la fille.

— Ici.

Je la plaquai contre le mur du bâtiment en béton et promenai mes mains sur son corps. Le vrombissement des basses nous parvenait toujours. Elle émit un sifflement et râla contre la température trop fraîche. Je posai mes lèvres contre son cou, devinant un voile de sueur mêlé à un parfum luxueux. Sa contrariété se mua en excitation et elle laissa échapper un gémissement saturé de désir. Mes mains descendirent sur sa taille, puis sur ses fesses. Elle se frotta contre moi, indécente et volontaire. Je trouvai ses cuisses nues et remontai mes doigts sous sa robe minimaliste.

La fille se cambra contre moi, s'abandonnant à mon désir. Je me fichais pas mal de ce qu'elle ressentait, je voulais juste son corps et en faire ce dont j'avais envie. J'effleurai son entrejambe, pendant que mes lèvres traçaient un chemin vers sa poitrine à peine développée. Je capturai le tissu de son bustier entre mes dents et le tirai brutalement ; désormais, sa robe ressemblait plus à une grosse ceinture dorée. Elle émit un petit cri de surprise, pendant que j'admirais les pointes de ses seins érigées par un mélange de froid et d'excitation.

Ma langue maltraita sa poitrine, tandis que mes doigts caressaient son sexe à travers le tissu de son sous-vêtement. Cette fille était un vrai pantin : les mains plaquées contre le mur, elle ne me touchait même pas et ne prenait aucune initiative.

— Hé ! cria une voix masculine près de nous.

— Merde, s'affola la fille.

D'un geste brutal, elle me repoussa et rajusta précipitamment sa robe. À bout de souffle et passablement contrarié d'être interrompu, je pivotai vers l'intrus. Mon excitation retomba en flèche : le petit ami. Évidemment. Cela pimentait la situation.

— Qu'est-ce qu'il se passe ici ?

Il jeta un coup d'œil vers sa copine et secoua la tête, entre dégoût et incompréhension. En quelques secondes, il retira sa chemise et la lui donna.

— Couvre-toi, bon sang ! On va rentrer.

Il avança vers moi, ses yeux flamboyant de colère, les épaules tendues, la mâchoire serrée. Sa colère semblait irradier par vagues de plus en plus fortes. Je me redressai et le toisai. Généralement, un simple regard suffisait à calmer le jeu.

— L'acteur, c'est ça ? demanda-t-il.

— C'est ça. Je trouve ta copine plutôt mignonne, le provoquai-je.

Derrière lui, la pauvre fille enfilait la chemise de son copain. Les yeux rivés au sol, elle suintait autant l'humiliation que son mec transpirait de rage. J'aurais pu avoir de la peine pour elle... si j'en avais eu quelque chose à faire. Elle avait perdu tout son attrait dès qu'elle m'avait repoussé. Pour être honnête, j'avais désormais plus envie de me battre avec son mec que de baiser avec elle.

— Donne-moi une bonne raison de ne pas t'en coller une, reprit l'homme face à moi.

— Aucune chance, sifflai-je.

L'instant qui suivit, son poing s'écrasa contre ma tempe. Je vacillai, surpris par la puissance de l'impact et fis quelques pas en arrière. Quand il arma son deuxième coup, je réussis à le bloquer, et à enfoncer mon poing dans son estomac. Il émit un petit gargouillis de douleur, avant de se plier en deux, hors d'haleine. Il se redressa, et un nouveau coup de poing s'abattit sur ma mâchoire, puis sur ma joue. Il me coinça contre le mur, et sa main se referma sur mon cou à m'en faire suffoquer. Mon crâne heurta le béton et j'eus la sensation que le choc se répercutait dans tout mon corps.

Il parvint à esquiver mes coups, mais finit par grogner de douleur quand mon genou entra en contact avec son entrejambe.

Ma tête me faisait un mal de chien et je titubai dans l'impasse, à distance de sécurité du type. Je passai mes doigts sur ma bouche ; la saveur familière et métallique du sang attisa ma colère et me redonna de l'énergie. Je fonçai sur le type en face de moi, bien décidé à lâcher toute ma rage sur lui. Dans son regard, je décelai une étincelle de peur ; il regrettait maintenant d'avoir lancé les hostilités. Il recula, prêt à prendre la fuite, mais trébucha et finit les fesses sur le sol crasseux.

De mes poings, je fis pleuvoir les coups malgré les bras qu'il leva pour protéger son visage. Ma respiration était sifflante et ma tête bourdonnait, mais je ne marquais aucune pause. Il payait. Il payait pour tous ceux qui m'avaient honoré de leur condescendance. Il payait pour avoir eu un meilleur jeu que moi dès le départ et pour sa vie parfaite. Et, pendant quelque temps, j'étais apaisé. Je tenais ma revanche.

La fille cria, m'implorant d'arrêter, avant de menacer d'appeler la police. Quand enfin je me redressai, j'étais à bout de souffle et ma chemise était maculée de sang. Mes poings étaient écorchés, mais j'étais soulagé. Cette pression qui m'avait submergé dans la boîte était enfin apaisée.

Au sol, le mec geignait, emplissant l'impasse de soupirs et de gémissements. Je le fixai, pendant que sa copine, penchée au-dessus de lui, pleurait à chaudes larmes. Je crachai vers le sol et constatai les dégâts : ma chemise était dans un triste état et j'aurais sûrement un hématome grand comme l'Australie sur le visage d'ici à quelques heures.

— J'aime me battre, dis-je finalement. Puisque tu voulais une bonne raison...

— Va te faire foutre, gronda-t-il.

— J'aimerais bien. Mais ta copine a l'air moins d'accord, maintenant.

Le reflet de lumières bleues et rouges sur le mur en brique effaça mon sourire victorieux : voir la police débarquer n'était pas prévu dans le plan. Il leur faudrait cinq secondes pour comprendre ce qui s'était passé ici. Je listais déjà les problèmes que je devrais affronter : des poursuites judiciaires pour avoir tabassé ce mec et pour un taux d'alcool trop élevé, un beau scandale dans la presse, le décalage de mon prochain tournage, la colère mythique de mon agent, les regards hypocrites du métier. Ça durerait quelques jours, puis tout le monde oublierait.

C'était l'avantage de ce métier : vous pouviez être quelqu'un d'odieux, dépasser les limites, frapper un type innocent dans un coin sombre, on acceptait vos erreurs, en les qualifiant « d'écarts de conduite ». Quelques excuses et une vague attitude contrite plus tard, tout rentrait dans l'ordre. On effaçait facilement l'ardoise.

Aidé de sa copine, le type se redressa et tituba jusqu'au mur sur lequel il s'appuya. Je mesurais mes chances : avais-je le temps de prendre la fuite ? J'étais dans une impasse. Dans tous les sens du terme. Vu mon état, même si j'arrivais à regagner la boîte, je serais vite repéré. Le sang séchait déjà sur mes mains et sur mes lèvres. Je remontai l'impasse, persuadé de pouvoir esquiver la police et laissant derrière moi le couple d'amoureux en ruine. Je débouchai sur l'avenue qui bordait l'arrière de la boîte et jetai un coup d'œil aux alentours.

Si les flics avaient débarqué, ils se montraient maintenant discrets. Sûrement qu'ils avaient dû être appelés pour un truc plus important qu'un acteur se battant avec le commun des mortels.

C'était une douce illusion. J'eus à peine le temps de faire deux pas qu'un agent m'appelait par mon nom, m'ordonnant de rester où j'étais. Je l'ignorai, sortant un paquet de cigarettes de la poche arrière de mon jean.

— Arrêtez-vous ! hurla une voix déterminée.

Je continuai ma marche, tournant le dos aux flics, et allumai ma cigarette. Je n'eus pas le temps de ranger mon briquet. Brutalement, je me sentis propulsé en avant et mon visage s'écrasa contre le capot d'une voiture. Je grimaçai au contact glacé et brutal contre mon hématome.

— J'ai dit, on s'arrête ! asséna l'homme au-dessus de moi, une main ferme entre mes épaules.

Ses mains me fouillèrent, palpant mes poches et le bas de mon dos.

— Tu as quelque chose ? demanda-t-il en jetant mon paquet de cigarettes au sol.

— Rien.

Ce n'était pas ma première arrestation. J'étais parfaitement au courant de ce qui allait suivre : j'allais subir une séance de remontrance en pleine rue et on me laisserait partir si je promettais de me tenir à carreau.

Soudain, l'agent saisit mon poignet droit et je devinai le contact des menottes. L'autre main suivit et je fus brutalement tiré en arrière par la petite chaîne qui tenait mes poings. Le métal glacé me cisaillait les poignets, et la brutalité de mon arrestation me tira un grognement désapprobateur. Rien ne se passait comme prévu.

— Doucement, grondai-je.

— On peut toujours rêver, rétorqua-t-il aussitôt. Tu vas aller passer une petite nuit au frais, histoire de te calmer.

— Laissez-moi appeler quelqu'un.

Pour toute réponse, le flic tira sèchement sur la chaînette, et tous les muscles de mon corps se révoltèrent ; mes épaules, en particulier, n'appréciaient pas ce traitement. Je trébuchai sur une plaque d'égout et baissai les yeux. Malgré tout, je gardais le sourire : toute cette mascarade était comme un grand jeu.

L'agent ouvrit la portière d'une voiture banalisée et me fit pencher la tête pour que j'y entre.

— C'est vraiment nécessaire ? demandai-je.

En levant les yeux, je constatai qu'une rangée de photographes se tenaient sur le trottoir, prêts à vendre la photo du siècle. Mathilde allait me faire ravaler mon sourire.

— Grimpez !

La voiture démarra en trombe et j'eus à peine le temps de voir les paparazzis nous suivre en courant, armés de leurs appareils.

— On va où au juste ?

— Commissariat du 9e. Très accueillant, vous allez voir !

Composé et édité par HarperCollins France.

Achevé d'imprimer en mars 2020.

FIRMIN-DIDOT

à Mesnil-sur-l'Estrée (Eure)

Dépôt légal : avril 2020.

Pour limiter l'empreinte environnementale de ses livres, HarperCollins France s'engage à n'utiliser que du papier fabriqué à partir de bois provenant de forêts gérées durablement et de manière responsable.

Imprimé en France